異世界御奉仕記録

猫屋敷 爺
nekoyashiki G

eR
eロマンス ロイヤル

CONTENTS

人物紹介
CHARACTER

オスカー・ガーランド

二十六歳。ガーランド侯爵家次男。
アルフェリア王国魔剣士団・国境警備団の
副団長を務める。類まれなる美貌の持ち主として
女性に絶大な人気があるが……。

立花 凜

二十九歳。仕事帰りに異世界に転移して二年。
国境警備団内にある事務方局で働いている。
真面目な働きぶりで周囲の信頼も厚い。
自分の容姿に無頓着で、恋愛に興味がない。

バルトフェルド・ダイス

三十五歳。国境警備団の団長。
オスカーをさりげなくサポートしてきた。
長い間、ある問題を抱えたまま、常に自分を厳しく
律しすぎるオスカーのことをいつも心配している。

カルラ・クイーズ

二十二歳。賄い方で働いている。
凜が異世界で一番最初に仲良くなった女友達。
幼馴染と結婚の約束をしている。凜が恋愛から
距離を置いていることが気になっている。

マクシミリアン・オム・アルフェリア

アルフェリア王国の国王。
異世界人の凜を受け入れ、仕事を与えた。
人が好い凜を気に入っている。ある重大なことを
解決するために、凜にとんでもない依頼をする。

マリオとニナ

警備団寮の管理人夫妻。五十代。
異世界に転移したばかりの凜を助けた。
しっかり者ではあるが甘え下手な凜を
娘のように思い、なにかと世話をしている。

記録Ⅰ

落ちた先は見知らぬ路地裏でした

飾り気の少ない寝台に腰掛け、下穿《したば》きだけを寛《くつろ》げた美丈夫《びじょうふ》は、下肢《かし》に与えられる甘美な刺激に呻《うめ》き声を漏らし、蠟燭《ろうそく》の灯《あか》りがまるで笑うようにゆらゆらと揺れる。緩急《かんきゅう》の利《き》いた刺激に彼の雄《おす》は否応なしに高められ、低く掠《かす》れた声と共に腰を震《ふる》わせながら幾度《いくど》目かの白濁《はくだく》とした欲を吐き出した。

闇を溶かしたような黒衣《こくい》に全身を包んだ女の白い手が、己の下肢をふわりとハーブが香る布で清める様《さま》を無言のまま見下ろす。

一言も発しないまま湯桶《ゆおけ》と水差しを脇に抱えて立ち上がり、傍《かたわ》らに置いた燭台《しょくだい》に手を伸ばして小さく頭を下げ退出していく背を虚《うつ》ろな目で追いかけ見送ると、どさりと上半身を敷布《しきふ》の上に投げ出し――職務疲れと事後の倦怠感《けんたいかん》で働かぬ頭でぼんやりと考えた。

王命とはいえ決して気乗りのしないこの行為。自分の責務を全《まっと》うするための必要な医療行為だと思うことで、沸《わ》き起こる自身への嫌悪感を無理やり押し込めている。肉欲に負ける己にほとほと嫌気が差すが、この行為による体内の陽《よう》の気の循環の効果は目覚ましい。

だが、顔も素性《すじょう》もわからず、言葉すら交わさない相手から伸びる手に翻弄《ほんろう》される様は、まるで喉元にナイフを突きつけられているかのような、言いようのない畏怖《いふ》と恥辱《ちじょく》を感じるのもまた事実。

――それなのに。

「知りたいのか、それとも知りたくないのか……」

自分でも説明がつかない感情にぽつりと口から溢《あふ》れる本音。

その独《ひと》り言《ごと》を打ち消すように小さく頭を振った美丈夫はぞんざいに下穿きを引き上げ、静かに部屋を後にした。


アルフェリア王国は世界でも随一の魔法国家である。

国土はそれほど広くないが、豊穣《ほうじょう》な土地と豊富な資源を持つアルフェリアは、その豊かな土地と資源を狙う大国・ダリア王国から過去も歴史上幾度《いくど》となく戦争を仕掛けられていた。

ダリア王国の国土はアルフェリア王国の約三倍、人口は五倍近くにも上り、単純に兵の数だけを比べればその差は歴然《れきぜん》であった。事実、ダリア王国は数の力を以《もっ》して他国に攻め入り、その国土を広げていった歴史がある。だが、そんな圧倒的とも言える数の差をものともせず、度重《たびかさ》なる侵略を押し返してきたのがアルフェリア王国が誇《ほこ》る最強の騎士団《きしだん》、アルフェリア魔剣士団《まけんしだん》であった。

一人あたりが一般兵十人分の戦闘力を持つと言われるアルフェリア魔剣士団の名は、隣国だけに留《とど》まらず世界中に知れ渡り、最強の名に相応《ふさわ》しい働きで国に平穏と安寧《あんねい》をもたらしていた。

そんなアルフェリア国民全員の憧《あこが》れと尊敬の眼差《まなざ》しを一身に受ける魔剣士団の中でも、団長バルトフェルド・ダイス率いる国境警備団は特に精鋭揃《せいえいぞろ》いで知られている。団長であるバルトフェルド自身もさることながら、ある人物によって国境警備団の知名度は一気に引き上げられた。

オスカー・ガーランド。

類《たぐい》まれなる美貌《びぼう》の持ち主として絶大な人気を持つオスカーによって、国境警備団の名は近隣諸国に広く知れ渡るところとなった。

キラキラと輝く蜂蜜《はちみつ》色の髪に、長くたっぷりとした睫毛《まつげ》。鮮やかな翠玉《すいぎょくしょく》色の瞳は切れ長で、高く通った鼻梁《びりょう》、陶器のようになめらかな肌は女性がうらやむほどの、まさに奇跡のような美貌。

固く引き結ばれている形の良い唇から出る声は、中性的な顔立ちに反して腰が砕けそうになるほど甘い低音《バリトンボイス》。騎士服に包まれた長身は、細身ながらも見せかけではない強靭《きょうじん》な筋肉に覆われている。

四年前に副団長任命式の場で名を呼ばれたオスカーが群衆の前に姿を現した瞬間、歓声とも悲鳴ともつかない声を上げた女性達が次々と失神し、救護活動のために式典を一時中断せざるを得ない状況になったのは今も記憶に新しい。

年に数度ある王都帰還時にはその姿を一目見ようと見物客が大挙《たいきょ》して押し寄せ、多数の失神者を出すことがここ数年の恒例行事となっていた。

入団当初は口さがなく揶揄《やゆ》する声や不届きな真似《まね》を働こうとする者も少なくなかったが、自身の容姿を酷《ひど》く嫌うオスカーはそんな輩《やから》を片《かた》っ端《ぱし》から叩《たた》き伏《ふ》せ、魔剣士団員達にその圧倒的な強さを見せつけて震撼《しんかん》させた。

体内に有する膨大《ぼうだい》な魔力《まりょく》と剣技に関する天性の才に甘んじることなく、愚直《ぐちょく》に自己研鑽《けんさん》を続けた彼を、今や「顔だけの男」と呼ぶ浅慮《せんりょ》な者は皆無《かいむ》となり、その実直《じっちょく》で勇猛果敢《ゆうもうかかん》な働きぶりは全員が知ることとなる。

魔剣士団創立以来、史上最年少である弱冠二十二歳で副団長への昇格が決まったときも、誰しもがオスカーならば、と受け入れたのだ。

一見、前途洋々《ぜんとようよう》に見えるオスカーだったが、このところ密《ひそ》かにある大きな問題を抱えていた。


「……オスカー・ガーランド。長きに渡る遠征及び調査の任、誠にご苦労であった」

「もったいないお言葉、恐悦至極《きょうえつしごく》に存じます」

視察に訪れた十一代アルフェリア王、マクシミリアン・オム・アルフェリアの眼下でオスカーは膝《ひざ》をつき頭《こうべ》を垂《た》れていた。

「で、状況は？」

マクシミリアンの問いに半歩前で同じように膝をつくバルトフェルド・ダイスが答える。

「大きな動きは見受けられず、おそらくは無知な盗賊団によるものかと」

「ふむ……やはりそうか。余が即位してから十余年、あちらも不用意には手を出してこなくなっておる。代替わりしたマルセル王も争いを好まぬと聞いておるしの」

和平交渉を持ちかける頃合いかの、と顎《あご》に手をあて思案するマクシミリアンは四十代半ば。優れた統治者でありながら、祝い事好きで気さくな人柄の王もまた、国民からたいへん好かれている。

「してオスカーよ」

「は」

「そなた、最近溜《た》まっておるだろ？」

「っ⁉」

マクシミリアンの唐突《とうとつ》な発言に、思わず顔を上げたオスカーは慌てて頭を伏せる。

「あぁ、よいよい。堅苦しいのは苦手じゃ、面《おもて》をあげよ。それよりもオスカー、体に陽の気が溢れかえっておるではないか。それでは色々と支障が出るであろう」

「……問題ありません」

表情を変えずに答えるオスカーを見て、マクシミリアンはふむ、と顎鬚《あごひげ》をさすりながら視線をずらして今度はバルトフェルドに問う。

「実際はどうなのじゃ、バルト」

「今のところは、と言うのが正しいかと。睡眠もろくに取れていないようですし、時間の問題でしょう。交《まじ》わるとまではいかずとも、せめて放出させるか循環させるかすればとは思いますが……」

神妙《しんみよう》な顔付きで王の問いに答える横で、心外だとばかりにオスカーは眉を顰《ひそ》める。

「最低限の処理はしています」

バルトフェルドはそんなオスカーの反論に「自己処理でごまかすのも限界だ、と言っているんだ」と返して呆《あき》れたように溜息《ためいき》をついた。

「オスカーよ、まだ体質は治らんか」

「……治す必要性を感じておりません。——事実今までも問題はありませんでしたし、これからも自分で解決いたします。陛下のご期待を裏切るような真似はいたしません」

頑《かたく》なな態度のオスカーをマクシミリアンは慈愛《じあい》に満ちた目で見つめ、ぽんとその肩に手を置く。

「そなたの働きを疑うわけではない。そなたを心配しているのじゃオスカー。聡明《そうめい》なそなたのこと、自分でも限界が近いのはわかっておるのであろう？」

唇を引き結《むす》んで押し黙るオスカーに、同じく心配そうに様子を見ていたバルトフェルドと小さく肩を竦《すく》め、マクシミリアンが優しく諭《さと》すように言う。

「まずは抱かずとも良い。せめて異性の手に慣れよ」

「……ですが」

「オスカー、これは王命である」

「…………承知いたしました」

有無《うむ》を言わせぬ覇気《はき》と、『王命』という名の伝家の宝刀を持ち出され渋々《しぶしぶ》頷《うなず》いたオスカーに、マクシミリアンがにやりと破顔《はがん》する。

「よし、バルト！　そうと決まれば作戦会議じゃ！　忙しくなるの！」

「承知いたしました」

新しい玩具《おもちゃ》を見つけたような無邪気《むじゃき》な笑顔で何やらバルトフェルドとヒソヒソ企《たくら》む王に見えぬように、そっと溜息をつき、オスカーは内心呟《つぶや》く。

(女に触れられるくらいなら、一人で盗賊団を十個潰してこいと言われるほうがどれだけマシか)

——そう、オスカー・ガーランドは極度の女嫌いだったのだ。

◇◇◇

アルフェリア王国とダリア王国の国境近くにある街、アルドーリオ。

アルフェリア王国魔剣士団・国境警備団の駐屯地《ちゅうとんち》でもあるこの街に住む男は皆、誰しもが一度は魔剣士団に入ることを夢見る。

揃いの騎士服に身を包み、使命感に燃える力強い眼差しをたたえた勇猛《ゆうもう》な魔剣士達。

遠征ともなれば一糸乱れぬ動きで隊列を組み、勇《いさ》ましい掛け声と共にいっせいに馬を駆《か》る雄々《おお》しい姿に、子ども達はキラキラと瞳を輝かせ、その背に羨望《せんぼう》の眼差しを向ける。家にある麺棒《めんぼう》をこっそりと持ち出して「えい、やぁ！」とチャンバラごっこに興じて頭に大きな拳骨《げんこつ》を落とされる腕白《わんぱく》坊主の姿も、ある種の名物と言えるだろう。

ダリア王国との国境近くに位置するアルドーリオは、元々は人口百人にも満たない小さな農村だった。魔素《まそ》の溜まりやすい土地柄か、凶暴性の高い魔物《まもの》が蔓延《はびこ》る土地で、村人はアルドリアと呼ばれる白い花を栽培《さいばい》し、生計《せいけい》を立てていた。アルドリアから取れる種には豊富な魔素が含まれ、それを抽出《ちゅうしゅつ》して作る薬は、魔法と共に栄えてきたアルフェリアにとってなくてはならないものだった。

そんなアルドーリオを狙って過去幾度となく戦を仕掛けてくるダリア王国に対し、明確な抑止力を、と設立されたのが国境警備団であった。

今よりも転送魔《ま》法陣《ほうじん》の性能が高くなかった当時、ダリア王国侵攻《しんこう》の報を受けてからの防備は、どうしても後手に回っていた。遠く離れた王都より急ぎ駆けつけ敵軍を押し戻したとしても、少なからず村人や土地に被害が及んでいたのだが——国境警備団が設立されて以降、その被害はほぼ皆無となった。

警備団が設立されてからも何度か侵攻はあったが、国境を越えるや否やいっせいに迎え討《う》つ魔剣士団に、とうとう手を引かざるを得なくなったダリア王国に今もなお、目を光らせている。

周囲の魔物や戦に怯《おび》える日々から解放されたアルドーリオは、今や王都に次《つ》いで二番目に安全な土地となり、小さな村に人々が集まり始め、現在では名産品であるアルドリア花の栽培を中心とした大きな街になり重要な交易拠点《こうえききよてん》として栄えていた。

そんな国境警備団内にある事務方局に立花凜《たちばなりん》が就職したのは二年前。

元の世界にいた頃と変わらずセットに時間のかかる量の多い黒髪をひっつめ、申し訳程度に化《け》粧《しょう》を施《ほどこ》し、紺色《こんいろ》の制服に身を包んで今日も元気にガリガリと仕事をする。

この国の人々は皆一様《いちよう》に働き者であったが、世界一過労死が多いと言われる日本人の凜は周囲の同僚から「リンは仕事をしていないと死んでしまうのではないか？」と本気で心配されるほどに働き者だ。

休日返上当たり前、平均睡眠時間四時間が通常だった頃に比べればずいぶんと健康的で人間らしい生活が送れているのだが――そのことを凜が話すとまるで化物《ばけもの》かなにかを見るような目で見られたものだ。

事務方局の就業時間は朝の八時から夕方の五時までで、昼休憩は正午から一時間。残業をすることもあるにはあるが、基本的には持ち回り制となっていて、どんなに遅くとも夜の九時までには業務を終える。これだけでもかなりホワイトな職場なのに、更に午前と午後に中休みがそれぞれ三十分ずつ確保されていると聞いたときには驚愕に目を剝《む》いた。

それでいてお給金のほうもそれなりにいただけてしまうのだから、感動を通り越して不安に駆られてしまうのも無理はない。

『郷《ごう》に入っては郷に従え』の精神で、凜も最初こそ周囲に合わせて中休みをとっていたが、骨の髄《ずい》まで染み込んだ働き蟻《あり》の精神は一朝一夕《いっちょういっせき》で治るものでもなく、ついつい書類に手が伸びてしまう。

そのたびに周《まわ》りの同僚《どうりょう》達から「ただでさえ人の倍は働いているんだから、休めるときは休みなさい！」と心配されるので、今は昼食休憩以外は食堂や洗濯場に顔を出し、おしゃべりがてら手伝いをするのが凛の日課となっている。そのおかげか、そこで働く人々ともすっかり顔馴染《かおなじ》みだ。

「こっちの世界に来てなんだかんだでもう二年かぁ……」

その日一日の業務を終えた凛は、女性寮にある自室への廊下を歩きながらぼそりと呟く。

自分でも驚くほどこちらの生活に順応できている。元々の性格の部分も大いに関係しているだろうが、やはり一番は周囲の人々の優しさや懐《ふところ》の深さのおかげだろう。

元の世界に未練がないわけではないが、戻れる保証も当てもないことに時間を割《さ》いていても仕方がないし、建設的ではない。人間、どこかで気持ちに折り合いをつけるのが重要なのだ。

二年前、凛は突然こちらの世界に落ちてきた。——そう、文字通り落ちてきたのだ。

あれは連続勤務日数が二十日を超えるか超えないかぐらいのことだっただろうか。いつも通り上司からのむちゃぶりに応《こた》え、いつも通り疲れて、いつも通り最終近い電車に乗り込んだ。

そしていつも通りの道を歩いていたら、滑《すべ》って転《ころ》んで落ちてきたのだ。——見知らぬ路地裏《ろじうら》に。

当然凛は混乱した。

「え、夢？」「とうとう頭がイッたか？」などとひとしきり慌てた後、それまでの疲れもあってプツリと意識を失った凛を保護してくれたのが、警備団寮の管理人夫妻のマリオとニナだった。

目を覚ました凛の質問にひとつひとつ丁寧《ていねい》に答えてくれ、温かい食事と寝床《ねどこ》を与えてくれた二人には感謝してもしきれないくらいの恩《おん》がある。

俄《にわか》には信じがたいが、どうやら自分が異世界転移してしまったらしいと自覚したとき、凛の頭に真っ先に浮かんだのは「残った仕事どうしよう！」だった。

まさか自分が異世界に転移するなんてことは想定もしていなかったから――普通の人間ならば誰でもそうだが――引き継ぎも何もしていない。

休み前ということもあって切りのいいところまで終わらせてはいたが、凛にしか対応できない案件も多い。後輩指導は常日頃から行《おこな》っているがまだまだ手助けが必要だ。

「元の世界に戻る方法はないんでしょうか？　あっちに仕事がたくさん残ってるんです！」

売上げ管理も、予算修正も、現場研修も後任育成もやることは山積みだ。責任のあるポジションに就《つ》いてまだ一年、充分やりきっただなんて到底思えなかった。

望んで就いた役職ではないが、期待されれば嬉しいし、その期待に応えたいと思った。努力した結果が報《むく》われないこともちろんあるけれど、皆で協力して仕事を成《な》し遂《と》げたときの達成感はなにものにも代えがたかった。

何より、一度引き受けたことを途中で投げ出すことが許せなかった。凛が自分について唯一誇れるのは仕事に対する矜持《きょうじ》だけ。仕事をしている間は自分が誰かに求められている気がしていたからだ。

「こんなことを言うのは酷《こく》だとわかっているけれど、ありのままの事実を伝えるわぁ。現状で貴女《あなた》を元の世界に戻す方法はわからないのぉ……」

国境警備団団長のバルトフェルドを経由《けいゆ》して王都へと出向き、魔法局局長キースィリア・マートルにそう言われたとき、足元から世界が崩れるような思いがした。妖艶《ようえん》な美女であるキースィリアはその美しい瞳に憐憫《れんびん》の色を揺らしながら凜に説明してくれた。

——過去に異世界からの転移者がいた、という記録は確かに残されているが、その前例は一度しかない上に、その前例者もまた元の世界には戻れずこの世界に留まったらしい。それも遠い過去の話で、もはや御伽噺《おとぎばなし》の域を越えない程度の記録で信憑性《しんぴょうせい》も定《さだ》かではない、と聞かされ、へなへなとその場に座り込まなかったのは、辛《かろ》うじて残った一握《ひとにぎ》りの意地だった。人前で弱さを見せたくない、その一心でガクガクと震える膝を必死で抑えて前を向き、喉まで出かかった言葉を飲み込んだ。

『どうしてわからないの、なぜ戻れないの。これは私の意思ではないのに！』

——そう言えるはずがなかった。見返りもないのに、自分に親切にしてくれた人達の心を軽《かろ》んじて、踏みにじるような発言ができるわけがなかった。

マリオとニナも、キースィリアもバルトフェルドも、どこの馬の骨とも知れぬ自分を「異世界からの友人」と呼んでくれた国王マクシミリアンも、皆が凜のために力を尽くしてくれたことを知っていたから。

「仕事をする許可をいただけませんか？　この国で生きていく理由が欲しいのです」

丸一日かけなんとか自分の気持ちに整理をつけて、凜はマクシミリアンにそう願い出た。

戻る方法がわからない以上、この世界で生きていかなければならない。生きるためにはお金が必要だ。お金を得るためには仕事をしなければならない。凜としてはごく当たり前のことを言ったつもりだったが、マクシミリアンはたいそう驚いた表情を浮かべてこう言った。

「そなたは異世界からの友人、伝承《でんしょう》に添《そ》えば本来国賓《こくひん》として保護されるべき存在なのだぞ？」

「……その伝承が事実なのであればその転移者は聖《せい》なる力を持っておられたのですよね？　残念ながら私にはそんなたいそうな力は備《そな》わっておりませんし、保護していただくほど大それた人間でもございません。それに私、仕事してないと本当に何もしないで一年中寝て過ごすような自堕落《じだらく》な生活をする自信がございます。ご迷惑だとは重々承知しておりますが、なにとぞお願い申し上げます」

深々と頭を下げる凜に対して、感心したような、それでいて呆《あき》れたような表情を浮かべたマクシミリアンは少し間を置き、不意に腹を抱えて笑いだした。

「なんとも正直で欲のない娘じゃの！　相分《あいわ》かった。そなたがこの国で職を得る許可を与えよう」

となるとどこで働くのが良いかのぉ、と顎髭に手を当てて考え込むマクシミリアンに側で控えていたバルトフェルドが進言した。

「陛下。国境警備団内の事務方局で働いてもらうのはいかがでしょうか。彼女を保護した管理人夫妻の元のほうがリンも少しは安心できるかと。それに事務方局も最近立て続けに人が辞《や》めて人手不足だとランド氏がおっしゃっておられましたので、ちょうど良いのではないでしょうか」

そうか、とマクシミリアンが頷き、凜に訊《たず》ねる。

「だ、そうじゃがどうする？　そなたの好きなようにすれば良い」

――その提案に一も二もなく凜は頷いて、事務方局への就職が決まったのだ。

事務方局への就職が決まった後、キースィリアは神秘的な紫水晶《むらさきすいしょう》色の瞳をつり上げ、「なぜ自分になんの断りもなく勝手に決めたのか」とバルトフェルドに噛《か》みついていた。

「国境警備団なんて、あんなむさ苦しいところより、知的な魔法局のほうがリンには合ってるのにいっ！」

そんな主張も虚《むな》しく、軽くバルトフェルドにいなされたキースィリアは、凛がアルドーリオへ戻るときもしきりに寂《さび》しい寂しいと呟き、凛の両手を力強く握り締めながら「顎髭筋肉達磨《あごひげきんにくだるま》が嫌になったらいつでも魔法局に来てねぇ。たまには遊びに来てくれると嬉しいわぁ」と別れを惜《お》しんでいた。

アルフェリアでも有数の名家の令嬢《れいじょう》で、一門きっての才女でもあるキースィリアはその生まれの高さと地位、一見冷たく見える美貌のせいからか友人と呼べる者もこれまでいなかったらしく、身分制度になじみのない凛との気さくなおしゃべりをとても嬉しく感じてくれていたらしい。

うっすらと涙すら浮かべながら別れを惜しむキースィリアに「はい、必ず。また一緒におしゃべりしましょうね」と微笑《ほほえ》むと、嬉しそうに笑って頷いて返してくれた。

「ご迷惑をおかけするかと思いますが……これからもよろしくお願いします」

元の世界に戻る術《すべ》が見つからなかったこと。事務方局で働くことになったこと。

王都から戻り、深々と頭を下げる凛を、ニナはぎゅっと抱き締め、「……よく頑張ったわね」と言って優しく背中を撫《な》でてくれた。

様々な意味が含まれたニナの温かい言葉に、それまで必死に抑え込んでいた感情が一気に込み上げ、溢れた。張り詰めていた糸が音を立てて切れ、自分でも気付かぬうちに涙が頬《ほお》を伝った。

「う……うぅ～……」

嗚咽《おえつ》を漏らしてニナの肩に顔を押し付けて泣きじゃくる凜の背を、子どもをあやすようにゆっくりと叩きながらニナは小さな声で「いい子ね、リン。貴女はとってもいい子よ」と囁《ささや》きながら、凜が泣きやむまでただ抱き締めてくれた。

凜が泣いている間、黙って部屋を出ていたマリオは凜が落ち着きを取り戻した頃合いに戻り、大きなごつごつとした手で不器用に凜の頭を撫でてぼそりと呟いた。

「……もう俺らにとっちゃあ、おまえさんは娘みたいなもんだ。迷惑なんてこたぁこれっぽっちもねぇ」

普段から口数の少ないマリオの優しさにまた涙腺《るいせん》が緩《ゆる》み、顔を歪《ゆが》ませる凜に向かって困ったような笑顔を向けたマリオは照れくさそうにパイプをくゆらせていた。

――つくづく自分は人運に恵まれている。

こんなふうにつつがなく毎日を過ごせていることに感謝しなければ。沈みかけた夕陽を眺めながら、珍しく感傷的な気持ちに浸っていた凜が小さく頭を振ると。

「リーン！」

ふわふわとした明るい栗色の巻き毛《まげ》を揺らして声をかけてきたのは賄《まかな》い方のカルラ・クイーズだ。凜より七つ下の彼女は人懐《ひとなつ》こい笑顔とソバカスが可愛《かわい》らしい、国境警備団で働き始めて一番最初に仲良くなった女友達だ。

「カルラ。もう仕事は終わりですか？　まだなら手伝いましょうか」

「ううん、大丈夫よ。後は片付けだけだから。それよりリン、明日ってお休みでしょう？　もしよかったら買い物に付き合ってくれない？」

「もちろんいいですよ。何を買いに行くんですか？」

「もうすぐダンの誕生日なの！　プレゼントを買いに行きたいんだけど、リンにも一緒に選んでほしくって」

そう言ってはにかんだ笑顔を見せるカルラと魔剣士団に所属する恋人のダンとは幼馴染《おさななじみ》。更には将来を約束し合った仲で、穏やかなダンと明るいカルラは凛から見てもお似合いの二人だ。

年が明ける頃に所帯《しょたい》を持つ約束をしているの、と嬉しそうに話すカルラは花のように顔を綻《ほころ》ばせ輝いて見える。

「わかりました。支度《したく》ができたら迎えにいきますね」

「ありがと！」

くしゃりと人懐こい笑顔を浮かべたカルラが、はたと何かを思い出し、凛を見上げる。

「あ、そうだ。あのね、ダンの先輩にね、いい人がいるんだけどよかったら一度会ってみない？」

カルラの言葉に苦笑を浮かべ、凛は軽く両手を振ってみせる。

「大丈夫ですよ、気を遣ってもらわなくても。これでけっこう今の生活に満足していますから」

カルラからこの手の紹介話をされるのは何回目だろうか。比較的女性職員が多い事務方局はともかく、全員が男性で構成されている国境警備団はとにかく出会いに飢《う》えているらしい。何も好《この》んで自分に興味を持たなくても、他に可愛らしい女性がたくさんいるのになぁ、と思いつつ凛はいつものごとくやんわりと断りの言葉を口にする。

「……ねぇリン。恋人が欲しいと思ったり結婚したいって思ったりしたことないの？」

カルラが下から覗《のぞ》き込むようにして訊《たず》ねてくる。

「カルラくらいの年のころは思っていましたけど……今はべつにないですかね。取り立てて恋人がいないことで困ったこともないですし、結婚しなくても自分一人くらいは充分食べていけるくらいのお給金ももらっていますしね」

ニナも何かにつけては見合い話を持ち出し、その後ろでマリオが苦《にが》い顔をする、という機会も増えてきた。やれ「この方は次男坊だけど、要職《ようしょく》についているからおすすめよ」だの、「先方がぜひにと言っているから、会うだけ会ってみない？」だのと次々と釣書《つりがき》を出してくるニナの猛攻《もうこう》をかわすのも最近はひと苦労なのだが。

頼みの綱であるマリオはというと、「まだ焦《あせ》ることねぇじゃねえか」とぶつくさ文句をたれるものの「あなたは黙っててらっしゃい！」とニナに一喝《いっかつ》されすぐに口を噤《つぐ》んでしまうので、最近はあまり援護にならない。

凛も今年で二十九歳。こちらの世界の結婚適齢期《てきれいき》は下は十八歳から上は二十五歳くらいまでと聞くから、ばっちり嫁き《い》遅れているのだが、当の本人にまったくその気がないのだから仕方がない。

「リンって本当に興味がないのね……。リンくらい美人だったらいくらでも相手が見つかるのに。よく声もかけられているじゃない。その中にちょっとでもいいなって思う人はいないの？」

探るような目を向けるカルラに対して「いませんねー」と苦笑しながら凛は答える。

「声をかけられているのも、たぶん話しかけやすいからだと思いますよ。それに声をかけられると言ってもほんの一言二言挨拶《あいさつ》する程度ですよ？」

本心からただ世間話をしているだけだと思っているらしい凛を見上げながら、カルラは何やら残念なものでも見るような目を向けている。

「……このままいくと本当に仕事が恋人、とか言い出しかねないわね……」

ぽそりと呟くカルラに「何か言いました？」と首を傾《かし》げる。

「ううん、なんでもないわ。ちょっとでも気になる人ができたら教えてね！　私、応援するから！」

ぶんぶんと首を横に振り、カルラはもと来た道を戻ろうと踵《きびす》を返す。

「ハハ、期待しないで待っててください。じゃあまた明日」

子犬のように元気に駆けていくカルラの背を見送りながら「どこの世界でも女性は恋愛話《コイバナ》が好きなのは変わらないな」と凜は小さく肩を竦めた。べつに男性が嫌いなわけでもないし、見た目が良ければ素直にカッコイイとも思う。――ただそれ以上の感情にならないだけなのだ。

カルラに答えたように、結婚願望を持っていたこともあった。過去に一人だけだが、恋人がいたこともあった――が、どちらかというと苦い思い出が多く、自身の家庭環境も芳《かんば》しくなかったこともあり、凜は男女関係や結婚に対して一歩引いてしまっているのが正直なところだ。

家事全般もやろうと思えばやれるだろうが、得手《えて》というわけでもない自分が家庭向きとは思えず、仕事で評価されるようになるとその考えはますます加速した。

少子化対策に貢献《こうけん》できないぶん税金で義務を果たそう、と日本でバリバリ働いていた頃の意識がこちらに来てもばっちり継続されているのだ。

「結婚しなきゃ死ぬ、とかでもないしなぁ」

そうぼそりと呟く。

恋をする、という感情すら思い出せない凜は誰がどうみても枯《か》れていた。

「カルラ」

その日の仕事を終え、自室へと戻ろうとしていたカルラは愛《いと》しい人の声に満面の笑みを浮かべながら振り返る。

「ダン！　お帰りなさい！」

広げた胸の中に勢いよく飛び込むが、がっしりとした体は難《なん》なくそれを受け止め、カルラの小さな体を優しく抱き締める。

「街の巡回は終わったの？」

「ああ。でもまだ報告書を出さなきゃいけないからもう少しかかるかな。少しの間休憩していいって言われたからカルラに会いに来た」

ダン・メルファモルトはそう言って、大きな体を屈《かが》めて彼の愛する婚約者のおでこに小さく口付ける。

同じ国境警備団内で働いているとはいえ二人きりで会える時間は多くない。賄い方で働いているカルラはともかく、入団して三年目のダンはまだまだ下っ端《したっぱ》、朝から晩まで訓練に任務にと忙しい。

取り立てて美男子というわけではないが、穏やかで思いやりに溢れたダンをカルラは心から愛している。体は人よりずっと大きいのに、争い事を好まず物静かなダンが「国境警備団に入る」と言い出したときには心底驚いた。元々本を読むのが好きで、魔力操作にも優れていたダンは王都の魔法局へ行くものだと思い込んでいたからだ。

貴方《あなた》には向いていない、最悪命を落とすこともあるのよ、と考え直すように何度も説得を試《こころ》みたが、ダンは頑《がん》として首を縦には振らず、カルラの前に跪《ひざまず》いてこう言った。

「確かに僕は臆病《おくびょう》で争い事は好きじゃない。だけど大切なものを守れるだけの力を手に入れたいんだ。カルラ、ずっと好きだった。君を守れるような強い男になるから、どうか僕と結婚してほしい」

幼い頃からずっと想《おも》っていた人にこんなふうに言われて喜ばないはずがない。カルラは大きな瞳いっぱいに嬉し涙を浮かべて、

「もちろんよ！　私もずっとダンのお嫁さんになりたいって思ってたんだから！」

とたくましい腕の中に飛び込み、長年の想いを遂《と》げてようやく恋人同士となったのだ。

今はこうして会える時間も限られているが、年が明ければ二人は夫婦となる。明るくおしゃべり好きなカルラと、聞き上手で穏やかなダンはきっと温かな家庭を築くことができるだろう。

カルラはダンの胸に頬を擦《す》り寄せ、うっとりと目を閉じてそのときのことを思い出しながら、

「あ！」と声を上げてダンを見上げる。

「そうだわ、あのね、リンにあのこと話してみたんだけど断られちゃったの……ごめんなさい」

「あぁ……やっぱり？」

ダンは困ったような笑顔を浮かべてぽりぽりと頬をかく。

「僕のほうこそ毎回無理を言ってごめんよ。難しいと思いますよって、先輩には言っているんだけどね……」

ご自身で頑張ってくださいって言っておくよ、と言ってから少し考えるようなそぶりを見せて、ダンは以前から気になっていたことを質問してみた。

「前々から思っていることがあるんだけど……リンさんって自分がものすごく美人だっていう自覚……ないよね？」

「『美人かどうかの認識はともかく、人を不愉快《ふゆかい》にはさせない程度ではあるかなとは思ってますよ？』って前に言っていたわ」

「…………それ、あんまりわかってないよね？」

「『自分の容姿にあまり興味ないんですよねぇ』とも言っていたわ」

「リンさんが言いそうな台詞《せりふ》だね……」

ダンも凛とは面識もあるし、何度か話をしたこともある。どちらかというと人見知りなダンだが、凛の気さくな性格のおかげか不思議とすぐに打ち解《と》けられた。

この国では滅多《めった》に見ない艶《つや》やかな黒髪と、影ができるくらいに長く濃い睫毛に囲まれた、くるくると良く動く大きなアーモンド形の黒瑪瑙《くろめのう》のような瞳。異国情緒に溢れ、彫りが深くはっきりとした顔立ちの凛は、おそらく誰が見てもかなり美人の部類に入る。気さくで働き者の凛に憧れを抱いたり、密かに思い慕《した》う団員も少なからずいるのだが、残念ながら今日に至るまで凛自身に彼らの気持ちは届いていない。

いっそのこと思いっきりぶつかって玉砕《ぎょくさい》すれば諦《あきら》めもつくのだろうが、凛はとにかく捕まらない。仕事中はもちろんのこと、休憩中もあっちへ行きこっちへ行きして何かと仕事をしているし、休みの日は休みの日でよっぽどの用事がない限りはほとんど自室から出てこないらしい。故《ゆえ》に凛を食事に誘う機会すら持てない団員達は、凛と仲がいいカルラを頼るべく、先輩特権を乱用してダンの肩を叩くのだが——結果はお察《さっ》しの通りである。

――あぁ、今夜もまた夜通し先輩のヤケ酒に付き合わされる羽目《はめ》になるんだろうなぁ。

ダンはごくごく近い自分の未来を予想して小さく溜息をつくのだった――。


カルラとの約束当日。

普段よりも少し遅めに起床した凜は手早《てばや》く支度《したく》をすませると、約束通りカルラの部屋へと向かった。髪を結紐《ゆいひも》でひとつに束《たば》ね、麻の立襟《たてえり》シャツを着て、動きやすい細身のパンツスタイルにヒールの低い編み上げブーツを履《は》いている。

こちらの女性はほとんどがドレスやスカート姿なので、凜の格好《かっこう》はかなり目立つ。元より他の女性より頭一つ近く背が高いこと、こちらの世界では珍しい黒髪ということからすでに本人の意思に反して目立ってしまっているため、そこに服装が加わったところでさしたる問題ではないだろうとの持論から休みの日は好んでこの格好だ。

女性らしい丸みは持ちつつもすらりと手足が長く、背筋を伸ばして颯爽《さっそう》と歩く凜の姿は確かに人の目を引く。明るく快活で、耳触《みみざわ》りの良いアルトボイスで誰に対しても丁寧な口調で話す凜を男装《だんそう》の麗人《れいじん》と呼び慕う女性も少なくない。

――ちなみにまったくの余談だが、凜の丁寧口調は、本来のガサツさや口の悪さを緩和《かんわ》するため入社当時の先輩にキツく指導された結果の賜物《たまもの》であり、その癖《くせ》が未《いま》だに抜けないだけだったりする。故《ゆえ》に仲良くなった相手だとつい気が緩み、地が出たりするのだ。

道中すれ違う女性たちと挨拶を交わしながらカルラの部屋の前に着き、ドアをノックするとすでに準備を終えたカルラが笑顔で顔を覗かせた。

「おはようリン。もう出掛けられる？」

「行きしなに少しだけ事務局に顔を出してもいいですか？　引き継ぎがあるので」

いいわよ、と笑顔で頷くカルラと共に職員寮と反対側にある業務棟《とう》へと向かった。


当番制の休みで対応している事務方は今日も忙《せわ》しなく人々が働いていた。魔物の目撃情報や被害報告、魔剣士団の経費処理や給料計算、作物の取《と》れ高《だか》計算や交易税の算出、果てはご近所間の騒音被害の苦情や夫の不倫疑惑に嘆《なげ》く妻へのフォローなど、もはや業務外とすら思える内容まで多岐《たき》に渡るこの職場は常に忙しい。

魔法が使える世界だとわかったときには我が目を疑ったものだが、実際には戦闘や治療、移送魔法が主で、事務処理などは人力に頼っているところは妙に現実的だ。

そう考えると数字を打ち込むだけでどんな複雑な計算も一瞬でやってのけるあの薄い板はとてつもない大発明なのだな、といまさらながらに感心する。

元の世界と決定的に違うのは、いわゆる電化製品と呼ばれるものの代わりに魔法があること、そしてそれに付随《ふずい》するように魔物がいるらしいということ。

加えてこの二年弱でわかったことは、少なくとも凛がいるこの国は元の世界の西洋に近い暮らしぶりであること。もちろん戸惑《とまど》いも少なくはないが、それほど大きな違和感がなく生活できるのはそういった要因《よういん》もひとつだろう。

（まぁここになじめた一番の理由は、なぜか言葉が普通に通じたことだけども。コミュニケーショ

ンが取れるって本当大事だよなぁ）

明らかに日本語とは違う言語で話しているのだが、相手が何を言っているか理解できるし、凜もこちらの言葉を話すことができる。日本になかった言葉はもちろんあるし、逆に日本語でしか表現できない言葉——例えば、ことわざのようなものだったり——もあるが、その場合は辞書で調べたり周囲の人に意味を教えてもらったりして対処している。

理由や原理はまったく不明だが、こちらに転移してきた理由も原理も同じように不明なのだから、それとひとまとめにして〝不思議現象〟と凜は呼んでいる。

（それにしても……なんだかいつもと雰囲気《ふんいき》が違うな）

忙しそうなのは変わらないが、どことなく女性たちがそわそわしているような気がする。「昨晩遅くに戻られたそうよ」「今回はずいぶん長かったわね。またあの麗《うるわ》しいお顔を見られると思うと嬉しいわ」「シッ。そんなこと、あの方に聞かれたらたいへんよ！」などとヒソヒソ話をしている女性たちに凜は首を傾げた。

……よくわからないが誰かが久しぶりに任務から戻ったということだろうか？　ただ任務から戻っただけでこうも周囲をざわつかせるとはどんな人物だろう、などと思いつつも、実際のところはそこまで興味がない凜はさっさとカルラの元へ戻ろうと目的の相手を探す。

「やぁ。休日だっていうのにまた仕事かい？」

引き継ぎを終えた凜の横から朗《ほが》らかに声をかけてきた、焦茶色《こげちゃ》のクセ毛を撫でつけた小柄な壮年《そうねん》の男性は、国境警備団事務方局長のランド・オーリオだ。

「おはようございます、ランド局長。ご心配なさらなくても今日は引き継ぎをしに来ただけですからすぐに帰りますよ。これからカルラと出掛ける用事もありますし」

苦笑しながら凜が答えると、ランドは小さく肩を竦めながらおどけた口調で言う。

「君は放っておくといつまでも仕事をしているからね。それでなくても君のおかげでずいぶんと仕事が捗《はかど》るようになったのに、これ以上頑張られると私の出番がなくなってしまうよ」

「差し出がましい真似をして申し訳ありません」

頭を下げて謝罪するとランドは愉快そうに笑う。

「謙虚《けんきょ》なようでいて大胆だったり豪快《ごうかい》だったり、君は本当に面白《おもしろ》いね。冗談抜きに君が来てくれて本当に助かっているよ。だからこそ休みの日はしっかり息抜きしておいで」

ぱちん、と器用に片目を瞑《つむ》ってみせるランドに凜も微笑み返す。本当に自分は人に恵まれている。

ランドを始めとする事務方局の同僚達や先輩達は、ある日突然バルトフェルドに連れられてやってきた凜を警戒するどころか快《こころよ》く迎えてくれた。通常業務をこなす傍《かたわ》ら、あれこれ質問をする凜にもわかりやすく丁寧に業務を教えてくれたおかげで、こうして人並みに仕事ができるようになったのだ。尊敬できる上司や先輩、同僚達と働ける今の暮らしはとても充実している。

「ありがとうございます。ではこれで失礼します」

礼を言ってから踵を返すと、振り向きざまに何かに顔がぶつかった。

「……おふっ！　ごめんなさい、不注意で……」

反射的に謝ると頭上から「いや、すまない。こちらも不注意だった……」と低音が降ってきた。ぶつけた鼻をさすりつつ見る視線の先には黒い騎士服。どうやら相手の肩口にぶつかってしまったらしい。

相手を見ようと顔を上げると、ぶつかった相手もまた自分を見ようと視線を下ろしていたのか、翠玉色の瞳とぱちりと目が合った。

(おぉ!?　なんだこの超絶美形)

自分を見下ろす人物の目が覚めるような美貌に凛が目を見開くのとは反対に、美丈夫は凛を視認するや否や、不愉快そうに顔を歪ませてぶつかった肩あたりを手で払う仕草《しぐさ》を見せた。

突然の、そしてあまりにも失礼な態度に呆気《あっけ》に取られる凛の存在を完全に無視した美丈夫は、ランドに何やら報告をすませると礼儀正しくお辞儀《じぎ》をして踵を返し、必要以上に大きく距離を取って凛とすれ違い、去っていく。凛は呆然《ぼうぜん》とその背を見送っていたが、ピキリとその額《ひたい》に青筋が走る。

「…………ランド局長……。今のはいったいどこの何様《なにさま》ですか?」

ふつふつと沸き起こる怒りを懸命に抑えながら、地を這《は》うような低音でランドに訊ねると、あー……と困ったように眉尻を下げてぽりぽりと顎を掻《か》きランドが答えた。

「彼はオスカー・ガーランド、ここの国境警備団副団長だよ。リンは初めて、かな?　しばらく遠征続きでここを離れてたからねぇ」

「ははぁ……そうですか。副団長様でいらっしゃいましたか。あーそうですか。さすが副団長様ともなるとああいった態度になっても仕方がないですよねぇ?」

今すぐ追いかけて文句のひとつやふたつ、いや百でも二百でも言いたい気持ちをぐっと堪《こら》えながら口端を歪める凛に、ランドが取り繕《つくろ》うように言葉を重ねる。

「いやぁ、悪い子じゃないんだよ?　すごく真面目《まじめ》だし、実力は折り紙付きだし、基本的には礼儀正しい子だし!　ただまぁ、ちょっと女性が苦手というか……厳しいところがあるのかなぁ」

ハハハ、と乾いた笑いを零《こぼ》して冷や汗をかくランドに、凜はにっこりと微笑んでみせる。――その瞳はまったく笑っていない。

「……ただ私が女だという一点で、ああいった態度を取られたわけですね？　まったくもって理解しがたいふざけた思想をお持ちでいらっしゃる、と。なーるほど。私の精神衛生上のために、あの方と金輪際《こんりんざい》関わらないほうがいいということを認識できました」

ありがとうございます、ランド局長。と、真っ黒な笑顔を浮かべ、丁寧な口調だがはっきりと辛《しん》辣《らつ》な言葉を言い放った凜はランドにお辞儀をして部屋を出ていく。いつも朗らかな凜が初めて見せた激しい怒りに、ぶるりと身を震わせランドは腕をさする。

あれだけわかりやすい嫌みを吐くのだ。怒りは相当深いと見える。

「……あれ？　でもオスカー君いつもの症状は出てなかったような……？」

ふうん？　と違和感を覚え、ランドは首を傾げながら業務へと戻っていった。


そんなことが起こっているとはつゆ知らず、部屋の外で凜を待っていたカルラは、しばらくぶりに目にしたオスカーの麗しい姿の感想を伝えようとしたが、凜の顔を見るなり「ヒィッ！」と小さく息を吞《の》んで口元を押さえた。

般若《はんにゃ》の――こちら風《ふう》に言うと悪鬼《あっき》のごとき凶悪な顔付きで出てきた凜に、声を震わせて恐《おそ》る恐《おそ》る声をかける。

「……どうしたのリン、この短い時間でそんな凶悪な表情になるようなことがあったの？」

「え？　……あぁ、すみません。名前を口にするのも不愉快な相手と初めてお会いしたもので」

表情筋をぐにぐにと揉《も》みほぐしながらそう答える凜に、初めて？　とカルラは首を傾げる。

が、すぐに誰を指しているのか合点《がてん》がいったのか、ぽんと手を叩いて「あ、オス……」と言いかけたところでガシッと凜に肩を摑《つか》まれ、大きく目を見開いた。

「カルラ、お願いがあるんですけど聞いてもらえますか？　今後できうる限り、今その頭の中に浮かんだ方の名前を私の前で呼ばないでいただけるととてもありがたいんですけど」

にっこりと微笑みながら圧力をかける凜に、頷く以外の選択肢があるだろうか。カルラはブンブンと首を縦に振り、両手で口元を押さえる。

「ありがとうございます」

ふわりと柔《やわ》らかい笑顔を取り戻した凜は「さ、行きましょうか。お待たせしてすみません」とカルラの腰を軽く押して促《うなが》す。

（……リンって怒るとものすごく怖いのね……）

そっと隣を歩く凜の横顔を盗み見ながら、凜を怒らせるのはやめようとカルラは固く心に誓うのだった。


いくら不愉快なことがあったとはいえ、大人げなくカルラを怯えさせてしまった。

自身の振る舞いを深く反省した凜は、おわびの意味も兼ねて喫茶店にカルラを誘った。

質の良い紅茶と豊富な種類の菓子を取り揃えたこの店は若い女性に特に人気が高く、内装も女性好みでたいへん可愛らしい。甘い物に目がないカルラが喜ぶかと思って入った店だったが、若い女性達で賑《にぎ》わう店内で凜は心底うんざりする羽目になった。

「オスカー様がお戻りになられたのですって。わたくし、少しだけお顔を拝見できたんですの！　以前よりも更に麗《うるわ》しいあのお姿……はぁ、一度でいいからあの胸に抱かれてみたいですわ……」

「まぁうらやましい！　警備団の大門前にいたらわたくしも拝見できるかしら……？」

「きっと拝見できますわ！　もしかするとオスカー様からお声をかけてくださるやも」

時折起こる小さな歓声《かんせい》や絶《た》え間なく口にされるその名に苛立《いらだ》ちは募り、ブスリと目の前のケーキにフォークを突き立てる。

「ねぇ。いったいオ……あの方と何があったの？」

固有名詞を出しかけ、慌てて言い直すカルラの問いかけに、観念したようにそっと溜息を漏らす。

「初対面であまりされたことがない経験をしたので少し苛《いら》ついただけですよ。まぁでも……もう犬に噛まれたとでも思って忘れることにします」

と苦笑しながら紅茶をすする凜に、カルラは目を丸くして驚き、次の瞬間堪えきれないといった様子で吹き出した。

「ぷっ……ふふふ、あの方を犬なんて呼ぶのはリンだけよ！　い、犬って……！」

「あんなのより犬のほうが可愛げがある分マシですよ。どれだけ美形でも中身があんなのじゃ宝の持ち腐れってものでしょう」

ふん、と鼻を鳴らして忌々《いまいま》しげに小さく舌打ちをする凜に、肩を持つわけじゃないのだけど、と前置きをした上でカルラは口を開く。

「容姿ばかりに目が行きがちだけど、四年前に二十二歳の若さで副団長に任命されて、実力的にもお家柄的にも、将来は王都の騎士団長にっていう話もあるくらい優秀なお方なのよ。ダンから聞いた話だと、副団長になってからも任務の有り無しに関わらず、朝早くから夜遅くまで鍛錬《たんれん》を積んで、それでいて誰よりも多く任務をこなして団長の補佐役も務め上げているんですって」

「……上司が休まないと部下が休みにくいんですよ。そういうところに配慮するのも上役の務めだと思いますけどね。それがわからないうちはまだ青いってもんですよ」

王都への話が出ているならばさっさと行けばいいのに、と凜は内心毒《どく》づく。そうすれば万が一にも顔を見ることもなくなるだろうに。

「でも……そんなに優秀ならなぜ王都に行かないんですかね？　ここが王都に次いで重要拠点なのは知ってますけど、王都にいるほうが安全だし、出世的には都合がいいんじゃないですか？」

ふと湧《わ》いた素朴な疑問に凜は首を傾げる。

「詳《くわ》しくは知らないけど、噂《うわさ》によるとバルトフェルド団長に恩義《おんぎ》があるから、団長が国境警備団にいる限りは自分もここから離れないって言ってるらしいわよ？　その団長自身もこれまで何度も王都騎士団長の打診があるのに『より前線に近いほうが自分の性《しょう》に合っているし、生まれ故郷のアルドーリオにも思い入れがあるから今はなれない』って固辞《こじ》してるみたいだから、まだまだ先の話なんじゃないかしら」

バルトフェルドへの恩義という言葉に、ピクリと凜が反応する。同じくバルトフェルドに恩義を感じる者として無視できない言葉ではないか。オスカー本人はたいへん気に食わないが、その話が本当ならば、その部分のみにおいて認めてやってもいいかもしれない。あくまでもその部分のみ、だが。

「まぁでもそれだけ優秀で家柄も良くて、更にあのご面相《めんそう》なら女性たちが放っておかないのも無理ないのかもしれませんね。……中身がどうこうはともかくとして」

「あら？　あらあらあら？」

ずい、と身を乗り出すカルラに心持ち凛はたじろぐ。

「なんですか？」

「リンが男性について何か言うなんて珍しい、と思って。……ちょっと気になる？」

「……今までの会話の中でそう捉《とら》えられるような内容ありました？　どう聞いても嫌《いや》みしか言ってなかったと思うんですけど、私。あくまで一般論を述べただけですよ」

眉を顰《ひそ》めて凛がそう言うと、「なあんだ」とカルラは椅子にもたれながら、つまらなそうに溜息をつく。

「でも嫌みは言うのにオ……あの方が優秀だってことは認めるのね？」

「さすがに中身が気に入らないからって、それとこれとを一緒くたにするほど感情的ではないですよ。実際この目で見たわけじゃないですからどう優秀なのかはわかりませんけど、警備団の方達の働きぶりを見てれば、顔や家柄だけで副団長が務まるほど甘いものじゃないだろうっていう総合的な判断をしたままでです」

「実際、容姿のことを言われるのはお好きではないみたい。それにね、とても硬派な方だから今までに浮いた話のひとつも出ないのよ。お立場的にもご身分的にも本当なら奥様がいてもおかしくないのに、未《いま》だに決まったお相手がいないからあちこちからひっきりなしに縁談が舞い込むの。でもそれもすべて一蹴《いっしゅう》してしまうんですって」

なるほど。立場があると色々しがらみもついて回るということらしい。

黙って耳を傾ける凜にカルラは話を続ける。

「以前、あまりにも取り付く島もない態度に業《ごう》を煮《に》やしたある貴族のご令嬢《れいじょう》が直球勝負に出たことがあったの」

「――直球勝負？」

「そう。深夜に皆が眠りにつくのを見計《みはか》らってあの方のお部屋に忍び込んだそうなの」

「夜這《よば》いですか？　ご令嬢がなかなか大胆なことしますねぇ。というか、警備団が侵入されちゃ駄目でしょう。警備団の警備体制はどうなっているんですか」

至極当然な凜のツッコミは、「まぁそれは置いといて」とカルラに軽く流される。

「実際に及ばずとも何かあったかもしれない、と周りに思わせられれば外堀から埋めていけると思っていたのでしょうけれど」

そこで言葉を止め、身を寄せ声を潜《ひそ》める。つられて凜も身を屈《かが》める。――要約するとこうだ。


オスカーがどのような伝手《つて》で令嬢の侵入を知り得たかはわからない。もしかすると予見していたのかもしれない。その日の夜、某令嬢の両親とバルトフェルド団長と共に自室のドアを開けベッドの掛布を剝《は》ぎ取り、口にするのも憚《はばか》られるような姿で待ちかまえていた某令嬢を無表情に見下ろしてこう言ったという。

「今日の朝、ご息女はどちらにおいででしたか？　なるほど、朝食を一緒に。昼食は……あぁ、お母上と散策に出掛けられたときに召し上がったのですね？　サーモンのスモークサンドですか。――団長、私は今日早朝から昼過ぎまで訓練、その後軍議が夕刻まで。そして今の今までご両親と会食でしたね？　間違いありませんね？」

抑揚《よくよう》なく事実を確認したオスカーはくるりと両親に向き直り、目を細めて問うた。

「――さて。私は今日一度も自室に戻る間はありませんでしたが、ご息女がこのような格好で私の寝台におられる理由を、私が理解できるようにご説明願えますか？」

低音で淡々《たんたん》と問うオスカーが発する冷え冷えとした怒りに、あえなく失神した妻と娘を抱え逃げるようにして帰った某貴族はその後、娘を修道院に入れ自分達は遠方へと隠居《いんきょ》したという。

「あのときのオスカーの汚物《おぶつ》でも見るような目は俺でも背筋が凍《こお》るような心地がした……」

と、後にバルトフェルドがぽつりと零したとか零さないとか。

こっそりと様子を窺《うかが》っていた野次馬《やじうま》団員によりこの件は瞬《また》く間に国境警備団全員が知ることとなり、風の速さでアルドーリオの街に広まり、ひと月もしないうちにアルフェリア国内に知れ渡ったのだとカルラは重々しく告げた。

「以来、表立って近付く女性は減ったわ。時々は、無謀《むぼう》を承知で当たって砕《くだ》ける方もいるみたいだけど」

そう肩を竦めるカルラは紅茶のおかわりを注文する。それを聞いた凛はゾッと身を震わせて両腕をさすった。

「こ、怖っっ……！　それ、絶対見せしめにしたでしょう!?　いくら見た目が良いからって、よくそんな触るな危険人物相手に騒げますね!?」

「基本的にはとても紳士的で優しい方なのよ？　少《すこ》ぉし言葉と表情が乏《とぼ》しいけど……弁《わきま》えて接する

分にはとくに問題はないもの」

「弁えてって……ちょっとぶつかっただけであんな態度とられたらたまりませんよ！」

思わず声を荒げた凜に周りの女性達が口を閉ざし、何事かと視線を向ける。慌てて「すみません」と身を縮《ちぢ》こませる凜にカルラが眉尻を下げて愛らしく首を傾げた。

「虫の居所《いどころ》が悪かったのかしら……？」

硬派だか女嫌いだか知らないが、下手《へた》に関わっていらぬ火の粉が降りかかるのだけは避けたい。

凜の中でオスカーは〝腹立たしい無礼な男〟から〝絶対に関わってはいけない劇物男《げきぶつおとこ》〟に分類分《カテゴライズ》けされる。

――まぁなんにせよそうそう関わることもあるまい。あちらは多忙な副団長、こちらは一介《いっかい》のしがない事務局職員。見かけることくらいはあるかもしれないが顔を合わせることはおろか、話をすることもまずないだろう。


このとき凜はすっかり失念していた。

己が異世界転移者であることを。そして自らフラグを立ててしまったことを。――そのことに凜が気付いたのは、翌日バルトフェルドに呼ばれ中で待っていた人物の、襟足《えりあし》までの蜂蜜色の髪と振り返った翠玉色の瞳を視認したときだった。

記録Ⅱ　医療行為……なのか？

凜《りん》の一日の業務は局内の清掃から始まる。始業開始時間三十分前に出勤し、与えられた業務机と共有スペースを鼻歌交じりに掃除して、不足している物がないか確認して足りなければ事前に補充しておく。

「ふーんふんふんふーんふん、ふふふふふーん」

その日の気分によって歌は変わるが、今日の気分は某猫型ロボットが出てくるアニメソング。ちなみに昨日はゴリゴリのデスメタルの気分だったので、脳内に流れる爆音《ばくおん》に合わせて縦ノリで掃除をしていたら、出勤してきた先輩に残念なものを見るような目で見られてちょっぴり恥ずかしい思いをした。

実際のところ掃除が必要なほど汚れているわけではないが、元の世界で働いていた頃からの習慣で、凜にとっては仕事脳へ切り替えるための、ある種の儀式のようなものだ。

その日の仕事内容を確認し、どの仕事から片付けるかを整理してから業務に取りかかる。いかに無駄なく効率よく仕事をするかを考え、その計画通りに進んだときの満足感に密《ひそ》かに浸《ひた》るのが好きなのだ。

「おはようリン、今日も早いね」

「おはようございます、ランド局長」

出勤してきたランドと朝の挨拶《あいさつ》を交わし、自席へ戻ろうとする凛にランドが声をかける。

「あぁそうだ、バルト君が仕事終わりに団長室に来てほしいって言ってたよ。何かリンに頼み事があるんだって」

「頼み事、ですか？　わかりました」

バルトフェルドが頼み事とはなんだろうか。疑問に首を傾《かし》げつつも、凛は頭を切り替えぐいと袖をまくり、目の前の仕事に取りかかった。


その日の仕事を終え、足早に警備団棟にある団長室へと急ぐ。道すがら屈強な団員達に声をかけられ何度か足を止めることになったため、思ったよりも時間を食ってしまった。

団長室の扉を叩《たた》き中に入ると、椅子に腰掛けているバルトフェルドの机を挟《はさ》んだ正面に後ろ手を組み、こちらに背を向けている長身の男性の姿が見え、凛は軽く眉を寄せた。

――どこかで見たような、既視感《きしかん》のある鮮やかな蜂蜜色《はちみついろ》の髪。

（おっと……これは嫌ーな予感がしますねぇ）

そう思いつつバルトフェルドに挨拶をすると、こちらに背を向けていたその人物がゆっくりと振り返り、その翠玉色《すいぎょくしょく》の瞳が見開かれた。

「ｏｈ……」

思わずエセ英語を使ってしまった凛は天を仰《あお》ぎ、ぺちん、と額《ひたい》を叩く。

（立てたなー、立ててたわフラグ！　すっごく太いやつ！　なーんであんなベタなことしたかなー）

自分の迂闊《うかつ》さに心の中でセルフツッコミを入れながら、少しの間そのままの姿勢を維持《いじ》した後、スッと体勢を戻して何事もなかったように澄《す》ました顔でバルトフェルドに向き直る。

「……大丈夫か？」

凜の奇行《きこう》を見て心配そうに訊《たず》ねるバルトフェルドに「些末《さまつ》なことです、問題ありません。失礼いたしました」と頭を下げる。

「それならいいが……」

少々不安げな表情を浮かべつつも、気を取り直したように咳払《せきばら》いをひとつしてからバルトフェルドは立ち上がる。

「紹介しよう、この国境警備団副団長のオスカー・ガーランドだ。長期任務でしばらくここを離れていたからリンは初めて見る顔だろう。——オスカー、彼女がリン・タチバナ嬢だ」

知ってますよ、前に無礼な態度とられたからな！　などと無粋《ぶすい》なことは言わない。なぜなら凜は極《きわ》めて常識的な成人女性なのだから。先日の一件はなかったことにして自己紹介をするくらい、朝飯前だ。

「リン・タチバナと申します。よろしくお願いいたします」

前職で染み付いた完璧《かんぺき》な最敬礼と営業スマイル。自慢ではないがマナー講師の先生に見本に指名されるほど、凜の礼は完璧だった。これぞ大人の対応とばかりに心の中でドヤ顔を見せる。

——が。

「オスカー・ガーランドだ」

そっけなく名前だけを告げ、興味がないとばかりにさっさと視線を外《はず》すその態度に、ピクリと眉が動く。

（こ、こいつ……！）

いやいや落ち着け立花凜《たちばな》。波風立てずこの場を乗り切るのが大人というものだ、と自分に言い聞かせる。……バルトフェルドの前でなければとっくに売られた喧嘩《けんか》を買っているところだが。

「……オスカー、失礼だぞ。すまないリン。長い任務明けで少し気が立っているが悪いやつではないんだ、許してやってくれ」

「いいえ、どうかお気になさらず」

手と首を横に振り、凜は答える。バルトフェルドの気遣いにささくれた気持ちが少し和《やわ》らぐ。こういうさりげない気遣いのできる渋《しぶ》い男性のほうが無礼な美形よりもよっぽどいいと思うのに、アルドーリオの女性達はわかってないなぁと内心ひとりごちる。

フォローをされたはずの当のオスカーは、完全に凜の存在を無視してまっすぐ前を向いたままだ。その能面《のうめん》のような顔がまた腹立たしい。

「あー……まぁ、とりあえず話を進めるぞ。少し話したと思うがリンは別世界から来た転移者だ。魔力はまったく保持していないが、あらゆる言語を理解し、話すことができる」

――そう。どんな言語もすべて自動変換される便利能力のおかげで実《じつ》のところ、凜の主な仕事内容は翻訳《ほんやく》作業なのだ。

何せ現在使用されている言語はおろか、解読《かいどく》困難と言われ長年研究されてきた古文書《こもんじょ》や魔導書《まどうしょ》すらも自動変換できるおかげで、この世界でも貢献《こうけん》できているのだから有《あ》り難《がた》い。芸は身を助《たす》くとはまさにこのことだろう。不思議現象万歳《ばんざい》。

「リンの能力について知っているのは国王陛下と本国の魔法局長キースィリア、事務方局長のランド氏と俺、そしてオスカー、おまえだけだ」

「……そうですか」

そっけない返事で胡散臭《うさんくさ》そうに目を細め、むっつりとしかめっ面をするオスカーを見てバルトフェルドがまた溜息《ためいき》をつく。

「……まぁいい。リン、ここからが本題だ。実は君に依頼がある」

「依頼、ですか？」

凜の疑問に頷《うなず》き返してバルトフェルドは言葉を続ける。

「近く国王陛下が視察に参られ正式に依頼されることになる。これはまだ公《おおやけ》になっていない案件だが、ここから西の方角にある遺跡で古代文字と思《おぼ》しき碑文《ひぶん》が見つかった。写《うつ》しを取ろうにもかなり脆《もろ》くなっている上、凶悪な魔物が蔓延《はびこ》っているため困難だと判断された。そこで」

バルトフェルドは凜とオスカーにゆっくりと視線を配りながら告げた。

「オスカーと共にその遺跡へ赴《おもむ》き碑文調査に向かってもらいたい」

「うえっ!?　げきぶ……この方とですか!?」

「…………！」

静と動、それぞれ表し方は違えど心底嫌そうに表情を歪《ゆが》めた凜とオスカーは、自分のことはさておき相手の失礼な反応を見て更に不愉快さを顕《あらわ》にし、ぷいとそれぞれ逆方向に顔を背《そむ》ける。

いちいち反応していても埒《らち》が明かないと判断したのか、バルトフェルドはそんな二人の反応を無視して言葉を続ける。

「陛下は君の答えを尊重する、と仰《おお》せだ。断ってくれてももちろんかまわない。だが今回発見された碑文はアルフェリア王国の魔法技術を大きく発展させる可能性を秘めている。故に私としてもぜひとも協力願いたい。もちろん君の身の安全は保証する。そのためのオスカーだ」

バルトフェルドの言葉に、凜は眉根を寄せて思案する。依頼を受けること自体を拒否するつもりはない。――が、凶悪な魔物が出るという点が当然のことながら引っかかる。更にいけ好かない劇物男が護衛《ごえい》だという点も大いに気乗りしない。というか、かなり気乗りしない。

(うーん……実際話だけで魔物も見たことないから、いまいちピンとはこないんだよなぁ。それにこの人が護衛? ……嫌すぎる……)

某有名RPGの、ぷるぷると震えるとんがり頭の青いアイツみたいな魔物ならばぜひとも遭遇《そうぐう》したいが、〝凶悪な〟とわざわざつけるくらいなのだから相当なのだろう。しかも旅の道連れはオスカーだ。魔物云々《うんぬん》の前に対人ストレスで死んでしまう気がする。

「……つかぬことをお伺いしてもよろしいでしょうか?」

少しの間考えを巡らせていた凜は挙手《きょしゅ》をしてバルトフェルドに質問の許可を得る。バルトフェルドが肯定の意を示すように頷くと凜は口を開いた。

「その依頼を受けた場合、どのくらいの期間拘束《こうそく》されることになりますか?」

「移動自体は転移魔法陣を敷《し》いてきたから往復一日もかからない。碑文調査はリン次第ではあるが……三日もあれば充分だろう」

「計五日間ですか……」

社畜時代の拘束時間とは比べようもない。命の危険がある以上、比較対象としては不十分だが。

「まぁすぐに答えを出す必要はない。少なくとも準備があるから出立《しゅったつ》はひと月以上先のことだ。ゆっくり考えて――」

「あぁ、いえ大丈夫です、お受けします。私が行ったほうが早いんですよね？」

あっさりと了承《りょうしょう》した凜の答えに、バルトフェルドは目を見開く。

「それはもちろんそうだが……本当に良いのか？」

「仕事なんですよね？　でしたら私に断る理由はありません」

「だが、悩んでいたように見えたが……」

「いや、その間の通常業務のほうの段取りをどうしようかなと。ひと月以上先なんですよね？　調整できますので問題はないと思います」

仕事である以上、個人の感情を挟《はさ》むべきではない。以前の職場でも、たとえどんなに気に食わない取引先であろうと笑顔で対応してきたのだ。たかだか五日くらいなんだというのか。

つい先ほどまでの嫌そうな顔から一転、あっさり頷いてみせる凜に、バルトフェルドだけではなく、それまで無視を決め込んでいたオスカーまでもが目を見開き凜の横顔を凝視《ぎょうし》する。

胡乱《うろん》げな視線を送るオスカーに気付き、凜は軽く眉を顰《ひそ》めながら口を開く。

「……なんですか。私に何かついてますか」

「……べつに」

「そんなに疑わなくても仕事はちゃんとしますよ」

心外だとばかりに眉を顰める凜に、オスカーはますます不可解《ふかかい》そうな表情を浮かべる。

「よし。では陛下がお越しになったときに改めて返答を聞くが、リンも準備を進めておいてくれ。

「オスカー、おまえも頼む」

バルトフェルドの一声にハッと我に返るとオスカーは姿勢を正し「ハッ」と胸に拳《こぶし》をあてその命《めい》を受けた。

人選に不満があろうとなかろうと、一緒に仕事をする相手に挨拶をするくらいの筋《すじ》は通しておくか。そう考えた凜はくるりと体の向きを変えて、

「ガーランド、様？　でいいですか？　よろしくお願いします」

と一応の礼儀で頭を下げる。

そんな凜をちらりと一瞥《いちべつ》し、不愉快そうに眉を顰《ひそ》めたオスカーが口を開く。

「敬称は不要だ」

ぷいとすぐさま視線を前に戻したオスカーに、凜のこめかみに青筋が走る。何だその態度は。愛想《あいそう》の欠片《かけら》もない言い草にまたもや苛《いら》つかされる羽目になり、

（……やっぱりこいつ腹立つな！）

と心の中で舌打ちをする凜であった。


碑文調査依頼を受けた翌日の早朝、凜はあくびを嚙《か》み締めながら警備団の鍛錬場《たんれんじょう》で準備運動をしていた。

丸襟《まるえり》の長袖シャツに、紐《ひも》で止める形のややゆったりとしたズボン。柔らかいブーツを履《は》き、髪はいつもよりも高い位置でひとつに結び、首には手拭《てぬぐ》いを巻いてある。

なにせ高校の体育の授業以来、まったく運動をしてこなかった凜の筋肉は、この十余年で完全に仕事筋《きん》に変化している。

その体育ですらサボりこそしなかったものの、のらりくらりと適当に流すほど、凜は根っからの運動嫌いなのだ。

基礎体力はあったがそれを活《い》かす能力が欠けていたのも、運動嫌いに拍車をかけていたのは間違いない。単純な、走る、投げる、跳《と》ぶなどの運動テストではいつも平均以上なのに、そこに技術を伴《ともな》う競技となるとまったくその能力は発揮されなかったのだ。——要は運動音痴《おんち》なのである。

『跳び箱が跳べても役に立たないでしょ？』

当時そう言った幼き頃の自分に、今でも深く同意できる。

なぜなら二十九歳になった今でも、跳び箱が跳べなくて困ったことが、これまでの人生で一度もなかったからだ。何が悲しくて箱を跨《また》いで飛んだり鉄棒を逆に回ったりしなければならないのか。サッカーのドリブルができなくてもバレーのサーブが入らなくてもなんの問題もない。そんなことができなくても、こうして日々明朗快活《めいろうかいかつ》に生きていられるのだ。

そんな屁理屈をこねるくらい運動嫌いな凜が、なぜこんな早朝にわざわざ動きやすい格好をして鍛錬場にいるのか。

理由は単純明快、落ちまくったこの体力と筋力で片道二十五キロを自力で歩ける自信がまったくないからである。

昨日、話がすんだと見て自室に戻ろうとした凜を呼び止めたバルトフェルドの言葉に、凜は早くも依頼を受けたことを後悔することになった。

「――あぁそうだ。転移魔法陣が敷いてあるとは言ったが、そこから遺跡までは徒歩になるからそのつもりでいてくれ」

徒歩。バルトフェルドの言葉に、凜の表情があからさまに曇《くも》る。

「……ちなみにどれくらいの距離なんでしょう？」

「そうだな……オスカー、どれくらいだ？」

「片道十五マイル、といったところでしょう」

十五マイルということは……記憶を掘り起こして単位を換算した凜の顔色が悪くなる。

「約二十五キロ…………」

そんなに歩いたら魔物に襲われる前に死んでしまうのではなかろうか。死ぬまではいかずとも足が疲労骨折するかもしれない。

もちろんそんなわけないのだが、運動嫌いな凜にとっては死の宣告ともとれる事実に絶句する。

「無……」

「無理、とはまさか言わないだろうな」

冷たい視線を寄越《よこ》すオスカーに遮《さえぎ》るようにして先手を打たれ、ぐっと言葉を飲み込む。

「先に言っておくが、私に助けを求めようなどと期待するな。歩けぬと言うならば、はなからこの話を受けるべきではない」

無表情に淡々と告げるオスカーに、凜の怒りは瞬間湯沸《ゆわ》かし器のごとく見る間に上昇していく。

「たとえ足が折れたって自分で歩きます！　貴方《あなた》に助けてもらおうなんて、これ一っぽっちも思っていませんからどうぞご安心ください」

ギリリと歯軋《はぎし》りしながらこめかみに青筋を立て、凜はにっこりと口端だけを上げてオスカーに言い放つ。

そのままの表情で「では、失礼いたします」と頭を下げ、荒々しく部屋を出ていく凜の背を見送り、バルトフェルドは両手で頭を抱えて呻《うめ》き声を上げる。

「おまえ……もう少しなんとかならないのかその態度」

そうぼやくバルトフェルドにオスカーは淡々と答える。

「特に問題があったとは思えませんが」

表情を崩さず平然と言ってのける彫刻のように整った美しい部下に対して、バルトフェルドはこれ以上小言を並べる気になれず、何度目かわからない溜息を零《こぼ》したことを凜は知る由《よし》もない。


昨日のことを思い出して凜は大きな舌打ちをする。

「ッチ、陰険能面劇物男め……！　あれが年長者に対する態度ですかね？　どういう躾《しつけ》を受けてきたんだこんちくしょう」

周りに誰もいないとあって口の悪さ全開の凜は、ブツブツとオスカーに対する愚痴《ぐち》を零しながら体を伸ばす。

「絶対にあんなやつの手を借りるもんですか。見てろよ美形め」

やりたくないことは何があってもやらないが、やると言った以上嫌々でもやり遂《と》げるところが凜の最大の長所と言える。更に付け加えるならば、なんだかんだ言いながらも頼まれれば嫌とは言えないのも立花凛という人間なのだ。

鳥のさえずりが聞こえる中、体に染み付いたラジオ体操第一の音楽を頭でなぞりながら柔軟体《じゅうなんたい》操《そう》を終え、おもむろに走り出してふと思い出す。

(あー……そうだ、胸が大きくなってから余計運動が嫌になったんだった)

ゆさゆさと揺れる豊満《ほうまん》な胸は、その揺れが大きければ大きいほど遠心力が増して千切《ちぎ》れるのではないかというほどに痛い。

視覚的な面でもそうだ。今となってはさして気にならなくなったが、思春期の頃は揺れる胸を見てニヤニヤと笑う男子達の視線が嫌で嫌で仕方なかったのを思い出す。

(明日からはサラシか何かで押さえつけて走ろう。痛くて気が散るわ)

しかしなんの役にも立たない胸だな、と思いつつゆっくりとした速度で広大な鍛錬場を走る。鍛錬場の一周が約三マイルだと聞いたからまずは一周完走することを目標にしよう。

が、走り出して一分も経《た》たぬうちに息が上がってきた凛は早々に心が折れかけ、途中何度も足を止めようかと考える。だがいざ止めようとするとオスカーの小馬鹿にしたような顔が脳裏《のうり》に過《よぎ》る。

(なーにが「私に助けを求めようなどと期待するな」だってのよ！)

ギリッと歯を食いしばり、怒りを原動力に変え必死に足を前に蹴《け》り出し、凛は走った。


「し、しんどい……！」

想定以上の時間をかけてなんとか一周を走り終えた凛は、息も絶《た》え絶《だ》えになりながら近くにあった木に縋《すが》りつく。自分が考えていた以上に体力が衰《おとろ》えていたらしく、太腿《ふともも》とふくらはぎが痛みに悲鳴を上げているのが聞こえてくるようだ。

ゼェゼェと荒い呼吸を立てていると背後にジャリ、と石を踏む足音が聞こえた。誰か鍛錬場に来たようだが、振り向く余力すら残っていない。息が整うまで木にもたれかかったまま無視していると、朝から一番聞きたくない低音が降ってきた。

「こんなところで何をしている」

（……この無駄にいい声はまさか……ヤツか？）

一瞬聞こえなかったフリをしようかとも考えたが、それはそれで負けたような気がして凛は渋々《しぶしぶ》振り向き、「やっぱり」と口に出さず表情だけで伝える。

「おはようございます。ご迷惑をおかけしないようにと思って、見ての通りの体力作りですがお邪魔でしたか？」

嫌みたっぷりにそう言ってやるとオスカーはふん、と鼻を鳴らし「心掛けだけはご立派だがいつまで続くか見物だな」と嫌み返しをしてくる。

自分も嫌みったらしい言い方をしたのを棚《たな》に上げてカチンときた凛だったが、そんな無駄な体力を使うのももったいない。これ以上気分を悪くされてもかなわないとばかりに、オスカーを無視することにした凛はふいと背を向けて息を整えることに集中する。

そんな凛の態度をどう思ったのかはわからないが、やや苛立ったような口調でオスカーが言葉を重ねてきた。

「どうしようと貴女《あなた》の勝手だが、そろそろ団員達の訓練の時間だ。邪魔にならぬうちに戻るんだな」

オスカーの言葉に凛は顔を上げ、宿舎の壁に取り付けられた時計の針にすいと目を向ける。すでに始業の一時間半前を切っていることに気付き、「ヤバイ！」と声を上げた凛は悲鳴を上げる足を叱咤《しった》して慌てて自室へと引き上げた。

——早朝ジョギングを始めて早十日。今日も今日とて凛は寝ぼけ眼《まなこ》を擦《こす》り、脳内のラジオ体操第一の音楽と共に準備運動をしていた。初日の反省点を元にしっかりと胸をサラシで固定して臨《のぞ》んでいる。

初日に比べるとずいぶんと軽い足取りで走れるようになった。売り言葉に買い言葉で始めた体力作りだが、思いの外《ほか》いいストレス解消にもなっているようで、調査が終わった後も続けてみようかと考えるくらいには余裕が出てきた。

「まぁ解消した先からストレスの元凶に出くわすから、結局プラマイゼロなわけだけど」

ボソリと愚痴る先には今日もオスカーがいる。この数日間で気付いたことだが、どうやら陰険美形は凛が鍛錬場に顔を出すよりも更に早くから体を動かしているらしい。

汗が滴《したた》る髪や広い背中の三角筋《さんかくきん》や広背筋《こうはいきん》にしっとりと貼《は》りつく訓練着を見るに、相当な運動量をこなしているのだろう。

一度夜中に目が冴《さ》えて窓から外を覗《のぞ》いたときに、ぼんやりと遠くで明かりが灯《とも》る副団長室を見て翌日ランドに聞いてみたところ、ほぼ毎日深夜を過ぎてからも仕事をしているようだと聞いてドン引きした記憶がある。

いったいいつ眠っているのだろうか？　あれほどの美形ともなると睡眠を取らなくても活動でき

る特殊能力でも備わるのだろうか、などとふざけたことを思いつつオスカーの横顔を盗み見る。

（……ん？　何か顔色が悪くない？）

心なしかその美貌《びぼう》に疲れの色が見えたような気がして思わず凝視していると、視線に気付いたオスカーは鬱陶《うっとう》しそうに顔を歪めて凜に顔を向ける。

「……なんだ。見られるのはあまり好きではない」

「あー失礼。なんとなく顔色が悪そうだなーと思いまして、つい」

「余計なことを気にするな。貴女には関係ないことだ」

オスカーの刺々《とげとげ》しい言葉にも耐性がついたのか「はいはい、失礼しましたっと」わざとらしく肩を竦めてみせる凜にオスカーは苛立ち気味に舌打ちをする。それを受けて凜は呆《あき》れたように溜息をひとつ零してから口を開いた。

「あのですねぇ、ガーランドさん。女性嫌いだかなんだか知りませんけど、そうツンツンして疲れませんか？」

「………………」

「言葉ひとつで円滑に人間関係がまわったほうが何かと良いと思うんですけど」

「貴女と円滑な人間関係を作る気は毛頭ない」

カッチーン。慣れたとは言えあまりの言い草に今日の分の堪忍袋《かんにんぶくろ》の緒《お》が切れる。凜の堪忍袋の緒は眠るとある程度修復される作りになっているが、毎度毎度その緒をオスカーは見事にぶった切ってくる。

ギリリ、と歯軋りを立てて憤慨《ふんがい》し立ち去る凜の背を、オスカーはその日初めてチラリと見送ったが、もちろん凛がそのことを知る由もなかった。

般若《はんにゃ》のような顔つきで、まるで親の仇《かたき》のように朝食の塩漬け肉にフォークを突き立てる凛の肩を、ポンと叩いて声をかけてきたのはランドだった。ここ数日間で毎朝の恒例となりつつある光景に苦笑しながら隣に腰掛ける。

「おはようリン。今日もオスカー君とやり合ったのかい？」

「おはようございます。ええ、今日もギラギラに尖《とが》ったナイフでしたよ」

「でも彼があんなに女性と話をするのを今まで見たことないよ。すごいね、リン」

「あれが話と言えるのか甚《はなは》だ疑問ですけど」

うーん、と苦笑しながらもランドが香りの良い紅茶に口を付ける。苛々《いらいら》しながら大口を開けてパンにかじりつく凛の横顔を見ながら考える。

会話の中身はともかく大の女性嫌いのオスカーが女性と会話をしている、というだけでもこれまでになかったことだ。自分の近くに女性がいるというだけでも嫌がるオスカーがそもそも会話ができる距離に凛を置いているだけでも驚きなのに、とランドは思いながら紅茶をすする。

(案外相性《あいしょう》いいんじゃないのかなぁ、オスカー君とリン。言ったら絶対怒るだろうから言わないけどね)

そんなことを考えていながら凛に伝言があって来たのを思い出し、口を開く。

「あぁそうだ、忘れるところだった。悪いけど今日の業務終了後、バルト君のところに行ってくれる？　君に折り入って話があるんだって」

「折り入った話ですか？　なんでしょうかね……わかりました」

凛は首を傾げつつも頷き、食べ終わって綺麗《きれい》に空《から》になった食器を片付けランドと共に事務方局に向かう。

バルトフェルドが自分に折り入った話とはなんだろうか。この前の任務の件で何か追加連絡事項でもできたのだろうか。

（護衛交代とかだったらいいのに）

淡い期待を抱いて少しばかり気がそぞろになりつつも、いつものようにガリガリと通常業務と翻訳業務を片付けていった。


夕刻になり、業務を終えた凛はさっそくバルトフェルドが待つ団長室へと急いだ。

扉を叩き、返事を聞いてから足を踏み入れるとそこに待っていたのはなんと、アルフェリア国王マクシミリアンとバルトフェルドだった。

穏やかな微笑《ほほえ》みを浮かべたマクシミリアンが口を開く。

「久しいの、リン。息災であったか？」

「はい。国王陛下に置かれましては、ますますご健勝《けんしょう》のこととお慶《よろこ》び申し上げます」

「良い良い。そなたは臣下《しんか》ではないのだからそんな堅苦《かたくる》しい挨拶は無用じゃ。のう？　異世界の友人よ」

マクシミリアンは目尻に笑い皺《じわ》を作りそう呼びかける。さすがの凛も一国の王を相手に友人と呼べるほどの図太《ずぶと》さはないが、どこの馬の骨とも知れぬ女相手に気遣ってくれるマクシミリアンの懐《ふところ》の深さに感じ入るところがある。

「ありがとうございます。お言葉に甘えて口調を改めさせていただきます」

微笑む凛に満足げに頷き、マクシミリアンは向かい合ったソファに腰掛けるように凛を促す。

凛が座ったところを見計らってマクシミリアンは改めて口を開いた。

「さて。さっそくだが、そなたに訊ねたい。バルトフェルドから遺跡の件は聞いておるだろうが、リンそなた誠に碑文調査に協力してくれるのか？」

凛の反応を窺《うかが》いながら訊ねるマクシミリアンに凛は大きく頷いて肯定する。

「はい。それが私にできる唯一の仕事ですから」

「……初めて会《お》うたときにも思うたが誠に実直な娘だのぉ。それでいて実に潔い。そなたがこの国に来てくれて本当によかった。改めて礼を申す」

一国の王に礼を言われ凛は恐縮《きょうしゅく》しきりでブンブンと激しく頭を横に振る。

「いえ、そんな」

しどろもどろになる凛を微笑ましそうに見つめるマクシミリアンは、バルトフェルドにも同意を求めるようにして視線を動かした。

「リンの働きぶりは事務方局内だけでなく国境警備団内でも全員が認めるところです。やや働きすぎな部分は否めませんが、ランド氏も『魔法局に取られなくてよかったよ～。バルト君、お手柄《てがら》だよ！』と、たいへん喜んでおられます」

真面目《まじめ》な表情のまま、ランドののんびりとした口調を真似《まね》するバルトフェルドに吹き出しそうになりつつも、凛は照れくささにへらりと口元を緩める。お世辞《せじ》かもしれないが、褒《ほ》められるのはやはり嬉しい。

そうかそうかと嬉しそうに頷き、マクシミリアンはいたずらっ子のような表情を浮かべて顎髭《あごひげ》を撫《な》でる。

「アルドーリオへ視察に行くと言ったらキースィリアが自分も行くと言って騒いでおったわ。副官やらにたっぷりとお小言を食らって渋々諦めておったがの。リンによろしく言っておいてほしいと何度も言われたぞ」

時々手紙でやりとりはしているが、王都で会って以来、キースィリアにも会っていない。

「碑文調査を終えたらお休みをいただいて王都へ遊びに行こうかな……」

ぼそりと呟《つぶや》くと、「ああ、そうしてやってくれ。『陛下ばかりリンに会って狡《ずる》い！』とうるさいからの」とマクシミリアンが苦笑した。

「――ところでリンよ。ついでと言ってはなんだが、そなたにもうひとつ頼みたいことがあるのじゃ」

改まって口を開いたマクシミリアンに凛がオウム返しして首を傾げる。

「頼みたいこと、ですか？」

うむ、と重々しく頷きバルトフェルドに目配せをするとマクシミリアンの代わりにバルトフェルドが口を開く。

「ランド氏から折り入った話がある、と聞かされていたかと思うが、本題はその件についてだ」

「なんでしょうか」

珍しく口ごもり、言い辛《づら》そうに言葉を探しているそぶりを見せるバルトフェルドの様子に、凛は怪訝《けげん》な表情を浮かべながら首を傾げる。そんなにも言いづらい依頼なのだろうか。

「これ、早《はよ》う言わんか」

マクシミリアンにせっつかれてバルトフェルドが意を決したように口を開いた。

「――君にある人物の医療行為を頼みたい」

「医療行為？　私そんな知識ありませんけど……？」

「いや、特別な医療知識は必要ない。その人物とは男性なのだが……その……いわゆる……アレだ」

「アレ？」

アレってなんだ、どれなんだ。ますます凜は首を傾げる。

「うむ。男性なら誰しも抱える、そのー……」

意を決したかに見えたバルトフェルドはやはり言い辛そうにもごもごとはっきりしない。焦《じ》れ焦《じ》れする凜以上にマクシミリアンが耐えきれなかったのか、

「ええい、煮え切らん男じゃの！　もう良いわ！　余が言う！」

とバンッと机を叩く。音に驚いた凜がビクリと肩を震わせると、取り繕うようにおほん、と咳払いをしたマクシミリアンの口から、俄《にわか》には信じがたい台詞《せりふ》が飛び出した。

「リンよ。そなたにある男の性欲処理を頼みたいのじゃ」

「…………はい？」

（……うん？　今なんて言った？　性欲…………なんて？）

突然聴力がおかしくなったのか、と首を傾げ耳の穴をぐりぐりと指でほじくり、とんとんと側頭部を叩いて入っているはずもない水を出そうとしてみる。

いやいやいや。まさか一国の王がそんな馬鹿なことを頼んでくるはずがない。きっと聞き間違いだろう。小さく頭を振ってから凜は微笑み、聞き返す。

「申し訳ありません、よく聞こえなくて……。もう一度おっしゃっていただいても？」

「ある男の性欲処理を頼みたい、と申したのじゃ」

――今度はしっかり聞き取れたが、言葉の意味がわからない。いや、わかりたくないといったほうが正しいかもしれない。

頭がおかしいとしか思えない内容に凜の顔が引きつる。目の前のマクシミリアンとバルトフェルドも、なんとも言えない気まずそうな表情をしている。

すぅと息を吸い込んで否定の言葉を吐こうとした凜の動きを察知したマクシミリアンが、ガタッと前のめり気味に手でそれを制する。

「待て！　せめて話を最後まで聞いてくれい！」

王の前だと言うのにあからさまに憮然《ぶぜん》とした表情で凜が言葉を飲み込む。常識的に考えて目上の、それも一国の王に対する態度ではないが、内容が内容なだけに致し方ないと言えなくもない。

かなり機嫌を損ねたようだが一応聞く姿勢を持っている様子の凜を見て、マクシミリアンはやれやれと真っ白な手巾《ハンカチ》で額の汗を拭う。

「そなたが怒るのも無理からぬ話じゃ。だが、これはこの国にとっても非常《ひじょ》ぉーに重要なことなのじゃ。――リンよ。そなた魔力についてどの程度知っておるかの？」

「……この世界に生まれる人間は生まれつき魔力を持っていることと個人差が激しいこと、特にアルフェリア王国は魔力保有量の多い人間が他国に比べて多いこと……」

こちらに来て魔法が存在すると聞いてすぐに調べた知識を思い出しながら口にする。大のＲＰＧゲーム好きの、年季《ねんき》が入ったインドア女の凜は、小躍《こおど》りして自分にもそんな奇跡の力が備《そな》わったりはしてないかとあれこれ本を読み漁《あさ》った思い出がある。

頑張れば簡易ライターくらいの火は出せるんじゃないかと躍起《やっき》になったが、結局自分にはまったく魔力がないという残酷な事実を突き付けられて、泣く泣く諦めたというちょっぴり苦い思い出だ。

「魔法使いに憧《あこが》れた時代が私にもありましたね……」

当時のことを思い出してフッと遠い目をする凜に、マクシミリアンは「これ、戻ってこい」と声をかける。

「そう。その魔力じゃが厄介《やっかい》なことがひとつあっての。魔力の保有量と性欲は比例するのじゃ。特に男はその傾向が強い」

「えぇ～？　まっさかぁ～。聞いたことないですよ、そんな話」

あまりにもな話をされた影響か、かなりくだけた口調になっていることに凜は気付いていない。

そしてマクシミリアンもバルトフェルドもまったく気にする様子を見せていない。

疑わしげな目を向ける凜にバルトフェルドが抱えていた分厚い本をおもむろに開き、そこにある一文を指し示しながら手渡してきた。

「ここを読んでみろ」

渋々受け取った凜は示された部分に目を走らせる。

「えー……『魔力と肉欲は密接に関連していることがこれまでの研究で明らかになっており、その魔力保有量が大きいほど肉欲も比例して大きくなる。体内に許容量を超える魔力を保有している場合、魔力中毒症を引き起こすことが確認されている。注釈《ちゅうしゃく》、魔力中毒症の症状として見られる主な症状例は以下。①食欲減退　②睡眠障害　③思考低下　④著しい体力の減退、などである。また末期になると本人の意志に関わらず体内の魔力が暴走し本人を含む周囲を巻き込む魔力暴走を引き起こす恐れがあるため、定期的な魔力放出・循環が必須《ひっす》である。なお、男性の場合は陽《よう》の気・女性の場合は陰《いん》の気を放出することでも対処が可能であるが、対する気の持ち主との交《まじ》わりがもっとも効果的であることも立証されている』……」

そこまで読み、凛はバタン、と本を閉じ目を閉じて額《ひたい》に手を当てる。

うーん、と唸《うな》り声を上げしばらくそのままの今しがた読んだ文章を飲み込み、たっぷりと間を置いてから口を開く。

「…………百歩譲《ゆず》って、そこはわかりました。けど、私でなければならない必要性はないですよね？」

「それがそなたでなければならんのじゃ」

「なんでですか!?」

「その男が受け入れるとすれば、そなたしかおらんからじゃ」

「誰ですかそれ!?　自分で言うのもなんですけど、元の世界でもこっちの世界でもそういう色っぽい話が生まれそうな相手にまったく心当たりありませんけど!?」

実際その通りだ。色恋沙汰《ざた》に縁遠くなって久しい凛に心当たりなどあるはずがない。だいたいにしてなぜ自分がどこの誰とも知らぬ男に股《また》を開かなければならないのか。あまりにも失礼が過ぎる話ではないか。

「その相手はリンも知っている相手だぞ」

バルトフェルドの言葉に凜はピタリと動きを止める。自分も知ってる相手ということは国境警備団の人間だろうか。――だがピンとくる該当者がいない。

「今朝も会っていたと思うが」

更に重ねられた情報に凜が「え？」とバルトフェルドの顔を見る。


自分も知っている。今朝も会っていた。


その情報から導き出される該当者に嫌な汗をかきながら、恐る恐る「まさか」と凜が口を開く。

「………………ま、まさかの副団長様じゃ、ないですよね……？」

「うむ。そのまさかじゃ」

マクシミリアンとバルトフェルドが同時に頷く。サァと顔を青ざめさせた凜が、全力で頭を横に振る。

「無理です!!　絶対無理!!　あの人が受け入れるわけないでしょ!!　無理無理無理無理!!」

最初の出会いからして最悪な出会いな上に、今日までにこやかに会話が成立したこともないのに、そんなことができるはずがない。好きでもなんでもない相手の前で股を開くというだけでも到底受け入れがたいのに、よりにもよって相手があのオスカーだなんて！

百歩、いや千歩譲って仮に引き受けたとしても、凜の顔を見た瞬間にそれこそ死ぬほうがマシなくらいのとんでもない目に遭わされるのが目に見えている。

なぜいけ好かない相手に、そんな命と精神を削るような真似をしなければならないのか。

「バルトフェルドさんも知ってるじゃないですか、私がものすごく嫌われてるの！　絶対無理ですって！　というか絶対いやです!!」

「いや誓って言うが、オスカーは君のことを嫌ってはいないぞ。あいつがあんなに特定の女性と話をするなんてこれまでになかったからな」

そういえばランドにも同じようなことを言われた気がするが、信じられるわけがない。あの態度で嫌われていないと信じられる人間がいるなら、むしろそのおめでたい頭の中を見てみたいとすら思う。

「あれは話じゃなくて嫌みでしょ!?」

「嫌みでもなんでも、普段のオスカーなら二度目以降は会話すらしないか、慇懃無礼《いんぎんぶれい》にやりすごすかのどちらかだぞ？」

そのふたつの対人応対でよく今まで副団長が務《つと》まってたな、と明後日《あさって》なことを考えつつ凛がバルトフェルドにやいやい喚《わめ》いていると、マクシミリアンが「リンよ」と口を挟む。

その声にピタリと口を止め居住《いず》まいを正し、マクシミリアンに向き直る。

「膨大な魔力と誰よりも優れた剣技を持つオスカー・ガーランドという男は我がアルフェリア王国魔剣士団史上類《るい》を見ない稀代《きたい》の傑物《けつぶつ》じゃ。だがオスカーは元々の資質に甘んじることなく誰よりも努力し、また誰よりも勤勉《きんべん》じゃ」

静かに語るマクシミリアンの言葉に凛はまぁそれは確かになぁ、と納得する。知り合って間もない凛がそう感じるほどなのだから、昔からオスカーを知るマクシミリアンやバルトフェルドは当然知っているだろう。

「人に甘えることを良しとせず、自分一人で何もかもを背負いこもうとする不器用な男でもある。そんな男が唯一自分ではどうにもならない部分が、その膨大な魔力の扱いなのじゃ。つい最近までは連日の魔物退治で魔力を放出する機会があったが、ここに戻ってからは魔力を使う機会もそうないしの」

マクシミリアンは小さく肩を竦めると更に言葉を続ける。

「あれは女性にだけでなく、己の肉欲に対しても潔癖《けっぺき》なきらいがあっての。本当にどうしようもならなくなるまでひたすら体を酷使《こくし》して無理やりごまかすか耐えるかしかせなんだ。だが、そのごまかしもそろそろ限界なんじゃ。ここ数日あやつの顔色が悪いのは気付いておろう？　あれこそ魔力中毒症の初期症状じゃ。おそらく戻ってからこっち、ろくに眠ってもおらんじゃろう」

そう言われて凜は今朝のオスカーの様子を思い出す。確かに顔色が悪く、普段よりも汗をかく量も多かったような気がする。かつて仕事漬けの日々で慢性的《まんせいてき》な睡眠不足だった凜もそれがどれだけ辛《つら》いか痛いほど知っている。

だが、それとこれとは別問題だ。確かに気の毒だとは思うが、だからといって股を開く気にはなれない。

渋《しぶ》い表情をしている凜に、マクシミリアンが懇願《こんがん》する。

「……のう、リンよ。交わってくれとまでは言わん。だが女性の手で陽の気を放出させるだけでも充分効果が見込めるのじゃ。どうか試してみてはもらえんか」

眉間に皺《しわ》を寄せ、ぎゅっと目を閉じて凜は葛藤《かっとう》する。

股は開かなくていいが結局、性欲処理はしなければならないということだ。

「でも……私じゃなくても……。あの人だってどうせされるなら自分のことを好きな人にやってもらったほうがいいんじゃないですかねー……」

なかなか踏ん切りがつかないのか、ぶつぶつと唸る凛にバルトフェルドが声をかける。

「リン、このままいくと碑文調査にも影響が出るぞ。何せ護衛はオスカーだから、そのオスカーが本調子でないとなると危険が増すことは間違いない」

危険が増す、と言われて凛は顔をあげる。それは困る。とても困る。凛とて命は惜しい。

「いや、だとしても私がやる必要は……」

「これはある意味医療行為だ。そして仕事を全うするために必要な下準備とも言える」

「下準備……」

「いつも自分で言っているじゃないか。『仕事は下準備で成功率が大きく変わる』と」

「……まぁ、そうですけど……」

「完璧な仕事をするのは仕事人として当たり前のことだと言っていたな？」

「……言いましたね……」

「では完璧な仕事をする上で必要なことをしないのは仕事人として失格なんじゃないか？」

「ぐっ……」

バルトフェルドにたたみかけられてじりじりと追い詰められていく。クソ、まさか自分が言った言葉を持ち出されてこうも追い詰められる羽目になるとは。

「大丈夫だ。国境警備団団長としてオスカーに医療行為を施しているのがリンだと悟られないように最善を尽くすと誓う」

胸に拳《こぶし》を当て、バルトフェルドが強い眼差《まなざ》しで凜に言う。

「だからリン、頼む。試してみるだけでもいいから。リンに断られたらもうオスカーには……」

クッと唇を噛んで目頭を押さえるバルトフェルド。突然のバルトフェルドの異変に、そこまで深刻な事態なのかと神妙《しんみよう》な面持《おも も》ちになる凜だったが。

「バルト、泣くでない。リンは慈悲深《じ ひ ぶか》い娘じゃ。余とバルトがこうして悩んでいるのを見捨てるような薄情な真似はするまいよ」

芝居《しば い》がかった言い回しでバルトフェルドの肩に手を置き、チラッチラッとこちらに視線を向けてくるマクシミリアンに凜は閉口《へいこう》し、軽く眉を顰《ひそ》めた。

「申し訳ありません。陛下がおっしゃる通りです。リンは慈悲深く、敏《さと》い。きっと最後にはわかってくれるでしょう」

とバルトフェルドまで出てもいない涙を拭《ふ》くそぶりを見せているのだから呆れる。

大の大人《おとな》が、二人がかりで小芝居までして追い詰めてくる大人げなさに頭が痛くなってくる。ちょっとしんみりした気持ちはどうしてくれるんだ。

「……わかりました。わかりましたよ、わかりました！　……手だけで試せばいいんですね？」

やぶれかぶれになって凜がそう言うと、ぱっと顔を上げたバルトフェルドは「そうか、やってくれるか！」と晴ればれとした笑顔で凜の手を握り締め、ぶんぶんと上下に振る。

「いや、本当にありがとう！　俺は信じていたぞ、きっと受けてくれるだろうとな！」

(絶対嘘だ。私がやるって言うまであの小芝居続ける気だったはずだ、絶対)

冷めた目で見ている凜に気付かないわけではないだろうに、バルトフェルドは喜色満面《きしよくまんめん》でマクシミリアンと満足そうに頷きあっている。

つくづく自分の押しに弱い性分《しょうぶん》が嫌になるが、一度受けてしまった以上もう撤回《てっかい》はできない。凛は深く重い溜息をついて、今後の流れを説明し始めるバルトフェルドの言葉に耳を傾けるのであった。

◇　◇　◇

警備団宿舎棟の一番はずれにある、普段誰にも使われない予備部屋に続く廊下をコツンコツンと踵《かかと》で床を鳴らして人影が歩く。

闇と同じ漆黒《しっこく》の頭巾《フード》付きの、足先まで覆う長い外套《ローブ》の裾《すそ》を払いながら、手にした燭台《しょくだい》の灯《あか》りを頼りに足を進める。

用意された黒衣《こくい》を目深《まぶか》に被《かぶ》り、その下の髪色や瞳の色を覆い隠した凛は緊張した面持ちで部屋の前に立ち止まると、小さく五回扉を叩いてから一呼吸置いて中へ足を踏み入れる。——それが入室の合図《あいず》になると事前にバルトフェルドから教えられていた。

ひとつしかない窓に帳《とばり》を引き、明かりひとつない部屋の隅《すみ》に置かれた寝台の上に腰掛ける人影を認め、凛は小さく唾《つば》を飲み込んでより深く頭巾を被り直す。

手にした燭台から伸びる光がその髪色をぼんやりと照らし、それが目的の人物であることを凛に伝えた。

長い袖口《そでぐち》で蠟燭《ろうそく》の灯りを遮りながら慎重に寝台に近付き、腰掛けた向かいの床に腰を降ろすと、光量調整の魔法がかけられた燭台に付いている小さなつまみを絞ってその灯りを小さくする。傍《かたわ》らに燭台を置き、凜は居心地《いごこち》悪そうに身動《みじろ》ぎをして考え込んだ。

さて、ここからどうしたものか。

いきなり相手の穿《は》き物に手をかけるわけにもいかないし、ましてや「ちょっと脱いでもらってもいいですか？」などと口にすることもできない。声を出せば前に座る人物が凜だということがオスカーにバレてしまう。

早くも問題にぶち当たった凜が考え込んでいる最中《さなか》、対するオスカーも息を殺し身動ぎひとつしないままその場に腰掛け、黙って様子を窺っていた。

オスカーもまたバルトフェルドから、

「相手の素性《すじょう》は陛下と私が保証する。万が一にもおまえのことが漏れることはない。だから相手の素性を探るような真似はしないようにな」

と固く言い含められていたからだ。

元より相手のことを知ろうなどと思ってもいなかったオスカーは、言われるまでもないとばかりに頷いた。そもそもこの状況すら、いくら王命とはいえ自分としては甚《はなは》だ不本意なのだ。

(本当ならば今すぐにでも部屋を立ち去りたい衝動を必死で押さえつけているというのに)

オスカーは声には出さず、暗闇の中で表情を歪ませていた。

いつものように鍛錬に向かおうとしたところをバルトフェルドに呼び止められ、突然「相手が見つかった」と言われたのだ。一瞬何を言われたのか理解できなかったが、すぐにバルトフェルドの言葉が何を指しているのかに思い当たり、オスカーの眉間に深い皺が寄る。

「いくらなんでも急すぎでは……」

「先送りにしたところで問題が解決するわけでもないだろうが。遅いか早いかというだけの話だぞ。眠れなくなってもう何日目だ？　そろそろ任務に影響が出てもおかしくないだろう」

図星《ずぼし》をさされて押し黙るオスカーの肩を叩き、バルトフェルドが言う。

「いいか、これは陛下から直々《じきじき》の命だ。無理だったら無理だったでまた別の方法を探すが、まずはやってみないことには始まらん。腹をくくれ」

バルトフェルドの有無を言わせぬ言葉に、オスカーは渋々頷く以外になかった。


——どのくらいの間そうしていただろうか。

いつまでもこうしていても仕方がない。到底受け入れられるはずもないことはわかりきっているが、何もせぬままでは王もバルトフェルドも納得してはくれまい。そう自分に言い聞かせ、オスカーはぐっと唇を引き結ぶ。

オスカーがそんなことを考えているなどとは知らぬ凜が逡巡《しゅんじゅん》していると、目の前のオスカーが腰を少し浮かせて下穿き一枚になり、凜は黒衣の下でぱちんと大きく瞬きをした。

ずいぶん間があったが、オスカーの中でも何やら思うところがあったのだろうか。

(そりゃ相手が誰かもわからないとこで、いきなりパンツ一丁《いっちょう》にはなれないだろうしなぁ)

オスカーの心情はわからないが、なんにせよ協力的な姿勢を見せてくれたのは有り難い。

とはいえ急に目の前で下穿き一枚になられてもどうしていいかわからない。目のやり場に困った凛は視線を泳がせながら、直視しないように薄目で脚の間を見て眉を顰《ひそ》めた。

（これは……平常時の状態ですよねぇ？　質量が大きすぎやしませんかね？）

　実に数年ぶりに見る異性のモノに内心狼狽《ろうばい》する。凛の中での比較材料が少ないために正確な判断はできないが、それでも記憶の中のソレと比べてもずいぶん大きい気がする。これがこの世界での平均値なのか、はたまたオスカーだからこその大きさなのか。

　なんにせよオスカーもこうして意思を示したのだ、こちらも応《こた》えねばなるまい。恐る恐る手を伸ばしまだ柔らかいソレにちょいと指先で触れてみる。

　ビクリ、とオスカーが体を身動ぎさせたのを見て慌てて手を引っ込め、様子を窺う。……が、それ以上変わった様子はない。ほっと安堵《あんど》し、再び手を伸ばして今度はつつとなぞるようにして指先を動かしてみた。

（うわ、なんかおっきくなってきた）

　ピクリピクリと小さく跳ねるように下穿きが持ち上げられる。大きくするために触っているのだが、実際に目にすると何やら気まずい。だが今のところ拒絶はないようだ。

　何度か根元から先へ指を往復させ徐々に硬度を持ち始めた陰茎《いんけい》を、下穿きの上から優しく包むようにゆっくりと手を動かすと、凛の手の動きに合わせて太腿《ふともも》に力が入るのが見えた。

　鋼《はがね》のように硬くなった陰茎の先の、ぷにぷにと柔らかい先の部分を指でくりくりとくすぐるようにいじってやると、じわりと下穿きを濡《ぬ》らすぬるついた汁が凛の指先を汚《よご》す。

　ふっ、ふぅっ、と短く小さく聞こえるオスカーの呼吸音とビクリとこちらの手の動きに過敏《かびん》に反応する様《さま》を見て、凛は不思議と妙な嬉しさを感じて小さく口元を綻《ほころ》ばせる。

（意外にSっ気があったんだな、私。この歳《とし》になって自分の新たな一面を知ることになるとは）

染みが広がり始めたところで手を離し、下穿きに手をかけるとオスカーは存外《ぞんがい》素直に腰を上げた。下穿きをずらす反動で大きくしなって飛び出た陰茎に凜は思わずヒュ、と息を呑んだ。

（えええ……膨張率《ぼうちょうりつ》おかしくなーい？）

太い血管が何本も浮き出たソレは、凜の指が回りきるかどうかの太さと臍下《へそした》近くまで届く長さで、天に向かって雄々《おお》しくそそり勃《た》っている。

鈴口《すずぐち》から漏れるとろりとした透明な汁が陰茎を伝い、テラテラと光っていた。ここまで大きいと恐怖すら感じる。これはもはや凶器ではないのか。振り回してはいけないサイズ感ではないだろうか。

恐怖を紛《まぎ》らわせるために余計なことを考えながら、雫《しずく》を親指ですくうようにして塗りつけ、裏筋を辿《たど》り雁首《かりくび》に指を這わせると大きく陰茎が跳ねて、頭上からくぐもった声が漏れる。

指で輪を作り、手のひら全体を使って陰茎を擦《こす》りあげると大きく息を呑む音が聞こえた。

――反応はまずまずといったところか。

空《あ》いている左手で衣嚢《ポケット》を漁《あさ》り、小さな瓶《びん》を取り出すと片手で器用に蓋《ふた》を開け傾け、中に入った潤滑油《じゅんかつゆ》を陰茎に垂《た》らし手を上下させて全体に塗りこめる。手のひらに感じる熱と潤滑油を混ぜるようにして擦れば、クチュリグチュリと卑猥《ひわい》な音と共にオスカーの息遣いも荒く短くなっていく。

（よかった、気持ちよさそう）

存外いい反応を返すオスカーに、俄然《がぜん》やる気を出した凜は黒衣の下でキリリと使命感に燃えた顔をして抽送《ちゅうそう》を速めた。

対するオスカーは、倒れてしまいそうな上半身を腹筋《ふっきん》とつっぱった両腕でなんとか支えながら、生まれて初めて与えられる他者による快楽に混乱していた。

嫌悪感や拒絶感はとうに消え去り、今はただ下肢に感じる快感を貪《むさぼ》ることしかできない。

細い指が己の陰茎を這い、ゴリュゴリュと根元から先までを扱《しご》き上げられるたびに何度も声を上げそうになるのを、歯を噛み締めて必死に堪《こら》える。

まるでこちらの快感が伝わっているかのように、強弱をつけながら繰り返される強烈なまでの快感にオスカーは完全に翻弄されていた。

なんなんだ。自分はいったいどうしてしまったというのか。

魔力過多限界近くになって、嫌々ながら自慰行為をしたときですらこんな感覚はなかった。熱をもつ下半身とは裏腹に、冷えきっていく頭との落差に激しい嫌悪感と虚《むな》しさを感じている普段とは違う。快感を得れば得るほど込み上げる己への苛立ちが、怒りがあるはずなのに。

何も、考えられない。

オスカーはぐずぐずと蕩《とろ》けるような快楽に薄く喘《あえ》ぐ。

小さく聞こえる喘ぎ声と、太腿と腹筋に込められる力を見てそろそろ限界が近いと判断した凜は動かしていた手をいったん止め、空《あ》いている手でそっと額の汗を拭った。

根本を押さえられた陰茎が凜の手を押し返すように跳ねている。

一呼吸置いた後、再び両手で摑《つか》みすばやく手を上下させ一気に擦りあげると、手の中の陰茎がググッと太さを増して陰茎の根本が膨《ふく》らむ。

「う、あ」

オスカーの低い声が荒い呼吸音の間から聞こえたと思った瞬間、オスカーの腰が一際《ひときわ》大きく跳ね、勢いよく凜の手の中に熱く白濁とした大量の欲を吐き出した。

「……っ……！」

べっとりと両手を余《あま》すことなく汚す量の欲を、床に落とさぬように慎重に手拭いで拭き取り、オスカーに聞こえないように凜は小さく安堵の溜息を零した。

（これで任務は完了したかな、と）

妙にやりきった達成感を覚えつつ、なにげなく動かした視線の先の異変にぴたりと動きを止め、凜は黒衣の下で大きく目を見開いた。

そこには今まさに大量の精を吐き出したはずの雄《おす》の象徴が、先ほどと変わらぬ質量を保《たも》ったまま、まだ足りぬとばかりにその身を強《こわ》ばらせだらだらと涎《よだれ》を零していた。

（えぇぇ――――――――!?）

声に出さず絶叫《ぜっきょう》を上げる凜は激しく狼狽《ろうばい》する。これは放置でいいのだろうか、というよりも放置できるのだろうか？

（どんな回復力持ってんの!?　若いから？　副団長だから!?）

凜のうろたえに気付いてか気付かぬでか、オスカーは自分でも無意識のうちにゆらゆらとねだるように腰を揺らしていた。

――もう一度あの手で触《ふ》れてほしい。猛《たけ》る己《おのれ》に指を這《は》わせ、嬲《なぶ》るように擦り上げてほしい。

先ほどの快感を思い出しながら、期待とドス黒い欲望とで次から次へと先からだらしなく涎を垂れ流す。

わずかに残った理性でなんとか押し留《とど》めてはいるが、一瞬でも気を抜けば口に出して懇願してしまいそうだった。――もう一度、早く。と。

だが口には出さずとも体は求めてしまう。もっともっと、と腰が揺れる。

期待で最高潮に膨れ上がった己の雄に細い指が触れた瞬間、大きく腰が跳ね「あ……っ」と低くくぐもった声が思わず漏れ出た。

慌てて手で口を塞《ふさ》ぎ、声を殺す。荒い鼻息がその手にかかる。自分の陰茎に這う指に、手に、視線が縫《ぬ》い付けられたように目が離せない。

再び律動《りつどう》が開始され、その快感に二度目の絶頂はあっけなく訪れ、一度目と変わらぬ大量の精が先から吹き出した。

だがオスカーの雄は本人の意思に反してすぐさま硬度を取り戻し、その手が離れる前に今度は自ら腰を動かして陰茎を擦りつけ、続きをせがむ。

凛もまた、自分の手の動きひとつで敏感《びんかん》に激しく悦《よろこ》ぶ雄と、部屋中に充満する精臭《せいしゅう》に体の芯《しん》が熱くなるのを感じていた。

手のひらに感じる火傷《やけど》しそうなくらいの熱い陰茎と生暖《なまあたた》かい精液。短く吐き出される呼吸音の合間から漏れ聞こえる小さく掠《かす》れた喘《あえ》ぎ声。

――もっと啼《な》かせたい。もっと溺《おぼ》れさせたい。

猛《たけ》る欲棒《よくぼう》のもっとも敏感な部分を小刻みに、かつ執拗《しつよう》に、グチュグチュと激しく卑猥な音を立てて攻め立てる。

もっと感じて。もっと聴かせて。そう言葉には出さず、手のひらを介《かい》して薄暗い欲求を雄にぶつける。

「あ、く……っ」

その耐え難い狂楽《きょうらく》に悶絶《もんぜつ》してオスカーの腰が大きく跳ね、どぷりと三度精を吐き出した。

吐き出された欲望は凛の手にべっとりとまとわりつき、腕を伝う。ようやくすべてを吐き出し終えたのか、風船が萎《しぼ》むように小さくなっていく陰茎から手を離し、手拭いでそれを拭き取る。

手についた欲を拭き取っていくと同時に理性が戻り、頭が急速に冷えてきた。

（……………やりすぎた。ついやりすぎてしまった……！）

先ほどまでとは違う意味で頬が熱い。渋々だったはずの行為を楽しんでしまった感が否めない自分が、とんでもなく恥ずかしい。

（いや、これどうする？　明日からどんな顔してればいいの？）

すっかり拭き終えた手を更にゴシゴシと拭いながら、混乱の極みに陥《おちい》っていた凛だったが、ドサリと音を立てて寝台が軋《きし》む音にハッと我に返って反射的に顔を上げた。

——視線が届く範囲で特に変化はない。恐る恐る立ち上がり寝台を覗き込むと、目を閉じ小さな寝息を立てて眠っているオスカーを見てほっと安堵の溜息をつく。

こうして眠っている姿を見てもなんともまぁ整った顔立ちをしている。口を開けば憎たらしいが、改めて見れば女性たちが騒ぐのも無理はないかもしれない。

（首から上はアフロディーテ、首から下はヘラクレスってか）

大事な部分をさらけ出したまま眠るという間抜《まぬ》けな姿にも拘《かかわ》らず、こうも絵になるとは癪《しゃく》なやつだ。探せばこういう絵画もあるかもしれない。

——それはさておき。さて、どうしたものか。

起こすわけにはもちろんいかないが、さすがに下半身を露出させた状態のまま放置するのもしのびない。仕方なく手拭いの綺麗な部分で下肢を拭ってやり下穿きを引き上げるが、脱がせたときとは異なりオスカーが腰を上げてくれないので中途半端なところで止まってしまう。無理に上げようとするとオスカーの体に覆《おお》いかぶさらなければならなくなりそうなので、ギリギリ大事な部分が隠せたところでよしとした。

足を投げ出したままでは寝辛《ねづら》いかと思い、ついでにオスカーの体を寝台に押し上げてやろうかとも思ったが、さすがにそこまですると起きてしまいそうだ。

とりあえず気持ちだけでも、と掛け布を広げて体にかけてやってから腰に手を当てて凜はふぅと溜息をついた。

我ながら世話焼きな性分だよなぁ、と思いつつ手拭いと燭台を手にしてゆっくりと後退する。慎重に足を運び、音を立てずに扉まで辿《たど》り着くとそっと取っ手を回して部屋を後にした。

カチャリ、と軽い音を立てて扉を閉め、凜は深い息を吐き出す。これで本当にオスカーの体調が改善するのか疑問が残るが、とりあえず任務は果たせただろう。後はオスカーに自分のことがバレていないことを祈るばかりだ。

すっきりとしたオスカーとは対極に、己に燻《くすぶ》る情欲《じょうよく》の名残《なごり》を振り払うように頭を振り、凜は自室へと戻っていった。

翌日早朝。凜は酷使した右腕をさすりつつ今朝も鍛錬場に来ていた。オスカーの痴態《ちたい》が頭から離れず悶々《もんもん》とした夜を過ごしたせいで、完全に寝不足だ。

あまりにムラムラして寝付けないのでいっそのこと自分を慰《なぐさ》めようか、と手を伸ばしたが、既《すんで》のところで踏み止《とど》まった。『妄想材料《おかず》がオスカー』はさすがに洒落《しゃれ》にならない。

欲求不満を抱えたオスカーがひたすら体を動かそうとした気持ちが今なら少しはわかる気がする。煩悩《ぼんのう》を打ち払うのに滝に打たれたい気分だ。

あふ、と大あくびをひとつして眦《まなじり》を擦っていると、前方に人影を見つけ凜はギクリと体を硬直させた。

遠目でもわかる髪色と長身はどう考えてもオスカーだ。今すぐ逃げ出したい衝動に駆られるが、顔の角度的にオスカーも凜に気付いているだろう。

罪を犯したわけでもないのに、焦りからどっと汗が吹き出し動悸《どうき》が激しくなる。案外小心者の凜は本来隠し事には向いていない。が、今回のことだけは何があっても隠し通さなければならない。自分自身の平穏な未来のためにも、これは決して違《たが》えてはならない決定事項なのだ。

（大丈夫、バレてない。部屋は暗かったし、頭巾も被ってたし、声も出してない。私を連想させるようなものは何もなかった！　はず！）

何度か深呼吸をして気持ちを落ち着かせ、あくまで自然を装って走り出す。ドキドキしながら徐々に距離が近付く中、オスカーがチラと視線を動かして目が合った。

「おはようございます。今日もいい天気ですね」

自然を装ったつもりだったが、隠し事をしているという後ろめたさからか、普段オスカー相手にはしない愛想笑いをつい浮かべてしまう。

へらりと笑う凛に向かって、オスカーは眉根を寄せながら空を見上げ、鼻を鳴らす。

「……雨が降り出しそうだが？　貴女の目は節穴《ふしあな》なのか」

（いいね、そのいつも通りな感じ！　望み通りの反応ですよ！）

いつもなら腹の立つオスカーの嫌みだが、今日ばかりは心から感謝したい。飾らない君が素敵だよ、と薔薇《ばら》の花束でも差し出したいくらいだ。小躍りしそうなのを堪えて凛は足踏《あしぶ》みをしながら、内心万歳三唱する。

差し当たっての憂《うれ》い事がなくなり、すっかりご機嫌になった凛はオスカーの嫌みを華麗《かれい》にスルーしてにっこりと微笑み「草木が喜んでいいんじゃないですかね？　雨が降ったら降ったでオツなもんですし」と返す。

そんな凛の様子にわずかに驚いたように目を見開いたオスカーだったが、ふいとそっぽを向いてしまった。――どうやら昨日の女が凛だとは気付かれていないようだ。

ちらりと盗み見るオスカーの美貌は曇《くも》り空の中でも冴《さ》え渡り、黒ずんでいた目元の隈《くま》も綺麗になくなっている。長い睫毛《まつげ》の下の翠玉色の瞳も、湧《わ》き上がる活力にキラキラと輝いてすら見える。元々毛穴すら見えない憎たらしい美肌も、心なしか艶々《つやつや》としているような気がした。

（まぁあれだけ出すもん出して寝ればすっきりもするだろうけども）

魔力と性欲の関係云々はいまいちピンとこないが、寝不足が解消されただけでも結果としては上々だろう。

自分の仕事の成果を直接確認し凜は満足げに一人頷く。我ながらいい仕事をしたと言える。……内容はともかくとして。

「……何を一人で頷いているんだ。あいかわらず変な女だな貴女は」

「変な、は余計ですよ。こちらの話なのでおかまいなく」

さて、ボロが出る前にさっさとオスカーから離れよう。

あくびを噛み殺しながらくるりと向きを変えると、オスカーが後ろから声をかけてきた。

「体調が良くないなら無理はしないことだ」

おや、と凜は振り返り首を傾げる。だが、続いてオスカーの口から出たのは「無理をされて調査に影響が出ても迷惑だからな」というといつも通りの嫌み。

(珍《めずら》しく気遣いを見せたと思ったら余計な一言を……)

その一言のせいで台無《だいな》しだ。だいたい誰のせいで寝不足だと思ってるんだ、と思ったところで凜は再び首を傾げた。

「なんで体調が良くないってわかるんですか？」

「顔色を見ればそれくらいはわかるだろう」

「あら。比較できるくらいに私のことを気にしてくれてたんですねー？」

軽い冗談のつもりでからかうように言うと、オスカーは「それくらいは誰でも気が付く」と不愉快そうに眉間に皺を寄せる。

「そうですかね？　まぁ前半のお気遣いだけいただいて、今日は早めに切り上げます」

勝手にしろ、と言いたげに背を向けたオスカーに向かって礼を言うと、凜もゆっくり走り出して
その場を後にした。

早々に早朝ジョギングを切り上げた凜は身支度《みじたく》と朝食をすませ、団長室の前にいた。
もちろん昨夜の結果報告のためである。
入室の許可を得て足を踏み入れるや否や、待ちかまえていた喜色満面のマクシミリアンとバルト
フェルドに熱烈な感謝を受けて凜は思わずたじろいだ。
「リンよ!! 誠、よくやってくれた! 皆まで言わんでもよい、あのオスカーの姿を見ればそなた
が素晴《すば》らしい成果を上げてくれたことくらい一目瞭然《いちもくりようぜん》じゃ!!」
「リン、私からも礼を言う。オスカーのあんなに活き活《い》きとした表情を見たのはいつ以来ぶり
か……っと、すまない、少し歳を取って涙もろくなってしまったようだ。あぁ……でも本当によか
った……」
全身から喜びを迸《ほとばし》らせるマクシミリアンと、目頭をそっと拭うバルトフェルドに「はぁ……ま
あ、お役に立ててよかったです……」と曖昧《あいまい》な表情で凜は答える。
感謝されるのは悪くない気分だが、いかんせんやったことがことなだけに微妙な気持ちになる。
バルトフェルドに至っては少々大げさすぎやしないだろうか。
――まあとにかく。
「これで仕事に影響は出ないんですよね?」
押し切られたとはいえ、これ以上は勘弁願いたい。当初の目的を再確認する凜の言葉に、マクシ

ミリアンとバルトフェルドがピタリとその動きを止めた。

「…………」

「…………」

揃って無言になる二人に「……ちょっと」凛の声が低くなる。

「まさか次もあるとか言いませんよね？」

わざとらしく視線を逸《そ》らして手遊びをするマクシミリアンとバルトフェルドは顔を見合わせて
「うーん……いや、なぁ？」「……はい、まず間違いないでしょうね……」と、何やらコソコソ話し合う。

大の男二人が――それも片や一国の王、片や国が誇る魔剣士団の団長が――煮え切らない態度を取るのに凛の苛立ちが募《つの》る。

「リンよ。男の事情は女性であるそなたにはわからぬかも知れんがな。覚えたての男の欲望を甘く見てはいかん」

なぜかマクシミリアンに諭された凛は眉を顰める。

「私は三日は耐えるんじゃないかと思いますね」「余は二日と見とるぞ」などと議論し合う二人に、凛は割って入るように声を大にして主張する。

「やるとは言いましたけど、継続的になんて話はしてないですよね？　今回問題なかったんですから、違う人にお願いしたらいいじゃないですか」

そう言う凛にバルトフェルドは首を横に振る。

「いや、おそらくそれは無理だろう。それができていれば、そもそもリンにこんな依頼はしていない」

バルトフェルドもオスカーがなぜ女性嫌いになったのか、詳細までは知らない。

原因を知らねば手の打ちようもないのだが、オスカーはその件については頑《かたく》なに口を開こうとしない。だが――。

何かを思い出したのか、バルトフェルドは痛ましげに顔を歪ませて小さく溜息をつき、頭を振る。

「とにかく、だ。この件についてはリン、君に任せるほかない。一度引き受けた以上、最後まで責任を持つのが筋《すじ》じゃないか？」

釈然《しゃくぜん》としないが言われていることはわかる。わかるが。

「……でも今回すっきり発散させたんですからしばらくは大丈夫なんじゃないですかね？　だいたい、そう何度もしてたらさすがにバレますって」

「その辺りは抜かりないぞ。そろそろ危ないとなったら、オスカーの視界を塞げばいいからな！」

胸を張って名案だ、とばかりに人差し指を立てるマクシミリアンに内心で激しくツッコむ。

(なぁんで目隠しプレイでいけるってなるんだ!!　いけるわけないでしょうが!!)

「とにかくこればかりは様子を見るほかない。少なくとも、調査までは万全の状態を維持させることが最低条件だからな」

バルトフェルドが鋭《するど》い目でそう告げるのを聞いて、いつの間にやら立場が逆転しているのに気付いたが、時すでに遅し。否と言わさぬバルトフェルドの覇気《はき》に気圧《けお》されて渋々頷き、結局また押し切られる形で凜は団長室を後にする。

「リンとの関わりで、オスカーの憂いが払えれば良いのだがの……」

つい先ほどまでの浮かれた表情を一瞬にして引っ込め、視線を下ろし目を細めたマクシミリアンが呟く。マクシミリアンの口から語られることはないが、おそらくオスカーの憂いをすべて把握しているのだろう。その声には同情の色が滲《にじ》んでいる。

「……そうですね。そうであってほしいと願います」

振り向いたバルトフェルドは同調するように頷き、ある出来事を思い出していた。

◇　◇　◇

――あれはまだオスカーが十七歳になるかならないかの頃だったろうか。

入団したてのオスカーは、女性はおろか人と関わること自体を避《さ》け、唯一まともに口を利《き》けるのは当時実地訓練教官だったバルトフェルドだけだった。

新人魔剣士は皆、入団して数年間は基礎訓練と座学《ざがく》を行い、それぞれの実力値や進捗《しんちょく》度合いに応じて教育担当と共に実地訓練を行うのが基本だ。

これまで数多くの優秀な魔剣士を育て上げたバルトフェルドの目から見ても、オスカーの才覚は並外れて抜きん出ていた。

だが、その実力や馬鹿がつくほど訓練や任務に真面目な姿勢とは裏腹に、人付き合いに関してはまったくといっていいほど適性がなかったオスカーに、どれだけ手を焼いたかわからない。

出自《しゅつじ》や家柄で採用基準が変わるわけではないが、ガーランド侯爵家《こうしゃくけ》と言えばアルフェリアでも有数の名家。前ガーランド侯爵も現侯爵であるオスカーの兄も、それぞれ分野は違えど一流に名を連《つら》ねる国の重鎮《じゅうちん》。

　オスカーの家名を聞いたとき、平民出身で出自に無頓着《むとんちゃく》なバルトフェルドですら「なぜそんな大貴族の坊《ぼ》っちゃんが国境警備団に？」と首を捻《ひね》ったものだ。明確な基準がないとはいえ通常の貴族出身者達は、家族の意向もあるが前線に立つ機会の多いアルドーリオよりも安全な王都を選ぶ者が多い。嫡子《ちゃくし》ではないとはいってもやはり貴族、万が一の場合に備えるのは、ある意味貴族に生まれた者の責務ともいえる。中には崇高《すうこう》な志《こころざし》であったり、自分の腕を試すためであったりと様々な理由で国境警備団への入団を希望する貴族出身者もいるが、割合としては決して多くはないし、位《くらい》もそこまで高くない者がほとんどだ。

　大半が平民出身者で構成されている国境警備団の中で、本人が望まずとも人目を引くオスカーの存在は異質ともいえ、極端に口数が少なく表情を変えないオスカーに良《よ》かれ悪《あ》しかれ絡む者も少なくなかった。だが相手が誰であろうとオスカーは心を開くことはなく、頑なな態度を崩さないオスカーの周囲は国境警備団内外問わず徐々に揉《も》め事が増え、そのたびにバルトフェルドが火消しに走らされる日々が続いていた。

　時にオスカーの容姿や才覚、家柄をやっかんだ同期や先輩団員達との諍《いさか》いであったり、またあるときはオスカーに恋慕《れんぼ》した女性が大挙して押しかけてきたりなど、周囲の人間に問題がある場合がほとんどだったが、オスカー自身の対応にも問題がないとは言い切れなかった。

　なぜなら才覚や家柄に関するやっかみに対してはともかく、容姿についての揶揄《やゆ》に対してのオスカーの怒りの沸点《ふってん》は呆《あき》れるほど低い。そして自分に思いを寄せる女性達への対応も褒《ほ》められたものではなく、勇気を振り絞って想《おも》いを告《つ》げた幼気《いたいけ》な少女の存在ですら無視して、渡された恋文を受け取ることすらしない徹底した拒絶。この頃のオスカーは女性すべてが自分の敵であるとでも言いたげな態度を決して崩さなかった。

「あのなぁオスカー、断るにしてももう少しやり方なり言い方ってもんがあるだろう……」

午前中に「顔と家柄だけ」と陰口を叩いた団員を訓練中に叩きのめしたのが二件、午後の巡回時に擦り寄ろうとした未亡人《みぼうじん》を避《よ》けて、泥水に突っ込んだ相手を助けるどころか存在をまるっと無視してさっさと歩き去り、恥をかかされたとその女性が半狂乱《はんきょうらん》になって怒鳴《どな》り込んできた件を始めとする女性関係が三件。

その日一日だけで立て続けに後始末をつけさせられる羽目になったバルトフェルドは、片耳を押さえながらオスカーに恨《うら》み節《ぶし》を零《こぼ》していた。

キンキンと頭に響く金切《かなき》り声で、長時間に渡りオスカーへの苦情を聞かされて耳の調子が悪い。自業自得《じごうじとく》によるものだと言ってしまいたかったが、そういうわけにもいかずなんとか怒りを収めてもらって丁重《ていちょう》にお帰りいただいた。

「おまえが悪いと言っているわけじゃないが、後始末をする俺の身にもなってくれると少しは助かるんだがなぁ」

当のオスカーは憮然《ぶぜん》としたまま唇を固く引き結び、その顔には「なぜ自分が説教されなければならないんだ」と書かれているように見える。非常に扱《あつか》いづらいオスカーだが、バルトフェルドには多少心を開いているのか、普段は見せない年頃の青年のような態度を見せる。周囲の人間もそれを把握しているが故《ゆえ》にオスカー関連で揉め事が起こると皆、必ずと言っていいほどバルトフェルドの元へ助けを求めに走るのだ。

「ここ最近特にそうだが、ずいぶん荒れてるな。何かあったのか？」

「……べつに、何も」

何もない、とは言うが心当たりはあるのだろう。バツが悪そうにオスカーは視線を外す。

「……まぁ話したくないなら無理に話す必要はない。ただもう少し人付き合いってものを学んだほうがいいな。苦手なことから逃げているばかりでは一人前の騎士とは言えんぞ。気晴《きば》らしに同期達と飲みにでも行ったらどうだ。仲のいいやつもいるんだろう？」

入団して二年と少し、気難《きむずか》しいオスカー相手にめげない同期は確かにいる。バルトフェルドがいない間は彼らが火消し役になったりすることもしばしばあった。

「あいつらにも礼を言っておけよ。今回の件でもずいぶん手回しをしてくれていたんだからな」

「……わかりました。ご迷惑をおかけして申し訳ありませんでした」

すべてを納得したわけではなさそうだが、オスカーなりに思うところがあるのだろう。意外にも素直にオスカーは頭を下げて退出していった。

——その日の晩に起こる出来事を、この時のバルトフェルドは予想だにしていなかった。

その日、諸々の対応のせいで滞《とどこお》っていた仕事を一人居残《いのこ》って片付け終えたバルトフェルドは、廊下から慌ただしい気配を感じて教官室から顔を出し、血相《けつそう》を変えて走ってくる団員に声をかけた。

「どうした、何かあったのか」

「あ、教官！　助けてください、オスカーが！」

ただごとではない様子にバルトフェルドは「オスカーはどこだ」と短く問い、急ぎオスカーの元へと向かう。駆けつけた先で、同期に肩を抱かれながら覚束《おぼつか》ない足取りで戻ってきたオスカーの異常に、思わず目を見張った。

首から顔にかけてだけでなく、肌が見える範囲だけでもおびただしい数の発疹《ほっしん》。喘息《ぜんそく》のように浅く短い呼吸に脂汗《あぶらあせ》。

「ゴードン、今すぐ衛生班《えいせいはん》に連絡しろ！　まずは医務室へ運ぶぞ、急げ！」

短く指示を飛ばし、空いている腕を取って肩にかけオスカーを運ぶ。触れた手は燃えるように熱いのに、オスカーの体はガタガタと震えていた。

医務室の寝台にオスカーを寝かせ、駆けつけた衛生班がオスカーの症状を確認し、治療を施している間にバルトフェルドは「ローレンス、状況を説明しろ。できるだけ正確に」と訊ねる。

「は、ハッ」

ローレンスによると、教官室から戻ったオスカーはバルトフェルドに促《うなが》された通りにゴードンとローレンスの二人に礼を告げ、詫《わ》びがてらの飲みに二人を誘ったのだという。

初めてオスカーから歩み寄ってくれたことに気をよくしたゴードンとローレンスはついつい酒が過ぎ、話題はオスカーの女性嫌いに関するものへと移り、「オスカーは潔癖《けっぺき》すぎるんだ。女性に慣れていないから、うまくあしらえないんだ」という結論に至った二人は拒否するオスカーを無理やり引きずって高級娼館《しょうかん》へと押し込んだ。

だが、娼館に入るや否や扉を蹴破《けやぶ》る勢いで飛び出し、激しく嘔吐《おうと》した後に今のような状態になった、とローレンスは語った。

「お、俺ら……まさかこんなことになるなんて、思ってなかったんです。ちょっとした親切心のつもりで……でも、こんな……オスカー……本当にすまない。謝っても謝りきれない……教官、申し訳ありません……」

ぐっと言葉を詰まらせながら話すローレンスの言葉に黙って耳を傾けていたバルトフェルドに、衛生班が声をかけた。

「ひとまず小康《しょうこう》状態に落ち着きました。しばらくこのまま眠らせておいたほうが良いでしょう」

衛生班の肩越しに、規則正しい寝息を立てるオスカーを見てバルトフェルドはほっと安堵の溜息をついた。

「原因は？」

「おそらく自己免疫疾患《めんえきしっかん》かと思われます。もちろん断定はできませんが……口にした物、あるいは心理的な要因により起こる症状と酷似《こくじ》していますす」

「自己免疫疾患……何か変わったものを口にしたりしていたか？」

バルトフェルドに訊ねられたゴードンとローレンスは記憶を掘り返し、首を横に振る。

「普段寮で出るのと同じようなものばかりで……酒もエールとかラガーとかだけで、他にそんな変わったものは……。それに飲み屋にいる間はなんともなかったんです」

「と、なると原因は心因性《しんいんせい》のほうか……」

顎《あご》に手をかけバルトフェルドは難しい顔をして少しの間考え込み、衛生班に声をかけた。

「夜遅くにすまなかった。恩に着る。それと……」

「はい、心得ております。この件については他言無用《たごんむよう》、ですね？」

「ああ、そうしてくれ」

承知しました、と一礼して衛生班が出て行った後、残った二人にも声をかける。

「おまえたちも今日はもう戻れ。オスカーが目を覚ましたらまた教えてやる。いいか、今回の件は今後誰にも口にするなよ」

もちろんだとばかりに強く頷いた二人は、眠っているオスカーに深く頭を下げて静かに退出していった。


「う……」

寝台の横の椅子に腰掛けながら船を漕《こ》いでいたバルトフェルドは呻き声を聞いて目を開け、オスカーへと視線を向けた。

「い……やだ、……姉さ……」

目は閉じたまま苦悶《くもん》の表情を浮かべるオスカーは、大きく腕を振り何かを追い払っているように見える。

「オスカー」バルトフェルドが声をかけるが、オスカーの耳には届かないのか、なおも顔を歪めて両腕を振り回す。

どうしたんだ。オスカーはいったいなんの夢を見ている？

「オスカー、俺の声が聞こえるか。目を覚ませ！」

「やめ……嫌だ、姉様……！　触《さわ》るな、僕に、嫌だ、やめて、嫌だ、僕に触るな……!!」

「おい、オスカー！　しっかりしろ！」

振り回す腕を掴み、呼びかけた声にオスカーの目が見開かれ飛び起きる。自分の腕がバルトフェルドに掴まれていることに気付いた瞬間、オスカーはその手を振り払い寝台の上で小さく身を縮こまらせた。

まるで小さな子どものように怯《おび》えるオスカーに内心驚きつつも、バルトフェルドはそれを声に出さぬように優しく呼びかけた。

「オスカー、大丈夫だ。ここには俺しかいない。ここがどこかわかるか？」

不安げに視線を彷徨《さまよ》わせていたオスカーは、バルトフェルドの声に反応してゆっくりと顔を上げ、バルトフェルドの顔を認識してから少し間をあけてハッと我に返ったように瞬《また》きをした。

「教官……!?　なぜここに…………私はいったい……？」

「落ち着け、慌てる必要はない。水は飲めるか？」

混乱するオスカーを制し、水を注《つ》いだ杯《さかずき》を手渡す。

オスカーがそれを飲み干したのを見届けてからバルトフェルドは口を開いた。

「ここは医務室だ。ゴードンとローレンスがおまえを連れ帰ってきたんだ。その……記憶はあるか？」

「ゴードン……ローレンス……」

小さく二人の名を呟いたオスカーは何かを思い出したのか、目を見開いてぐっと口元を押さえる。

バルトフェルドはとっさに上着を脱いで受け止めようとしたが、胃の中にはもう何も残っていなかったのだろう、オスカーは小さく首を振って口元から手を放した。

「悔《く》やんでいた。とんでもないことをしてしまった、と」

「……いえ、彼らに悪気がなかったことはわかっています。これは自分の……私自身の問題ですから」

却《かえ》って迷惑をかけてしまった、と俯《うつむ》くオスカーにバルトフェルドは意を決して訊《たず》ねる。

「答えたくないのなら答えなくてもいいんだが、おまえのその症状は女性に対する心因的なものが原因か？」

「……………はい」

大分間を空けてからオスカーが小さく頷く。

「それはおまえがここに入団して以来、一度も実家に帰っていないことにも関係している、ということか」

「……………っ」

バルトフェルドの質問に弾《はじ》かれたように顔を上げ、オスカーは苦しそうに顔を歪める。その表情が物語《ものがた》る答えに一言、「そうか……」とバルトフェルドは呟《つぶや》くと、頭を下げた。

「すまん、これ以上はもう聞かん。悪かった」

「……どうしても女性という生き物が受け入れられないのです。女性だけではない、自分自身の容姿も、自分の中に宿《やど》る薄汚《うすぎたな》い肉欲も……」

俯いたまま、絞り出すように呟いたオスカーの瞳からぽたりと一粒涙が溢れる。

——そうか。だからオスカーは毎日自分を痛めつけるかのような真似をしていたのか。

魔力と肉欲は比例する。魔物討伐《とうばつ》などで魔力を放出させる機会があるとき以外は、限界まで頭と体を酷使して無理やりごまかしてきたのだろう。

（この口ぶりではろくに処理もしていないだろうな……）

バルトフェルドは苦笑を漏らして、オスカーの頭をわしゃわしゃと撫でた。

「な、何を!?」

「わからん。なんとなく撫でてやりたくなっただけだ」

やめてください！　と鬱陶《うっとう》しそうにしながらも、どこか少し胸のつかえが取れたような表情を浮かべるオスカーを思い出して、バルトフェルドは小さく溜息を零した。


あの頃のオスカーを知るものは皆、今回のことを知ったとしたらさぞ驚くだろう。当時に比べれば一言二言会話をするようになっただけずいぶんとましにはなったが、それでも自分に寄りつく女性を避けようとする姿勢は今も変わっていない。

そんなオスカーが唯一受け入れた女性。


これを奇跡と言わずして、何を奇跡というのだろう。

(願わくばオスカーにとってもリンにとっても、この出会いの先が輝かしいものであらんことを)

バルトフェルドは心からそう願っていた。

記録III　その手が与える影響の、違いはなにか

「へぇ～男の人にも性感帯ってけっこうあるんだ」

国境警備団内にある書庫室の一角《いっかく》で凜《りん》は感心したような声でぼそりと呟《つぶや》いた。手元にある『図解付き・男女の深夜図鑑』の頁《ページ》を捲《めく》りながらふむふむと頷《うなず》いている。

図解付きと銘打《めいう》っているだけあって、男女それぞれ部位ごとに分けてリアルなイラストが描かれ、細々《こまごま》とした説明文が書かれているこの本は『深夜図鑑』の名の通り、そっち方面に特化した内容が満載《まんさい》でたいへんいかがわしい。ある意味エロ本よりもエロい図鑑がなぜ書庫室にあるのかは不明だが、今の凜にとっては非常に為《ため》になる本だ。

実際は図書館と言っていいほどの広さと、無数の書物を取り揃《そろ》えたこの書庫室は凜のお気に入りの場所のひとつで、閲覧《えつらん》制限はあるものの一般市民にも無料で開放されている。

国境警備団に所属する者は階級や役職別に閲覧制限が設《もう》けられているが、主に軍事記録や魔術書がその制限対象であり、基本的にはほとんどの書物を閲覧することができて、申請すれば貸出も可能だ。

事務方局に入ってすぐこの場所を知った凜は早々に貸出許可証を取得し、以来休みのたびに上限いっぱいまで借りては自室で読み漁《あさ》るのがもっぱらの休日の過ごし方だ。

本来読書は自室でじっくり派の凜だが、今回に限ってはそういうわけにもいかなかった。なぜならこの『図解付き・男女の深夜図鑑』、貸出制限が設けられているからである。機密《きみつ》事項が書かれた代物《しろもの》ではないが、内容が内容なだけに本来の使用用途から外れた目的で使われることを危惧《きぐ》しての処置なのかもしれない。制限をかけた人物の意図は不明だが、人前で広げるには少々……いやかなり大胆なイラストに動揺した凜は中身を覗《のぞ》いた瞬間慌てて書庫室の一番隅に移動し、カモフラージュ用の本を横に積み上げてからこっそり頁を広げる、という思春期の男子中学生のような真似《まね》をしていた。

なぜ凜がこんな苦労までしてエロ本……もとい図鑑を読んでいるのか。凜とて好《す》き好《この》んで読んでいるわけではない。

そう、すべては任務のためである。

結局二回目以降も継続して「医療行為という名の手淫《しゅいん》」を行わざるを得なくなってしまった以上、ある程度のバリエーションを揃えておこうと決意した結果の行動だ。

その道のプロになる気はさらさらないし、今回の件以外に披露《ひろう》する機会もないとは思うが、妙に凝《こ》り性《しょう》な性格の凜は「はたして陰茎《いんけい》を上下に擦《こす》るだけで今後対応しきれるのか？」という疑問が湧《わ》いたことから始まり、足りない知識を得るべく書庫室へと赴いたのである。

正直あまり期待はしていなかったが、この『図解付き・男女の深夜図鑑』と出会えたことは僥倖《ぎょうこう》であった。持参した紙束《かみたば》に参考になりそうな部分を書き写していく。所狭《ところせま》しと『陰嚢《いんのう》↓優しく揉む』やら『会陰《えいん》↓指でなぞる』やら書かれたこの紙束、万が一にも落としたらと思うとゾッとする。

「うん、だいたいわかった」

パタンと本を閉じて紙束を丁寧に折り曲げ、制服の衣嚢《ポケット》にしまって図鑑を元の場所に戻したところでぐぅとお腹が鳴った。時計を確認すると時刻は夜の七時半を少し回ったところだ。

「まだ食堂開いているかな」

まだギリギリ間に合うかもしれない、と凜は急いで書庫室を後にする。

食堂へと向かう途中、巡回帰りの魔剣士団一行と出くわし、黒ずくめの男達は凜の姿を見つけた瞬間「あ、リンさん！　お疲れさまです！」と我先にと話しかけてくる。

一刻も早く食堂へ行きたい凜だったが、次々と繰り出される挨拶《あいさつ》に返事をしないわけにもいかずにこやかに挨拶を返していくが、何より圧がすごい、圧が。

さりげなく足を食堂へ向けながら徐々に距離を取る中、鮮《あざ》やかな金髪が目に入り翠玉色《すいぎょくしょく》の瞳と視線がぶつかった。

どうやらオスカーも巡回に出ていたらしい。特段疲れた様子も見せず、いつも通りの無表情ぶりで凜の前を通り過ぎようとするオスカーにも一応声をかけておく。

「お疲れさまです」

「……」

なんの反応も返さず、オスカーは凜の目の前を素通《すどお》りして歩き去っていく。……予想通りの反応だ。予想通りとはいえ、ただでさえ空腹で気が立っているところでのオスカーのこの態度。笑顔を浮かべていた凜の額《ひたい》に青筋が立つ。

（……あいつ絶対泣かす！　絶対に！）

怨念《おんねん》のこもった目線をオスカーの背にぶつけながら凜は固く決意し、ぐうと再び鳴った腹の虫を宥《なだ》めながら食堂へと急ぐのだった。


警備団宿舎棟の一番外れ、誰もいないはずの予備部屋の一室でひとり物思いに耽《ふけ》る人影。

夜も更《ふ》け、誰もが枕をお供に夢の国へ旅立つ準備をしている中で、オスカーは深い溜息をついていた。

つい二日前にもこの部屋で同じような体勢を取っていたような気がするが、あのときよりも気分は重く沈んでいる。自分自身の意思の弱さがほとほと嫌になり、呆《あき》れてものも言えない。

「改善するどころか却《かえ》って悪化しているじゃないか……」

そうひとりごちるが、その台詞《せりふ》は正確ではない。――いや半分正解で半分誤りといったところか。

体はある一部分を除いてすこぶる快調だ。なんなら二日経《た》った今でも魔力の巡りは滑《なめ》らかで、頭もすっきりと冴《さ》え渡っている。早朝から自己鍛錬《たんれん》をして、半日街を巡回した後に団員達と共に訓練をした今日だって、まったくと言っていいほど疲れを感じていない。いつもなら二時間はかかる書類仕事も実質的にはその半分の時間で処理できた。

実質的には、だが。

二日前――正しくは一日半前、不自然な体勢で目覚めたオスカーは一瞬自分がどこにいるのかわからなかった。

すぐにそこが予備部屋だということを思い出し、昨晩自分の身に起こった事態を思い出して頭を抱えた。

（なんてことだ！　一晩のうちに三回も射精しただけでなく、下半身を露出したまま誰かもわからない他人の……それも、女の前で気を失ってしまうだなんて）

腰の中ほど、中途半端に引き上げられた下穿きとかけられていた掛け布に、黒衣《こくい》の女がやったのだろうと容易《ようい》に察することができた。あれだけ精を吐き出したにも拘《かかわ》らずベタつきを感じない下肢もおそらくは女が拭《ぬぐ》ったのだろう。

なんて情けない。あれほど毛嫌いしている『女』という生き物の前であんな醜態《しゅうたい》を晒《さら》し、あまつさえ世話までされたことにも気付かず眠りこけていた自分に腹が立つ。

久しぶりに夢も見ないで深く眠ったおかげか、靄《もや》が晴れたように頭がすっきりしている。長年感じていたどろりと全身を巡る不快な魔力の流れが、まるで清流のようにさらさらと滑《なめ》らかに循環しているのを感じ、爪の先まで力が湧いてくるような感覚。

それもこれもすべてあの黒衣の女の手によるものだという事実が、オスカーを苛立《いらだ》たせる。

感謝よりも何よりも感じたのは、女に、快楽に屈《くっ》してしまった自分への怒りだった。

急いで自室へと戻って浴室へ駆け込み、ぱちんと指を鳴らして頭から冷水をかぶって気持ちを落ち着かせる。

――大丈夫だ。これだけ体調が良くなれば当分の間は問題ないはずだ。王も団長も納得してくれる。もうあの女に会うことはない。

燻《くすぶ》る熱を無理やり抑え込むように、オスカーは自分にそう言い聞かせる。

だが、鍛錬場に着き走り込みを終え、木刀を振るっている最中《さなか》も気を抜けば脳裏《のうり》を過《よぎ》る昨夜の記憶に、頭の中はざらついた。

瞼《まぶた》の裏に映る、記憶の中の白く浮かび上がる手を振り払うように木刀を振るうオスカーの視界の端に人影が入り込み、ふと意識が逸《そ》れる。

（あれは……）

馬の尻尾《しっぽ》のようにひとつに束ねた黒髪を揺らしながら、ゆっくりとこちらへ走ってくる姿に、木刀を振るう手を止めた。

リン・タチバナ。

顔を合わせるたびに嫌そうな顔をしながらも挨拶だけは欠かさない、妙に律儀《りちぎ》なところのある変わった女。特に目を引く珍しい黒瑪瑙《くろめのう》のような瞳を始め、見てくれもどこか他の女と違うが、中身はそれ以上に変わっている。

礼儀正しいかと思えば妙にふてぶてしく、こちらの嫌みに嫌みを返してくる勝ち気な女。

オスカーに近寄ってくるのはたいてい、媚《こ》びたような目つきをしながら癪《しゃく》に障《さわ》る舌足らずな話し方をするか、男が自分に媚びて跪《ひざまず》くのが当然とでも言いたげに高圧的な物言いをする女ばかりだ。

それらの女に比べれば、遠巻きにじっとりとした視線をぶつけてくるだけの女のほうが幾分《いくぶん》かましかもしれない。——中には時折赤黒い染みがついた妙に分厚い封筒を寄越《よこ》してきたり、オスカーと送り主を模《も》した、組ませた手を赤い糸でぎちぎちに縫い止めてある人形をいくつも送りつけてくるのには辟易《へきえき》とするが。

だがリン・タチバナがオスカーを見るときの目はそのどれにも当てはまらない。媚びるでもなく上からでもなく、ましてや怯《おび》えるような目でもない。

リン・タチバナは必ず顔をこちらへ向け、まっすぐ目を見て挨拶をしてくる。他の女よりもずいぶんと背が高いからだろうか。視線がかち合う近さに、オスカーが戸惑いを感じているのもまた事実だった。

「おはようございます。今日もいい天気ですね」

珍しく微笑《ほほえ》みながら挨拶をしてきた凛に面食《めんく》らい、ごまかすように眉間に皺《しわ》を寄せたオスカーは空を見上げる。

「……雨が降り出しそうだが？　貴女《あなた》の目は節穴《ふしあな》なのか」

そう言って鼻を鳴らしたオスカーだったが、嫌みが通じなかったのか、「草木が喜んでいいんじゃないですかね？　雨が降ったら降ったでオツなもんですし」などと凛は答えて笑顔を見せた。

その笑顔を見た瞬間ぎゅっと心臓が摑《つか》まれたような違和感に、オスカーは目を見開き顔を背けた。

（なんだ、今のは）

オスカーは内心で首を傾げ、胸の辺りを撫《な》でてみるが特に変化は見られない。魔力過多や睡眠不足による不調とは異なる初めての感覚だったが、特に痛みがあるわけでもない。

久々《ひさびさ》に体調が良いから少し体が追いついていないだけなのかもしれない。そう結論付けたオスカーが視線を戻すと、凛がひとりで何やら頷いている。

（また奇怪《きっかい》な動きを……）

眉を顰《ひそ》めて不可解な行動の意味を訊《たず》ねるが、こちらの話だ、と凛はあくびを嚙《か》み殺して眦《まなじり》を擦《こす》る。

寝不足だろうか。よくよく見れば、少し顔色が悪いように見える。

「体調が良くないなら無理はしないことだ」

踵《きびす》を返して走り出そうとした凜の背中に向かって、思わず考えるよりも先に言葉が口をついて出てしまい、自分で言った台詞にオスカーは驚いた。凜もまたオスカーの言葉に振り返り、不思議そうに長い睫毛を瞬かせ、じっとオスカーの顔を見ている。

「無理をされて調査に影響が出ても迷惑だからな」

そう慌てて付け足すと、凜は一瞬眉間に皺を寄せた後、小さく首を傾げなぜ体調が悪いのがわかったのかと訊ねてきた。

(なぜ、と言われても)

「顔色を見ればそれくらいはわかるだろう」

ついオスカーが素直に答えると、「あら。比較できるくらいに私のことを気にしてくれてたんですねー？」と言って凜はにやりと笑った。その表情と口ぶりに、からかわれていると気付いたオスカーはぐぐっと眉根を寄せる。何を馬鹿なことを言っているのだ、この女は。

「それくらいは誰でも気が付く」

不愉快《ふゆかい》そうに答えると、凜はしてやったりとでも言いたげに顎《あご》を上げてから「そうですかね？」と目をくるりと回して軽く微笑む。

「まぁ前半のお気遣いだけいただいて、今日は早めに切り上げます」

そう言って凜は小さく頭を下げたが、顔を背けたオスカーの耳にはもう凜の言葉は届いていなかった。

（顔色を見ればわかる、だと？）

なぜそんな台詞《せりふ》を吐いたんだ、自分は。それがわかるくらいに彼女を、リン・タチバナを見ていたと？

（馬鹿な）

そんなはずはない。どれだけ変わっていようとあれは女だ。

自分で思う以上に昨夜の出来事に混乱しているらしい。だからこんならしくないことを言ってしまったのだろう。

オスカーはそう結論づけて頭を振り、木刀を構え直して切っ先を振り下ろした。


——だが、オスカーの身に起こった異変はそれだけに留《とど》まらなかった。

凜とのやりとりを除いて、昼間のうちは別段おかしなことは起こらなかった。

強《し》いて挙《あ》げるなら、体調が良いのに気をよくして訓練につい熱が入りすぎてしまったくらいだろうか。打ち合いだというのに一太刀《ひとたち》で相手をふっ飛ばしてしまい、これでは訓練にならないと泣き言を言われた。

午後の巡回を終え、戻ってきた際にばったりと凜に出くわしたときも特に異変は起きなかった。

——一緒に出ていた部下たちが凜を見つけるなり相好《そうごう》を崩《くず》してわらわらと近付いていく様子には少々苛立ちを感じはしたが。

オスカーが異変を感じ始めたのは、ひとり執務室で書類仕事を進めていたときだった。

それはなんの前触れもなく不意に蘇《よみがえ》り、唐突に、だが確実にオスカーの体の一部を蝕《むしば》んだ。一瞬でも気を抜けば過《よぎ》るその名残をオスカーは幾度《いくど》となく振り払ったが、時が経《た》てば経つほどより強力にオスカーを追い詰めていった。

しんと静まり返った室内が、ゆらりと揺れる燭台《しょくだい》の灯《あか》りが、帳《とばり》の隙間から見える暗闇が、昨夜の出来事を思い起こさせてオスカーの下肢《かし》に熱が集まる。

朝と同じように冷水をかぶって熱を押さえ込み、無理やり眠ってしまおうと潜《もぐ》り込んだ寝台の軋《きし》む音にですら下肢がもたげる。かなりの時間を費やしてどうにか眠りについた翌朝、下穿きが下肢にべったりとまとわりつく不快感で目を覚まし、恐る恐る掛け布を捲って、自分に起きた事態を確認したオスカーは絶句した。

事態はますます悪化の一途を辿り、もはやなんの連想材料もないときにですら不意に黒衣から伸びる白い手が脳裏に過《よぎ》り、そのたびに布を押し上げる陰茎を隠すのに苦労する羽目になった。

とうとう動揺を隠しきれなくなって新人団員たちの指導中に魔力調整を誤り、鍛錬場の四分の一に渡る焼《こ》け焦《こ》げを作ったところで、訳知《わけし》り顔をしたバルトフェルドに肩を叩かれたのが数時間前の出来事だ。

「まるで呪《のろ》いのようだ……」

膝《ひざ》の上に肘《ひじ》をつき、組んだ手に額をぶつけてオスカーは呻《うめ》くように声を漏らす。

怪我《けが》人が出なかっただけよかったようなものの、状態は悪化している。自分の意思に反して思うようにいかない体の疼《うず》きに心が冷えていくようだ。これきりだと誓ったはずにも拘らず、こうしてまたこの部屋に来なければならない状況にオスカーは歯嚙《はが》みする。

何度目かわからない重い溜息をついていると、コツンコツンと床を鳴らす足音が聞こえ、オスカーは反射的に顔を上げた。

前回と同じく五回扉を叩き入ってきた黒衣の女は腕に手拭いを掛け、片手に燭台と水差しを持ち、なぜか脇に盥《たらい》を抱えている。燭台に照らされたその顔は鼻下近くまで被った頭巾の下に隠され、伸びた影から覗く顎先以外特徴《とくちょう》を捉《とら》えることができない。

燭台を摑む女の白い手を見た瞬間、ぐぐっと下穿きが持ち上がり、オスカーは口の中だけで舌打ちをして心底不愉快そうに顔を歪《ゆが》めた。

どうせすぐに知れることではあるのだが、触れられてもいないうちから勃起《ぼっき》している姿を見られるのに抵抗を感じ、オスカーはさりげなく片手を脚の間に移動させて股間を隠す。

そんなオスカーの異変に気付く様子もなく、女は衣擦《きぬず》れの音を立てながらオスカーの前に腰を下ろし、悩むようなそぶりを見せた後、ちょいちょいと指でオスカーの膝をつつく。

女の意図がわからずオスカーは怪訝《けげん》そうな表情を浮かべたが、膝をもう一度つつかれたところで、脱げと言われているのだと思い当たる。

勃起した陰茎を見せることになるのにためらうが、どのみち脱ぐ羽目になるのだからと自分に言い聞かせる。腰を上げると、すっと女の腕が伸びて下穿きと腰の間に指が差し込まれ、オスカーは軽く目を見開いた。

オスカーが戸惑っている間に女の手に容赦《ようしゃ》なく下衣を下穿きごとずり下げられ、硬くなった陰茎がぺちんと下腹を打ち、それを見た女の動きが一瞬止まったように見えた。

暗闇の中とはいえ、人前に陰部《いんぶ》を晒《さら》すのはやはり抵抗を感じる。ましてやすでに勃起している状態ともなれば、これからの展開を待ち望んでいるかのように思われるだろう。実際、気持ちのほうはともかくオスカーの体はこうして明確にそれを表してしまっているのだ。

オスカーはそんな自分を恥じて頰《ほお》がかあっと熱くなるのを感じたが、オスカーの恥じらいに気付く様子もない女は、脱がせた下衣と下穿きを手早くたたんでオスカーの横に置くと、衣囊《ポケット》をまさぐって小瓶を取り出した。

とろりとした透明な潤滑油を片手で受け、くちゅりと音を立てながら両手に広げていく女の動きに、オスカーは縫い止められたように視線を外すことができなくなる。

清楚《せいそ》な細い指がぬらぬらとした潤滑油に染まっていく様は、オスカーの心をざわつかせるには充分すぎるほど蠱惑《こわく》的で淫靡《いんび》だった。抗《あらが》いがたい魅力を放つ白い手によって与えられるであろう快感への期待から、オスカーの雄は膨《ふく》れ上がりだらだらと涎《よだれ》を垂れ流している。

女が交差させていた指を解《ほど》くと、オスカーは無意識に小さく唾《つば》を飲み込みドクンと胸が跳ねた。だが、オスカーの脚の間へと伸ばされた手は陰茎に触れる前でぴたりと動きを止め、なぜかそのまま下へと降りていくのを見てオスカーは首を傾げた。

注意深くその動きを見ていると、女の指がつつ……と足の甲《こう》を撫《な》でながら足の指の間にすぷ、と差し込まれ、オスカーは驚きに目を見開いた。親指と人差し指の間を撫でるように差し込まれた指の、くすぐったいような気持ちがいいようなむずがゆい感覚に小さく息を吞《の》む。ぎゅうっと足先に力を込めると女は少し後方にずり下がり、オスカーの足首をぐいと引っぱってその柔らかい太腿《ふともも》に脚を載《の》せた。

「な……!?」

思わずオスカーが声を上げると同時に、足の裏側からすべての指の間に指をにゅるりと滑り込ませた。ニュルニュルと女の指が行き来する未知の感触に、オスカーは肘から先を寝台につけて背を反らせて吐息を漏らした。決定打に欠けるがゾワゾワと背筋を登るような快感に、オスカーはびくびくと体を震わせながらも必死で歯を食いしばり、声を上げそうになるのを堪《こら》える。

ひとしきり弄《もてあそ》んで満足したのか、女はちゅるんと指を抜き取りオスカーの足を解放して床に下ろすと、その手に潤滑油を足し今度こそ前に手が伸びる。

が、その手は陰茎に触れる寸前でまたも逸《そ》らされ、太腿の内側の敏感な皮膚《ひふ》をつぅと爪先《つまさき》で撫ぜた。女の手に集中するがあまりどんな刺激にも敏感に感じ取ってしまう体は、そんな些細《ささい》な感触にもビクビクと震えてしまう。

焦《じ》らすようなその手つきに苛立ちにも似た悦楽《えつらく》を感じたオスカーは、恨《うら》みがましい目で女を睨《にら》みつける。

(弄んで喜んでいるのか知らないが、負けるものか)

だがそんなオスカーの虚勢《きょせい》も、黒衣の女から与えられる快感の前では虚《むな》しいばかり。

脚の付け根を撫ぜられ、会陰《えいん》に指が這い、つるりとした陰嚢を優しくふにふにと揉まれてオスカーは声を出さずに喘《あえ》ぐ。

肝心な場所にいつまでも触れられない手にもどかしさからか陰茎が揺れ、その先端からは透明な液が次から次へと溢《あふ》れてきている。

限界近くまで焦らされる中で、女の手は下生《したば》えをくるくると弄んだ後でようやく待ち望んだ箇所《かしょ》へと移動し、先走りと潤滑油を混ぜ合わせるようにゆっくりと上下に一往復した次の瞬間、ぱんぱんに膨れ上がった陰茎を一気に擦り上げた。

突然の刺激にオスカーの目の前が白く弾け飛び、「ぅあ…………っ!?」と低い喘《あえ》ぎを漏らしてあっけなく先から熱い淫猥《いんわい》な液を迸《ほとばし》らせ、限界まで焦らされたせいで勢いがついた欲望の塊《かたまり》はびゅるりと頭巾の下の顎から下を汚してしまった。

だがそれを詫《わ》びる間もなく、まだ吐精《とせい》を続けて跳ねる陰茎を摑んだまま女は、なおもその幹を扱《しご》き次の絶頂へと導く。

「ま……出……っ!!」

休む間もなく与えられる強烈な快感に膝が震え腰をばたつかせて、オスカーは女の胸辺りに二度目の大量の欲望を吐き出す。

全力疾走を終えた後のように息を切らせながら寝台に倒れ込むオスカーを尻目に、女はくたりと折れるオスカーの陰茎から手を離し、脇に寄せていた手拭い類を手繰《たぐ》り寄せ、オスカーの下半身を清める。

そんなことをしなくてもいい、と声をかけようとしたが息が上がって声が出せない。何より腰が抜けて力が入らないこの状態では身を起こすことすらできそうにない。じわりと温かい手拭いで解《ほぐ》されるように下半身が清められていると、ようやく息が整ってきたオスカーが身を起こす。

黒衣の女は最後に手拭いで胸元に飛んだオスカーの名残を拭き取ってから湯桶《ゆおけ》に浸《ひた》して、少し悩むようなそぶりを見せた後、おもむろに傍らに置かれた下穿きに手を伸ばそうとした。

それを察知してオスカーがすばやく下穿きを手に取り身につけるのを見て、女は片手で湯桶と水差しを持ち、燭台を手にとって立ち上がりオスカーに向かって小さく頭を下げた。

部屋を出て扉を閉める寸前、もう一度オスカーに向かって小さく頭を下げて、黒衣の女は静かに部屋を後にした。

かすかに鼻腔《びこう》をくすぐるハーブの香りに、オスカーは拳《こぶし》に額を押し当てて溜息をつく。

淫《みだ》らに激しく弄んだかと思えば、慈《いつく》しむように触れる白い手。誰にも見せたことがない恥部《ちぶ》を知るあの手の持ち主のことを、オスカーは何も知らない。

知っているのはただ、その手が与える快感が自分を狂わせることと、指先の少しひやりとした感触だけ。そして暗闇の中で、白いその手が橙色《だいだいいろ》に照《て》らされてほのかに光って見えることだけだった。

なぜ自分はあの手を受け入れているのか。なぜ受け入れられているのか。自分でも説明がつかない現象に、オスカーは混乱していた。


（ヤッベー！　やりすぎた！）

そそくさと自室に戻った凜はぺちぺちと額を叩き、内心で己を叱咤《しった》していた。

違うのだ、あそこまでやる気はなかったのだ。ただ、ちょっと昨日の夕方の態度にムカついたからほんの少し苛《いじ》めてやろうかと、その程度しか思ってなかったはずなのだ。――オスカーのオ、ス、カ、ーを見るまでは。

触る前からやる気に満ちた体勢を取っているオスカーのオ、ス、カ、ーを見た瞬間、つい焦らしに熱が入ってしまって、思いの外《ほか》いい反応が返ってくるものだからつい調子に乗って、やりすぎてしまったのだ。

「あれは仕方なくやってる処置なのに楽しくなってどうすんのよ！」

ぺちぺちぺちと自分の額を叩き凜は猛省する。

前回のように終わった後、オスカーが眠ってしまうかもしれないと思って用意していったお清めセットだったが、苛めすぎてしまった自覚とその罪悪感からせっせと下半身を綺麗《きれい》にしてあげてしまった。

「どんだけ奉仕《ほうし》してんだ、私は！」

自分がしでかしたことに寝台の上で転《ころ》げ回る。思い出しても恥ずかしい。あれが私だとオスカーにバレたら死ぬ！　羞恥《しゅうち》で死ねる!!

「だって、だって……！」

ちょっとだけ、ほんのちょっとだけ、オスカーを可愛《かわい》いと思ってしまったのだ。

普段のオスカーはあんなにひねくれているのに、凜の手の動きに素直にびくびくと震える様子がとても可愛かった。凶悪なサイズのアレも、あそこまで素直に臨戦《りんせん》態勢を取られればつい絆《ほだ》される。たぶん必死に堪えていたのだろうが、耐えきれずに漏れる喘ぎ声もとても色っぽかった。

つい先ほどの出来事を思い出してジクリと疼《うず》く下腹に太腿を擦り合わせ、凜はほぅ、と熱っぽい吐息を漏らす。

「ってだから！　違う、これはそういうのじゃないって！　馬鹿か私は！」

ただちょっと雰囲気に飲まれただけなのだ。これは決してオスカーに欲情しているとか、そういうのではない。断じて違う！

ぶんぶんと頭を振ってふと視線を落とすと、自分の胸元に拭き取れきれなかったオスカーの欲の名残を見つけて、凜は慌てて黒衣を脱ぎ洗濯籠《かご》に放《ほう》り込む。

オスカーの匂《にお》いが全身に付いているような気がして、処置の前に浴びたにも拘らず、もう一度シャワーを浴びようと備え付けられた浴室へ向かった。

煩悩《ぼんのう》を振り切ろうとした凛は頭から冷水を浴び、翌日オスカーの前でくしゃみをして盛大な嫌みを言われることになるのだった。


「へぇ……っくしょいっ！　あ〜……」

豪快《ごうかい》なくしゃみをしてズズ……と鼻をすする立花凛《たちばなりん》・二十九歳。

黙っていればかなりの美人である凛だが、なんの因果《いんが》かこちらの世界でも『残念美人』と一部から言われていた。

多くの人々は凛の丁寧口調と外面用《そとづら》笑顔に「落ち着いた大人の女性」だと認識し密《ひそ》かに憧《あこが》れている者も少なくないが、凛をよく知る者達は「美人だが色々と残念」と評する者が大半だ。

前述の通り着飾ることに興味がないのもひとつだが、丁寧口調に隠された妙にオヤジくさい話し方や言い回しも大きな要因のひとつであろう。

当の本人はそんな周りの評価を歯牙《しが》にもかけず、「うぇっくしょーい！」と豪快なくしゃみをしていた。

昨日水を浴びたのがやはり良くなかったのか。それとも朝気付いたら尻を出して寝ていたのが悪かったのか。あれこれもだもだ考えて、なかなか寝付けなかったせいで起床時間が予定よりもずいぶんと遅れてしまった。

悪寒《おかん》を感じてぶるりと体を震わせて「今日はやめといたほうがいいかなぁ」と凛が呟いていると、

宿舎棟からバルトフェルドと魔剣士団員達が続々と歩いてくる姿が見え、挨拶をしようと凜はそちらへと足を運んだ。

「おはようございますバルトフェルドさん」

「あぁおはよう、リン」

バルトフェルドが少し微笑《ほほえ》んで挨拶を返すと、後ろに控えていた団員達がソワソワと首を伸ばしてこちらを見ているのに気付く。

「皆さんもおはようございます」

笑顔で挨拶をすると、団員達は口々にわらわらと「おはようございます！」と挨拶を返し、その間から「おい、退《ど》けよ俺も見たい！」「先輩の俺より先にリンさんに挨拶してんじゃねぇよ！」と声が聞こえバルトフェルドは苦笑を浮かべた。

「今日も体力作りか？」

「はい。でも邪魔になるのでもう切り上げます」

いや、そんなことはないぞ……と言いかけたバルトフェルドの声をかき消すように背後の団員達からえぇーっと残念そうな野太《のぶと》い声が上がり、凜は驚きに睫毛《まつげ》を瞬かせた。

そのうちのひとり、人懐《ひとなつ》こい顔立ちをした団員がバルトフェルドに向かって声を掛けてきた。

「団長〜。団長から俺らの格好いいところ見てってもらえるように言ってくださいよ〜」

それを受けたバルトフェルドが眉を顰めて「馬鹿なことを言うな」と団員をたしなめる。

「リンにも予定があるだろう。だいたい訓練で格好いいところなんて見せられるわけないだろうが」

バルトフェルドの言葉にぶうたれた顔を見せる団員に苦笑しつつ、凜がバルトフェルドに声をかける。

「あ、いえ。今日は仕事も休みなので、もしよかったら見学させていただけますか？　もちろんお邪魔ならお暇《いとま》します」

国境警備団で働いて二年になるが、訓練の様子は見たことがない。なりゆきではあるが、機会があるのであれば見てみたいと思っていたのは本音だ。

バルトフェルドが答えるよりも先んじて人懐こい団員が声を上げ、ぱあっと笑顔を浮かべながらぶんぶんと首を縦に振り、バルトフェルドに訴えかける。

「邪魔なんてことありませんよ！　ね、団員、リンさんもこう言っているんですし。たまには俺らだって潤《うるお》いが欲しいです！」

そうだそうだ！　と声を上げる団員達に根負けしたのか、バルトフェルドは呆《あき》れた顔で大きな溜息をひとつついてからリンに顔を向ける。

「……大して面白いものでもないがよかったら見学するといい。だが万が一の事があっては危ないから少し離れて見ていてくれるか」

と、そこまで言ったバルトフェルドが凜からふと視線をずらして後方に目を向け、つられて凜も後ろを振り返って思わずぎくりと体を震わせた。

——オスカーだ。

どうやら素振《すぶ》りをしていたのだろう。髪をかき上げながら片手に木刀を携《たずさ》え、少し視線を伏せがちにしながらこちらへと歩いてくる。

本人としてはなんの意識もせずただ歩いているだけ、だがそれだけでも絵になる、神に愛された美貌《びぼう》を持つ極上の男のアレな部分を、見て触って弄《いじ》っているかと思うとたいへん居《い》た堪《たま》れない。気まずさからつい目を泳がせて無意識に後ずさりをする凜に、バルトフェルドは首を傾げながらもオスカーに声を掛ける。

バルトフェルドの声に顔を上げたオスカーは、バルトフェルドの隣に凜がいることに気付いてわずかに片眉を上げたが、それ以上は何も言わずバルトフェルドに一礼をして挨拶をする。

そのまま凜のことは無視するかと思われたオスカーだったが、少し悩むようなそぶりを見せてから顔だけを向けて小さく「……おはよう」と挨拶してきたことに、凜は目を丸くした。

「へ？　あ、お、はよう、ございます」

動揺が表れたのか、へどもどしながら挨拶を返す凜にオスカーはわずかに眉を顰めたが、いつものような嫌みは返ってこない。

（……おぉ？　なんだなんだ？　どうした、今日は槍《やり》でも降るのか？）

内心首を傾げる凜をよそに、バルトフェルドが「今朝の訓練をリンが見学する」と伝えると、オスカーは特に反論することなく頷き返した。

バルトフェルドに案内された場所で三角座《さんかくずわ》りをした凜は、普段とは違うオスカーの様子に戸惑いを感じつつも大人しく見学することにする。

「整列！」

バルトフェルドの号令で百余名の団員達が一糸乱れぬ動きで整列する。隣に並び立つオスカーが艶のあるよく通る声で「腕立て用意！」と指示するとざっといっせいに等間隔《とうかんかく》に距離を取った団員達は腕立て伏せをする体勢を取る。

「始め！」

オスカーの合図と共に腕立て伏せを開始した団員達はその後、腹筋《ふっきん》、背筋《はいきん》、スクワットとたっぷり時間を使って筋力訓練を行い、続いて剣術《けんじゅつ》訓練に入る。

気合いの入った掛け声を上げながら激しく打ち合う団員達の姿に、凛はすっかり見入って感嘆《かんたん》の声を上げた。

「おぉ……すごい」

思わず声を漏らし、目を輝かせているとバルトフェルドが苦笑しながら近付いてきた。

「リンに見られているせいかあいつら妙に張り切ってるな」

「そうなんですか？」

「今日のやつらはまだ入団して三年以内の新人ばかりだからな。普段なかなか人前に出るような任務もないから余計だろう」

ずいぶんと若いのではないかと思っていたがなるほど、と凛は一人納得する。どうりでどこか幼《おさな》さが残る顔立ちだと思っていた。視線をバルトフェルドから戻した凛は、団員たちの間を歩きながら指導をしているオスカーに目が留まり、無意識にその姿を追う。

ここからでは何を言っているかまでは聞こえないが、オスカーの指導は的確だったのだろう。素人《しろ》目《うとめ》に見ても指導を受けた団員の動きが変わり、無駄な動きがなくなったように見える。

（ふうん……噂《うわさ》通り、けっこうできるヤツなのか）

そんなことを考えていると、不意にオスカーがこちらに顔を向け、遠目に視線がかち合う。反射的にへらりと笑顔を浮かべた凛だったが、慌てて口を引き結んで視線を逸らした。

（ヤバイ、後から『真面目《まじめ》な訓練中に何を腑抜《ふぬ》けた顔をしているんだ』とかなんとか嫌み言われる！）

何やら慌てている様子の凜を上から見下ろし、オスカーの様子に目を向けたバルトフェルドは「ふむ」と口の中で呟いて、小さく口角《こうかく》を上げ顎髭《あごひげ》をさすっていた。


「よし、そこまで！　いったん休憩だ」

バルトフェルドが指示を出すと、バルトフェルドと入れ替わるようにして一人の団員が凜の側へと駆け寄ってきた。

「あ、あの！　俺、マーカスって言います！　マーカス・ハウウェルです」

マーカスと名乗った栗色の髪に榛色《はしばみいろ》の瞳の青年の人懐こい笑顔に、先ほどバルトフェルドに「潤いが欲しい！」と懇願していた青年だと凜は気付く。

「リン・タチバナです。ハウウェルさん、今日は見学させていただいてありがとうございます」

立ち上がってお辞儀をし、微笑みながら礼を告げるとマーカスは口元を緩めて「いやぁそんなぁ」と頭を掻《か》いた。

「えっと、リンさんはいつもこんな早くからここに来てるんですか？」

「はい。今日は少し遅れてしまいましたが、最近はほとんど毎日来ています。……お邪魔だったでしょうか？」

「あ、いや、ぜんっぜんそんなことないです！」

慌てて首を横に振ったマーカスは「そっか、ここに来れば会えるんだ……」と凜に聞こえないように呟く。

「そ、そういえばどうでしたか？　俺らの訓練。見学してほしいって言ったけど、団長が言うように女の人が見ても面白いもんじゃなかったよなぁってちょっと反省してたんですけど……」

しゅんと肩を落としながら探るように訊ねるマーカスに、凛はクスリと笑って答える。

「皆さんとても勇《いさ》ましくて見応《みごた》えがありました。すごいですね、こんなにたくさん訓練しているんですね」

凛の言葉にぱぁと笑顔を浮かべたマーカスは、「お、俺のことも見ててくれましたか!?」と前のめりで質問してくる。

（おっと……これはどう答えたものか）

正直、全体を見ていたからどれがマーカス青年かわかって見てはいない。素直にどれが貴方《あなた》だったかわからない、と答えるのもどうかと思うし、かといって見たと適当な嘘《うそ》をつくのも憚《はばか》られる。

答えに困った凛が悩んでいると、「あ！　あの野郎《やろう》抜け駆けしやがったぞ！」と非難の声を上げた団員達が団体でこちらへと向かってきた。

我先にと名乗る団員達の勢いに押され、ひとりひとりに返事をしながらもじりじりと後ずさりを余儀《よぎ》なくされる凛の前で、突然団員達の顔が凍りつき皆がいっせいに口を噤《つぐ》んだ。

何事が起こったのかと首を傾げていると、ぽすんと背中が何かにぶつかり、振り返る。突如として現れた人物の顔を見て、凛は思わずビクリと肩を震わせた。

いつの間にそこに移動したのだろうか。凍《い》てつくような怒気《どき》を纏《まと》ったオスカーの無言の威圧《いあつ》に、哀れな団員達は顔色を土気色《つちけいろ》に変えて蜘蛛《くも》の子を散らすようにその場から逃げ去っていく。

——不可抗力とはいえ、また体に触れてしまった。不愉快そうな顔をされるのか、はたまた嫌みを言われるのか。ササッと距離をとって身構える凛だったが、静かに怒気を鎮めたオスカーはその場にただ佇《たたず》むばかり。

「……あー……っと……初めて訓練を見ましたけど、皆さんすごいですね」

嫌みを言われないことは幸いだったが、いったい何がしたいのか。よくわからないオスカーの行動に、居心地の悪さを感じた凛はとりあえず話しかけてみる。

「国と民を守る魔剣士団として当然のことだ」

あいかわらず愛想も何もない口調だが、無視されるかと思っていた予想を裏切られた凛は驚いて睫毛を瞬《またた》かせる。らしくないオスカーの行動にしげしげと顔を覗き込んでみると、オスカーはなんだ、と言いたげな視線を寄越す。

余計なことを言っていらぬ火種《ひだね》を生むのは避けようと、凛は首を横に振って口を閉ざし、手をもじつかせた。

(えぇ……なんでこの人このままいるの？)

オスカーが、自分に何か用事があるとは思えない。さりとて立ち去るわけでもなく、この場に留まる意図も見えない。

わけがわからないこの状況に内心で首を傾げていると、不意に悪寒が走り、凛は体を震わせて「……っくしょん」とくしゃみをした。

ずず、と鼻をすすっているとオスカーは眉を顰《ひそ》めて「やはりな……」と呆《あき》れたように呟《つぶや》いて、ぱちんと指を鳴らした。

突然ふわりと温かい空気に包まれ、凛は驚きに目を瞬《またた》かせる。

「だから無理をするなと言ったんだ。学習能力がないの――」

「今の、もしかして魔法ですか？」

「……それがどうした」

「すごい！　こんなこともできるんですね？　今のはどんな魔法なんですか？」

「……火属性魔法の応用だ。周りの空気の温度を上げただけで、べつに大したことではない」

目を輝かせながら訊ねる凛に、少し戸惑ったような表情を浮かべながらオスカーはそう答える。

「いや、ガーランドさんからすれば大したことじゃないかもしれませんけど、魔法が使えない私からすればすごいことですよ！」

なんて便利なんだ……と不思議そうにキョロキョロと自分の体を見回す凛に、オスカーはなんとも言えない表情を浮かべながらふいと顔を逸《そ》らし、口元を手で覆《おお》う。

「……もう自室へ戻れ。前にも言ったが体調を崩されると任務に差し支える」

そっけない言い方だが、以前の「迷惑だ」という台詞に比べると幾分《いくぶん》かオスカーの気遣いを感じられた気がして、凛はこそばゆさに頬を緩めた。

「そうですね、そうします。これ、ありがとうございます。今日は見学できてよかったです」

凛は素直にそう言って頭を下げ、バルトフェルドにも礼を言うべくその場を後にする。

いつもとは違うオスカーの様子に違和感があるが、毎日少しずつ会話を重ねてきて少しはオスカーにも歩み寄りの精神が身についてきたのかもしれない。やはり仕事をする上でのコミュニケーションというものは大事だな、と凛は再認識していた。

「おー……見誤《みあやま》ったなぁ」

ぽたぽたと前髪から落ちる雫《しずく》を払って凜は嘆息《たんそく》した。

細々《こまごま》とした日用品が切れているのに気付いて街へ出たのが昼過ぎのこと。そのときはまだ晴れ間が覗いていたのだが、あれこれ見て回っているうちに雲行きが怪《あや》しくなり、あっという間に降り出してしまった。

急激に雨量が増したところで慌てて走るも、時すでに遅し。全身ずぶ濡れだ。

玄関口で買い物袋が雨に濡れないように覆《おお》った上着と髪の毛を絞り、ぷるると犬のように頭を振った凜の視界の遥か先に、オスカーの姿が見えた。——なんとなくだが、今この状況を見られると後々《のちのち》非常に面倒くさいことになりそうな予感がする。いや、確実に嫌みを言われる。

触らぬ神に祟《たた》りなし。

幸い向かう先は異なるし、この距離であれば気付くこともないだろう。オスカーに見つかる前にさっさと自室に戻って熱いシャワーを浴びよう、と踵《きびす》を返したところでぶるりと寒気《さむけ》が走る。

「うえっ……くしょん！　あーやばい、これは本格的にヤバイ気がする」

鼻をすすって体を擦りながら凜が歩き出すと、後方からカツカツと足早な音が聞こえてくる。

カツカツカツ。

最初は特に気に留めずにいた凜だったが、より早く、より大きくなっていく足音に不穏《ふおん》な気配を感じ、振り返らずに歩む速度を上げる。

カツカツカツカツカツカツカツ。

後方から聞こえてくる足音はどんどんこちらに近づいてくる。どこか苛立っているようにも感じる気配に、凜はできうる限りの速さで足を動かす。

背中に感じる危険な空気に、振り返るなと本能が告げている。

――――だが。

「……おい」

苛立ちを乗せた低音に凜はぎくりと体を強《こわ》ばらせ、とっさに足を止めてしまった。

しまった、と思ったところでもう遅い。止まってしまった以上、気付かないフリをするわけにもいかず、そろりと凜が振り返ると――案の定というか予想通りというか、険《けわ》しい表情を浮かべたオスカーが仁王立《におうだ》ちで凜を見下ろしていた。

「……いや、違いますよ。昼過ぎまではちゃんと部屋にいたんですけど、買い物しなきゃいけないものがあってですね。雨に降られたのは不可抗力と言いますか……」

オスカーが口を開くよりも前に慌てて言い訳を並べてみるが、オスカーの眉間に更に深い皺が寄るのを見て、凜は口を噤《つぐ》んでサッと目を逸らす。敗色濃厚なこの状況でこれ以上打てる持ち玉もなく、非常に不利な状況だ。

助けを求めようにもなぜか今日に限って誰も通りかからない。

(さて……この状況をどうしたものか……)

熱でうまく働かない頭でぼんやりと考えていると、目の前で渋い顔をしていたオスカーは深い溜息をついてから指を鳴らし、凜の髪と服を魔法で乾《かわ》かして低い声で唸《うな》るように凄《すご》む。

「無理をするなと、ほんの数時間前にも言ったはずだが。貴女は鶏《にわとり》か何かなのか？」

「はい、すいません……」

返す言葉もないとは、まさにこのこと。今回ばかりはオスカーの嫌みも甘んじて受け入れよう。

「部屋に戻ってもう寝ます……服、乾かしてくださってありがとうございます」

そう言って頭を下げて部屋へと戻ろうとしたところで凛は「ん？」と視線を上げた。

「ガーランドさん、髪に何かついてますよ。花びらみたいなの」

自分の頭を指差しながらオスカーに告げると、オスカーは怪訝《けげん》そうな顔を浮かべて凛が指差した辺りを払う。

「あぁ違います、もうちょっと上。あ、行き過ぎです」

あー惜しいもうちょい右です、と凛はオスカーに場所を指示するが、オスカーは面倒くさそうに眉を顰める。

「……もういい。そのうち取れる」

「いやいや、可愛《かわい》いドジっ子みたいな感じになっちゃってますから……。もう……ちょっと失礼しますよっと」

そう言って凛は手を伸ばし、オスカーの柔らかな髪に絡まった花びらを取ってやる。

「はい、取れました。じゃあ私はこれで失礼しますね」

凛は証拠だとばかりに取った花びらをオスカーの前で振り、少々覚束《おぼつか》ない足取りで自室へと戻っていく。

残されたオスカーは呆気《あっけ》にとられたように大きく目を開いたまま、しばらくの間その場から動けずにいた。

記録Ⅳ

香りに揺れる、感情の名

『ねぇ、昨日はどこに行ってたの？』

『昨日は真山《まやま》さんと急に飲みに行くことになっちゃってさ。終電逃《のが》しちゃったからネカフェで寝てたんだよ』

『だったら一言くらい連絡くれたらよかったのに。心配してたんだから』

『あーはいはい。次からそうするよ』


『今日は一緒にご飯食べに行こうって朝言ったじゃない。なんで食べてきちゃうの？』

『だから！　三島《みしま》さんに急に誘われたんだって。先輩に誘われたら断れないだろ？』

『予定があるんです、って言えばいいじゃない』

『あーもう！　わかったよ！　次からそうするって！　あ、明日からしばらく帰り遅いから。夕飯いらないいから先食べといて』

『……そう。わかった』


『……昨日も帰ってこなかったんだね』

『……』

『…………ねぇもしかして、また浮気してる……？』

『はぁ!?　仕事忙しいって言ったよな？　はぁー……なんで家に帰って休まらないんだよ。最悪だな』

『ご、ごめんなさい……』


『……元カノって誰のこと？　もしかして私のこと？　いつ別れたの、私たち』

『……ッチ。あーもういいわ。おまえ、本っ当にウザイ。おまえみたいに可愛《かわい》くない女、いい加減うんざりだわ』

『……!!』

『おまえってさ、隙がないんだよ。仕事もして家事もして？　俺いらないじゃん。いつでも正しいこと言ってます、って顔してさ。ずっと息が詰《つ》まって仕方がなかったんだよ』

『…………だって、貴方《あなた》のことが好きだから、だから私頑張って――』

『そういうのが重いんだよ！　マジで疲れる。これ以上おまえと一緒にいるとか無理だわ』

『そんな！　結婚しようって、一緒に幸せになろうって言ってくれたじゃない！』

『そんときはそう思ってたよ。でもやっぱり俺には無理。……だいたい、家族に恵まれてなかったおまえが幸せな家庭なんか無理だろ』

『……酷《ひど》、い……』

『一人で生きていくのが向いてるよ、おまえ』

『待って！　どうして⁉　どうすればよかったの⁉　待ってよ、ねぇ‼』

「……っ‼」

カッと目を見開いて凛《りん》は飛び起きた。全身が汗まみれで、鼓動はまるで早鐘《はやがね》のようだ。

ずいぶんと久々に出てきた元カレの夢に凛は激しく舌打ちをした。

「夢見の悪い……」

熱で朦朧《もうろう》とする頭を押さえ、再び枕に沈み込む。

——二十四歳のときに別れた二つ上の元カレとは一年付き合って五年間同棲《どうせい》していた。

恋愛経験値がゼロだった凛に様々な『初めて』を与えてくれた男。そして凛が恋愛から距離を置くことになった駄目押しをした男。

高校卒業と同時に逃げるように家を出て就職して一年が過ぎた頃、仲良くなった先輩に連れられて初めて行ったライブハウス。当時十九歳の凛はそのライブハウスで元カレと出会った。

流れている激しい音楽にはまったく興味が持てなかったが、幼い頃から抑圧《よくあつ》され父の激しい監視下に置かれていた凛にとっては何もかもが新鮮で、刺激的だった。

高校のときからの友人なの、と紹介された元カレは、女慣れしていそうな見た目に反して紳士的で、慣れない場所と人に戸惑う凛をさりげなくフォローして気遣ってくれるような人だった。

周りの勢いに押されて流れで交換した連絡先だったが、数日後に送られてきた『今度二人でご飯でも食べに行かない？』というメッセージに凜は心底驚き、心臓が跳ねた。

初めは社交辞令だと受け取った凜だったが、仮にそうだったとしてもいい経験になるかもしれない、と意を決して了承の返事をし、その日のうちに食事に行くことになった。

――これまでにも恋とも呼べないような淡い想《おも》いを抱いたことはあったが、凜がその想いを表に出すことはなかった。

はっきりとした性格や、同世代にはウケがよくないはっきりとした顔立ちからか、『女っぽさを感じさせないイイやつ』という枠組みにはめ込まれ、凜自身もまた自身へのそういった評価を受け入れて、周囲の認識や期待から逸脱《いつだつ》するような言動はしてこなかった。

こと容姿に関して特に自己評価が低い理由の中で、父からの暴言が最たる理由だということを凜自身は認識していた。凜が幼い頃に別の男と駆け落ちした母を父は心底憎み、母に似た容姿の凜に事あるごとに暴言を投げつけていた。

実の父から浴びせかけられる『醜《みにく》い』という評価は、自分自身の容姿に対する凜の認識を歪《ゆが》ませるには充分すぎた。父以外の人間からは「美人だ」と評される機会もあるにはあったが、凜の奥底まで染み込んだ父の言葉による呪縛《じゅばく》が解《と》けることはなかった。

『立花《たちばな》さんの目、すごく綺麗《きれい》だよね。よく言われるでしょ？』

『いえ、そんなことは……。顔も性格も男っぽいって言われるばっかりで……』

『えーそいつら見る目がないなぁ、すごく美人なのに！』

『え？』

『あはは、すごいびっくりしてる！　そんなに驚くこと言った？』

『え、あ、その、そんなふうに男の人に言われたことがないので、あの、どう答えたらいいかわからなくて……』

『え？　じゃあ立花さん、今まで彼氏とかいたことないの？』

『な、ないです！　そんな、いるわけないです！』

『へぇそうなんだ……。あの、さ。俺とか、どうかな？』

『え？　何がですか？』

『だから、俺が立花さんの初めての彼氏になる、とか。まだ知り合ってぜんぜん経《た》ってないけど、その、一目惚《ひとめぼ》れしちゃったんだよね。立花さんに』


様々な要因が重なり、恋愛に対して奥手だった凜に向けられた、初めての明確な好意。

経験値ゼロで耐性のない凜は、元カレからのわかりやすいアプローチに激しく動揺した。

十九年間恋愛からほど遠い人生を歩んできた中で、父に隠れて読んでいた少女漫画や恋愛小説の中の物語のようなこの展開を信じてしまえるほどには素直な性格をしていない。

『信じてもらえないのは仕方ないと思うけど、でも俺、本気だから。信じてもらえるまで頑張るから』

その言葉通り、彼はその日から猛アプローチを仕掛けてきた。毎日送られてくるメールや電話を始め、休みが合えば決まってデートに誘われた。疑心暗鬼《ぎしんあんき》になっていた凛だったが、元より恋愛耐性のない凛は三ヶ月に渡る猛アプローチの末、ついに落ちた。


『立花さん、俺と付き合って』

『……本当に私でいいのなら……』


そのときにはすでに否定しようがないくらいに彼に恋をしてしまっていた。

社交的で気配りがうまい彼は、凛と付き合うまでに数多くの女性達と付き合っていたらしい。

実際、付き合っている間にも昔の彼女と思わしき女性から連絡がきているのを目にしたことが何度もあったし、どこにいても人気があった彼に好意を寄せているであろう女性から敵意に満ちた目を向けられることもあった。

不安に駆られるたびに自分を奮《ふる》い立たせて、必死で自分を磨いた。

美人だと言ってくれる彼のために、雑誌を読み漁《あさ》って化粧やダイエットに励《はげ》んだ。

両親ともに忙しく、手料理を食べた記憶がほとんどないと言った彼のために、決して得意ではない料理も頑張って練習した。

一緒に住むようになって毎日疲れて帰ってくる彼に少しでも安らいでほしくて、掃除も洗濯も毎日欠かさなかった。

男女の行為にしてもそうだった。

すべてが初体験の凛は、彼に教えられたものを忠実に受け入れた。痛いばかりで、大していいとは思えなかった行為でも、肌を合わせるだけで充分満たされた。最初は凜に配慮していた彼が、次第に自分本位の行為に傾倒《けいとう》し、自分は動かず凜に奉仕させるだけになっていったことも凜は『そういうものなのだろう』と受け入れた。

初めて彼が凜を裏切ったのは同棲して二年目のことだった。

相手は昔の彼女。理由を訊《たず》ねると彼は『執着されすぎているように感じて息苦しかった』と答え、なるほど確かにそうだったかもしれないと考えを改め、干渉《かんしょう》するのをやめた。

二度目の浮気はそれから一年が過ぎた頃。相手は出会い系のサイトで知り合ったどこの誰とも知れぬ女性だった。

『俺に興味がなくなったように見えて、寂しくて誰かに求められたかった』

そう告げた彼の言葉に、干渉しすぎなくても駄目なのかと反省した。

今思えばあまりにも身勝手な言い分だったが、当時の凜はその言葉に疑問を感じるよりも、彼を失ってしまうかもしれない可能性のほうがよっぽど恐ろしかった。

たとえ一瞬他に目がいったとしても戻ってもらえるような存在になろうと自分を磨き、仕事に精を出して自立した女を目指し、苦手な家事も頑張った。ふらついていても最終的に自分のところに戻ってきてくれればいい、とすべてを許すことが愛情だと信じて疑わなかった。

〝家族〟に憧《あこが》れていた。

自分がいて、彼がいて、将来的には可愛い子どもたちと一匹《いっぴき》の猫がいて。贅沢《ぜいたく》はできないかもしれないけれど、皆が笑顔で暮らせるようなそんな温かい家庭を築《きず》きたかった。

だから凜は自分の両親を反面教師にしたのだ。

他の男と逃げた母のようになりたくなくて、まっすぐ彼だけを見ていた。定職にも就《つ》かずに自堕《じだ》落《らく》な生活をして暴力と暴言を振るう父のようになりたくなくて、仕事にも一生懸命取り組んで常に笑顔でいることを心がけた。

だがそんな凜の愚直《ぐちょく》さが結果的に彼を追い詰めていたことに、凜は最後の最後で思い知ることになったのだ。

もう彼の気持ちが自分に向いていないことを知り、もうどうしようもないのだと自分に言い聞かせていた凜は、荷物を引き取りに来た彼に最後にひとつだけ訊《たず》ねた。


『私は……何を間違えていた？』


その質問に、彼はこう答えた。

——凜は何も悪くない。だけど俺にはそのまっすぐさを受け止めるだけの度量《どりょう》はないよ。おまえの愛情は、重すぎる。

そうか、と凜は理解した。自分は独りよがりだったのだと、理解した。どちらか片方の想いが大きすぎてもうまくいかないことを知ってしまった。

毎日泣いて泣いて、体中の水分がなくなるのではないかというほど泣いて、凜は諦《あきら》めてしまった。

ちょうどいい想いの届け方などわからない。

自分が正しいと思っていても、それを相手が求めていなければなんの意味もない。

自分が誰かを愛せば、またその相手を追い詰めてしまう。

もう傷つきたくない。傷つけたくない。

――だから凛は諦めた。

傷つき、傷つけてしまうくらいならこの感情を忘れてしまえばいい。大丈夫、私は一人でも生きていける。

そうして凛は自分の中にある「恋をする」という感情に、自ら鍵《かぎ》をかけてしまったのだ。


「……あのヤリチン遅漏《ちろう》野郎め。次に出張ってきたら思いつく限りの暴言を吐いてやる」

とはいえ、気の毒なことをしたなと反省はしているものの、数々の不義理や別れ方には大いに不満が残っている凛は久々に登場した元カレ《クソ野郎》の夢にたいへん不機嫌になり、悪態《あくたい》を吐《つ》きながら身を起こす。

昨日オスカーに言われてすぐに部屋へ戻って寝台に潜《もぐ》り込んだはいいものの、嫌な予感は的中、凛はものの見事に高熱にうなされる羽目になった。

朝になっても熱は引かず、ランドに休みの入れ替えを願い出て今の今までひたすら眠り続けていたのだ。

びっしょりと寝汗をかいて張りつく寝間着を脱いで汗を拭き、新しい物に着替える。窓の外で陽が沈みかけているところを見るに、ずいぶんと眠っていたらしい。そのおかげか、まだ若干《じゃっかん》熱は残っているようだがずいぶんと楽になった気がする。

喉の渇きを覚えて寝台から降りるとまるでタイミングを見計らっていたように扉を叩《たた》く音が聞こえた。扉を開くと心配そうに眉尻を下げたニナが「具合はどう？」と凛の額《ひたい》に手を当てる。

「ニナさん、どうして？」

なぜ寝込んでいることを知っているのか不思議に思って訊ねる凛を寝台に押し戻し、ニナは檸檬《れもん》水が入った杯を凛に手渡す。凛はその杯に口をつけ、中身を一気に飲み干した。爽《さわ》やかな香りと味が、ベタつく口内をさっぱりと洗い流してくれる。

「親切な方が教えてくれたのよ、リンが体調を崩したかもしれないって。もう、貴女《あなた》のことだからまた無理をしたんでしょう？　まったく、自分のことになると無頓着《むとんちゃく》なんだから」

ぷりぷりと怒るニナの言葉に「ごめんなさい」と肩を落とす凛だったが、その言葉には本気で自分を心配している色を感じて、不謹慎《ふきんしん》だとは思いつつも嬉しさを感じてしまいつい口元を緩めた。

「まぁこの子ったら。叱《しか》られてるのに笑うなんて、もう！　でも少しは体調が良くなってきている証拠かしらね、よかったこと」

ニナは呆れたように溜息をついて、優しく微笑《ほほえ》むと、押してきた配膳台《はいぜんだい》に乗せていた深めのスープ皿をサイドチェストの上に置き、カチャリと蓋を開けた。

「食欲はどう？　パン粥《がゆ》を作ってきたんだけど食べられるかしら？」

オニオンスープをベースにしたパン粥の、玉ねぎの甘い香りとバターの芳《かぐわ》しい香りに鼻をひくつかせ笑顔で頷《うなず》いた凛は、いそいそと足を抜いて寝台脇に座り匙《さじ》を手に取る。凛に膝《ひざ》掛《か》けをかけて「熱いから気をつけて食べるのよ」と注意しつつ、ニナも凛の隣に腰掛けた。

「いただきます」と両手を合わせてからふぅふぅと息を吹きかけて口にしたパン粥の、ほっと温まる美味《おい》しさに凛は頰《ほお》を緩ませた。

あっという間に皿を空《から》にした凛にニナは蜂蜜《はちみつ》が入った生姜湯《しょうがゆ》を手渡しながら「食欲があってよかったわ」と微笑んで、食べ終えた食器を片付けて代わりに水差しと杯を置き、凛が飲み終えたティーカップを受け取ってから寝台に入り直すように促した。

「こまめに水分を取って、汗をかいたらすぐに拭きなさいね。それと、これ」

ニナは紙袋から取り出した小瓶と青紫《あおむらさき》がかった小さな丸い石を凛の手に乗せる。

「これは？」

「回復薬《ポーション》とラベンダーの芳香石《ほうこうせき》よ。いい香りでしょう？　回復薬を飲んでぐっすり眠れば明日には元気になれるわ」

甘みのある回復薬を飲み干し、凛は芳香石に鼻を近づける。ふわりと香るラベンダーの匂《にお》いが気持ちを落ち着かせてくれるようだった。

「何から何まで……ありがとうございます」

「可愛い娘のお世話ができて嬉しいわ。無茶はしてほしくないけれどね。それに、回復薬と芳香石は私からじゃないのよ」

ニナの言葉に凛は首を傾げて「じゃあ誰がこれを？」と訊ねるが、ニナはフフッと笑って人差し指を唇に当てて内緒だと答える。

「リンを心配しているのは私たちだけじゃないってことね。さぁ早く毛布をかけて眠りなさい。きっといい夢が見られるわ」

首を傾げる凛を寝台に押し込めて就寝の挨拶《あいさつ》を残し、ニナは部屋を出る。

凛はニナの奥歯に物が挟まったような言い方に疑問を感じていたが、枕元に置いた芳香石の香りがふわりと鼻をくすぐると、とたんに瞼《まぶた》が重くなっていき、深い眠りの中へと落ちていく。

——その夜見た夢の中で、見覚えのある翠玉色《すいぎょくしょく》の瞳を見たような気がした。

◇◇◇

「……長。副団長！」

名を呼ばれたオスカーがハッと我に返って顔を上げると、そこには怪訝《けげん》そうな顔をした若い団員の姿があった。

「どうした」

「素振《すぶ》り五百回が終わりましたので次のご指示をいただきたいのですが……」

しまった、と瞬時に思いながらもそれを顔には出さずに「では十分間の休憩の後、実技訓練に入る」とオスカーは短く指示を伝えた。

承知いたしました、と敬礼して踵《きびす》を返す団員に見えないようにオスカーは小さく溜息を零《こぼ》した。

指導中だというのに何を余計なことを考えているんだ、自分は。

どうも午前中から調子がおかしい。少し前から違和感があったが、今日は特におかしい。

凛に見られるとなぜだか妙に落ち着かない気分になる。さりとて他の男を見ている姿を見れば無性《むしょう》に苛立《いらだ》つ。

凛に笑いかけられると胸が締め付けられ、その笑顔が自分以外に向けられていると思わず声に出してしまいそうになる。――他の男を見るな。私だけを見ろ、と。

今朝の訓練中もそうだ。バルトフェルドが凜の側に立っているのを見ただけでも胸がざわついたのに、あろうことか新人のひとりがなれなれしく凜に近付くのを見た瞬間、怒りが一気に膨《ふく》れ上がり、気付いたときには凜の近くに駆け寄って群《むら》がる愚《おろ》か者共を追い払っていた。

近付いたはいいものの、自分でもなぜそんな行動に出たのかわからず、どうしていいかわからないでいたところで凜が小さくくしゃみをした。ほんの気まぐれに魔法を使ってやると、凜は長い睫《まつ》毛《げ》を瞬《またた》かせて、今のは魔法か？　と質問してきた。

それがどうしたと答えたオスカーに、瞳を輝かせながら「今のはどんな魔法なんですか？」と身を乗り出す凜に、そわそわと落ち着かない気持ちになりながら質問に答えてやれば、すごい！　と歓声をあげられて口元が緩みそうになり慌てて手で覆い隠した。


なんなんだ。どうしてこんなに胸が締め付けられる？

なぜこんなにもうるさく胸が跳ねるのだ。


凜が鍛練場を後にしてから何度も自問自答を繰り返してみたが、結局答えは出ないままもやもやと一日中考え込んでいたオスカーは、事務方局から戻る道中でふと窓の外に目を向けた。

午後の訓練中に天気がぐずつきそうだとは思っていたが、案の定雨が降り出したらしい。この様子ではしばらく雨はやみそうにもないだろう。

（仕事終わりに走り込みでもしようかと思ったが……仕方ない、今日は屋内訓練場で素振りでもす

るか）

今日は外の空気を吸いながら鍛錬をしたかったのだが、自然が相手では文句も言えない。

執務室に戻ろうとした矢先、遠くでくしゃみをする音を耳にしたオスカーはほぼ無意識に方向転換し、その音が聞こえた先へ急行する。

「おい」

苛立《いらだ》ちを隠さぬまま声をかけると、くしゃみをした張本人――部屋で大人しくしているはずの凜が濡れ鼠《ねずみ》になった状態で、バツが悪そうに表情を曇《くも》らせながらそろりと振り返った。

鴉《からす》の濡羽《ぬれば》のような黒髪は小さな顔に張り付き、ずぶ濡れのシャツを肌に纏《まと》わりつかせた凜の姿に、カッと頭が熱くなる。

『なぜ大人しく部屋にいなかったんだ。風邪でも引いたらどうするつもりだ』

『そんな格好でうろついて、何を考えているんだ。少しは危機感というものを持ったらどうなんだ』

二つの台詞《せりふ》が同時に浮かび、どちらを採用するか考えている隙に言い訳を始めた凜に向かってグッと眉根を寄せると、凜は口を噤《つぐ》んでオスカーから視線を逸《そ》らした。

その様子を見る限り、オスカーが怒っているのだということは理解しているのだろう。

オスカーはふつふつと沸《わ》き起こる苛立《いらだ》ちをぐっと堪《こら》え、生活魔法で凜の髪と服を乾かしてやってから口を開く。

「無理をするなと、ほんの数時間前にも言ったはずだが。貴女《あなた》は鶏《にわとり》か何かなのか？」

普段なら文句か嫌みのひとつでも返ってきそうなところだが「すみません……」と俯《うつむ》きながら謝罪の言葉を口にして、しゅんと肩を落とす凜にオスカーはたまらずぐっと口を噤《つぐ》んで胸元を押さえた。

（またか……！　なぜなんだ、なぜこうも動悸《どうき》が激しくなるんだ！）

またも突然襲う違和感にオスカーが悶《もだ》える中、部屋に戻ると言って踵を返そうとした凜がつとその足を止めて視線を上にずらし、「ガーランドさん、髪に何かついてますよ。花びらみたいなの」と合図を寄越《よこ》してきた。

凜が指し示す辺りを払うがうまく取れていないらしく、凜が上だ下だのあれこれ口を出してくる。髪についた花びらより、今は一刻も早く凜を自室に戻らせることのほうがよっぽど緊急で重要だ。

「……もういい。そのうち取れる」

そんなことはどうでもいいから早く部屋に戻れと口を開きかけた次の瞬間、驚きに目を見張った。オスカーの発言を受けて呆れたような表情を浮かべた凜が手を伸ばし、その指が髪を軽く掻《か》き分けるかすかな感触にオスカーの足が震えた。

嫌悪感など微塵《みじん》もなかった。——代わりに感じた痺《しび》れるような甘やかな疼《うず》きが、オスカーの全身を支配した。

直《じか》に肌に触れたわけでもない。ただ、凜の指がわずかに髪に触れただけにも拘《かかわ》らず、全身が熱くなり汗が吹き出す。耳の近くで心臓が早鐘のようにうるさい音を立て、オスカーは呼吸の仕方を忘れてしまった魚のように小さく喘《あえ》いだ。

——その御《ぎょ》し難《がた》い感覚に容量過多を起こしたオスカーの脳はぷつんと音を立てた後、活動を停止した。

習慣というものは自分でも思っていた以上に体に染み付いているらしい。

昨日の夕方以降の記憶がはっきりしない頭が覚醒《かくせい》したとき、オスカーの体は早朝の鍛練場にあった。その手に当然のように木刀が握られているのを見て、オスカーは首を傾げた。

いつの間に鍛練場に来たのか。いや、それ以前にいつ夜が明けたのか。

オスカーにある最後の記憶を辿《たど》る限りでは、確かまだ夜になるかならないかくらいの時間だったはず。そう、雨が降っていたから鍛練場が使えないなと思った覚えがある。

（……そうだ、そこでずぶ濡れの彼女を追いかけて……）

と、そこまで記憶が戻ってきたところでカッと目を見開いたオスカーの頬がじわじわと赤く染まっていく。

昨日のアレは、そして今、自分を襲う異変はなんなんだ。

黒衣《こくい》の女に触れられたときとは明らかに違う。あの手に触れられたときはもっと仄暗《ほのぐら》い感情に体が支配されるような感覚だった。体の中心に突然熱湯をかけられたような、無理やり高められる熱を頭では拒否しているのに、体は求めてしまうちぐはぐな感覚。

だが凜の手は違った。

髪を軽く撫《な》ぜただけの、ほんのささやかな感触をこうして思い返すだけでも胸のあたりがじわじわと温まっていく。

自分を捉《とら》える黒瑪瑙《くろめのう》のような瞳を思い出すだけで心臓が跳ねる。

春の日差しのような、あの笑顔を見たい。

耳触りの良い、凛の声が聞きたい。

綺麗な瞳に、自分を映してほしい。

あの手で、もう一度髪を撫でてほしい。


「……会いたい」

無意識のうちにぽつりと溢《あふ》れた自分の声に、オスカーは慌てて口元を手で覆い、聞かれてはいないだろうかと周りをきょろきょろと見回した。

（何を血迷《ちまよ》ったことを言っているんだ、オスカー。何を考えているんだ！）

頬《ほお》を両手で叩いて頭を強く振り、オスカーは顔を上げて木刀を握り直して構えた。

違う。断じて違う！

何が違うのかはわからないが、とにかく違う。そう、これは一種の気の迷い、気が弛《ゆる》んでいる証拠だ。

オスカーはそう自分に言い聞かせながら木刀を振るい続けた。


「……オスカーはなんでまた、あんなに落ち込んでるんだ？」

訓練の様子を見に来たバルトフェルドは近くにいた団員にこそっと訊《たず》ねた。

だが質問された団員はバルトフェルドの言葉にピンときていない様子で首を傾げ、「特にいつもと変わりないように見えますが……」と答える。

なるほど、他の団員の目にはわからないのかもしれない。

まぁあいつはわかりにくいからなぁ、とひとりごちてバルトフェルドは顎に手をかける。

「本日の訓練はここまで。各自課題点を復習し、次回以降同じ指摘を受けないように」

部下達に向かってそう指示を出したオスカーがバルトフェルドの姿に気付き、近付いてくる。

「どうかされましたか」

「いや、おまえに連絡がてら見学をしてただけだ。どうだ、仕上がりは？」

「悪くはありません。少々調子が良すぎる者もいますが、概《おおむ》ね予定通りかと。……ところで私に連絡とは？」

「あぁ……昨日決まった例の調査に関する打ち合わせの件をリンに伝えようと思ったんだが、どうやら風邪を引いたらしくて今日は休んでいるらしい。なんで二日後の打ち合わせの予定を変更するかも……っておい！　オスカー!?」

話の終わりも聞かずに駆け出したオスカーの背を呆然と見送り、バルトフェルドはがしがしと頭を掻いてから呆《あき》れたように溜息をついた。

「なるほどな。だから落ち込んでたのか、あいつ」

これはひょっとしなくてもそうかもしれない。

バルトフェルドはニヤニヤと口元を緩めながらオスカーの変化を喜んでいた。

衛生班を急《せ》かして用意させた回復薬と、部屋から持参した芳香石を手にしたオスカーは何事かぶつぶつと呟《つぶや》きながら管理人部屋の前にいた。

勢いに任せて危《あや》うく男子禁制の女性寮に足を踏み入れかけたところではたと我に返ったオスカーは、しばし思案した後に凜を実の子のように可愛がっていると聞いた管理人夫妻の元を訪れることにしたのだ。

直接凜に渡す方法がないのであれば、間接的に、かつ確実に渡してもらえるであろう人物に最適《さいてき》だと踏んだからだ。

——ただ問題はなんと言って渡してもらうか、である。

「女性寮でとある人物が風邪を引いたと聞いたので回復薬を持ってきました」

……これだと遠回しすぎて誰だかわからないか？

「リンさんが風邪を引いたと聞いたので、回復薬を持ってきました。彼女に渡してください」

……押し付けがましいだろうか。

「体調が優れない人間に最適な物をご用意しました」

……これではもはや商売人だ。

あれこれ考えすぎて何が正解なのかわからなくなったオスカーは、これ以上考えても無駄だとばかりに頭を振り、意を決して扉を叩く。

「はーい……あら、副団長殿《どの》？　どうなさったのかしら？」

突然のオスカーの訪問に驚いたような表情を浮かべたニナが訊《たず》ねる。

「突然申し訳ありません」

オスカーは頭を下げてから口を開く。

「女性寮、いや、風邪……を引いて」

「あらまぁ、風邪を引かれたの？　無理をなさったらいけないわ」

心配そうに眉尻を下げるニナに、オスカーは小さく首を振る。

自分は風邪など引いていない。違う、そういうことを言いたいのではない。

あれだけ考えたにも拘らずうまく言葉が出てこない自分に内心で舌打ちしながら、オスカーはグッと手に力を込めて改めて口を開く。

「リ……タチバナ嬢《じょう》が体調を崩していると耳にしました。様子を見に行かれたほうが良いかと思い、お伝えに上がりました」

オスカーの言葉にニナが目を丸くして驚き、慌てたように「あらいやだ、たいへん！　すぐに行かなくっちゃ！」とそわそわしだす。

「わざわざありがとうございます、副団長殿。あの子ったら私達に心配かけないようにって、いつも隠してしまうもんだから。しっかりしすぎているのも困りものですわね」

「いえ。では失礼します」

くるりと踵を返しかけたところで、当初の目的を果たしていないことに気付いたオスカーは少し悩んでからニナに向き直り、回復薬と芳香石を差し出した。

「……これを、私からだと言わずに渡していただけないでしょうか」

自分からだと言えば凜は受け取ってくれないかもしれない。そう思ったオスカーはニナに名を伏せるよう依頼する。良い印象を持たれていない自覚があるからだ。

一緒に渡したラベンダーの芳香石はオスカーが昔、眠れぬ夜を少しでも緩和《かんわ》させようと買い求めた物だった。実際慰《なぐさ》め程度の効果しかなかったが、オスカーにとっては御守《おまも》りがわりのようなもので、遠征に行く際もわざわざ持参している。

凛にとって少しでも慰めになってくれれば、と願いながらニナに渡す。

「失礼します」

ニナの返事を待たずに、オスカーは踵を返して足早にその場を立ち去った。

――早く元気な凛の顔が見たい。

オスカーの胸にはそれしかなかった。

◇◇◇

窓から差し込む朝日に目を覚まし、ゆっくりと体を起こした凛はもつれる髪をがしがしと掻いて大きく背伸びをした。

昨日飲んだ回復薬の効果は目覚ましい。枕元から香るラベンダーの匂いのおかげで熟睡できたのか、節々《ふしぶし》の痛みも消え、頭から熱っぽさも消えた。

汗でベタつく体を熱い湯で洗い流し、身なりを整えた凛は時計の針を確認してから思案する。急いで向かえば少しくらいは運動する時間も取れそうではあるが……

「今日は走るのはやめておいたほうがいいかな……」

すっかり元気にはなったのだが、一応病《や》み上がりだ。ここで無理をしてぶり返しでもしたら元も子もない。

早めに仕事に行って、ランドや職場の人達に迷惑をかけてしまった謝罪をしよう。

「あ、ニナさんにもお礼言いに行かなきゃ」

そこまで思ったところで凜の腹が空腹を訴え、ぐぅと鳴き声を上げた。そういえばパン粥を食べたっきり固形物は何も口にしていない。

よし、兎《と》にも角《かく》にもまずは朝食だ、と凜は頷いて足早に食堂へと向かった。


こんがり焼いたトーストにたっぷり野菜のスープ、カリカリに焼いたベーコンととろとろのスクランブルエッグに搾《しぼ》りたてのオレンジジュース。いい匂いを漂わせるそれらを受け取り、空《あ》いた席を見つけた凜は「いただきまーす！」と元気よく両手を合わせ大口を開けてトーストにかじりつく。カリカリな部分とバターを塗ってしっとりとした部分の絶妙なバランスがたまらない。野菜の旨味《うまみ》が溶け出した優しい味のスープも、病み上がりの体に染み込む旨《うま》さだ。

長年染み付いた習慣で三角食べをしていた凜が二巡目に入り再びトーストをかじっていると、目の前にカチャリと皿を置く音が聞こえ、凜はなにげなく視線を前に上げた。

「おはよう」

「んぐ!?　ガ、ん、ぐ、むぐ……」

突然の状況に、凜は慌てて口の中のトーストをオレンジジュースで流し込み「お、おはようございます」と挨拶を返した。

目の前の席に座ったオスカーは特に表情も変えず、それ以上何か発するでもなく優雅な所作《しょさ》でトーストにバターを塗っている。さすが貴族、なにげない仕草すら様《さま》になっている。

だが、この状況はなんだろうか。

なぜオスカーと顔を突き合わせて朝食を食べているのか。

次々と湧《わ》いてくる疑問の中で一番気になるのは――。

「……それ、全部一人で食べるんですか？」

どうしても気になって凜は恐る恐る訊ねてみる。

「他に誰が食べるんだ」

いや、まぁそりゃそうなんですけど……とむにゃむにゃしつつ、凜はオスカーの目の前に並んだ凄《すさ》まじい量の朝食にちらりと目を向ける。

内容は凜が食べている物と変わりないが、とにかく量が半端ではない。軽く見積もっても十人前はあるのではなかろうか。

更に驚くべきはオスカーの食べる速度だ。優雅に食事をしているようにしか見えないのに、恐ろしいほどの速度でオスカーの前から食べ物が消えていく。

凜も早食いなほうではあるが、オスカーに比べればまったく話にならない。べつに競っているわけでもないが、つい釣《つ》られた凜ももぐもぐと一生懸命咀嚼《そしゃく》のスピードを速めるが、あっという間に食べ尽くしたオスカーは隆起《りゅうき》した喉仏《のどぼとけ》を上下に動かしながら杯を空にすると、そのまま無言で食器を片付けて席を立ってしまった。

（……え、なんだったの？　なんの時間？）

何か話すわけでもなく、ただ早食い競争をしただけに終わったこの状況に凜は大きく首を傾げる。

だいたいにしてなぜ自分の目の前に座ったのだろうか。席が空《あ》いていなかったのだろうかと思いきや凜は周りを見回すが、充分空席があるように見える。

わざわざここを選んで座ったのだろうか？　一瞬そう考えたがすぐにその考えを否定する。

（まさかね。今は空いているように見えるけど、ここしか空いてなかったんだ、たぶん）

なんとなく腑《ふ》に落ちないが、真意のほどはオスカーに聞くしかあるまい。かといってこんな些細《ささい》な質問をする気にもなれない凜は、首を捻《ひね》りつつ皿に残ったベーコンにフォークを突き刺した。


ランドや同僚たちに欠勤《けっきん》の件について謝罪し、空けた穴を埋めるようにいつにも増して精力的に仕事をこなした凜が業務を終えて自室へと戻ろうとしたところに、通りかかったバルトフェルドが声をかけてきた。

「おぉ、リン。もう体調はいいのか？」

「ええ、おかげさまでもうすっかり。でもよくご存じですね？」

「リンに伝えたいことがあって昨日事務方局に寄ったときに、な。例の調査の件で打ち合わせをしたいんだが、二日後の午前中少し予定を空けてくれないか。ランド氏には俺から伝えておく」

「私のほうは問題ありません。団長室に伺えばよろしいですか？」

「ああ、それでいい。あ、それともうひとつ。体調が問題ないのであれば今夜いつものを頼みたい」

「……行きつけの飲み屋みたいな注文の仕方しないでくださいよ。通《つう》ですか」

わけのわからないツッコミをいれつつ、凜は頷いて了承する。三回目ともなるともはや抵抗する気も起きない。慣れというものは恐ろしいものだ。

ハハハ、と快活に笑うバルトフェルドに向かって眉を顰《しか》めていた凜だったが、ふと思い出して

「そういえば」と口を開く。

「昨日回復薬をニナさんに渡してくれたのってバルトフェルドさんですか？」

「回復薬？　いや、違うがそれがどうかしたのか？」

「いえ、昨日ニナさんづてに回復薬とラベンダーの芳香石を頂《いただ》いたんですけど、誰からなのかわからないんですよ」

お礼を言いたいんですけどね、と困ったように眉尻を下げる凜の見えないところで、バルトフェルドは何やら思い当たるフシがあるようなそぶりを見せるが、「あいにくだが見当もつかないな」とうそぶく。

「そうですか……すみません、変なことを聞いてしまって。では失礼します」

バルトフェルドと別れて自室に戻った凜は手早く着替えをすませ、洋服棚の奥に仕舞《しま》ってある黒衣を取り出し壁に掛けると、ごろりと寝台の上に寝転がった。

例の時間にはまだ早い。

本でも読もうかと身を起こしてふと枕元の芳香石に目が留まり、なにげなく手に取った。

青紫がかった丸い石を指でつまんでしげしげと眺めてみる。ビー玉にも似ているがビー玉ほど透き通ってはおらず、よく見れば白い核《かく》のようなものが見える。

「誰がくれたんだろう、これ」

ふわりと香るラベンダーの匂いが凜の鼻腔をくすぐる。

どこか不思議と懐《なつ》かしい気持ちになる。元の世界でも嗅《か》いだことのある香りだからだろうか？

香りに誘われるように緩《ゆる》やかな睡魔《すいま》が凜を襲う。

駄目だ、眠ってしまっては約束の時間に遅れてしまうかもしれない。

「だけど……ちょっとだけ……」

誰にともなくぼそりと呟き、丸い石を握り締めたまま凜は眠りの淵《ふち》へと落ちてしまった。


心が浮き足立つようとは、まさに今のオスカーの状態を指すのかもしれない。

オスカーの様子を眺めていたバルトフェルドはぽつりと呟いた。

「昨日とは打って変わって今日はまたずいぶんご機嫌だな」

「何か言いましたか、団長？」

「いや、ただの独り言だ」

たまたま側を通りかかった団員に首を傾げられバルトフェルドはひらひらと手を振った。

これもまたおそらくバルトフェルドにしかわからないのだろうが、今日のオスカーはかなり機嫌がいい。感情の振り幅が少ないオスカーの機嫌が上下する理由で思い当たる節があるとすれば、ここ最近ではある人物が関わったとき以外にない。——本人にその自覚があるかどうかはまだ不明だが。

長年オスカーを見てきた自分としては喜ばしい限りだ。本当ならば全力でいじり倒したいところだが、余計なことを言って拗《こじ》らせてしまっては元も子もない。己の悪戯《いたずら》心をぐっと堪《こら》えて、バルトフェルドはオスカーに声をかけた。

「オスカー。ちょっといいか？」

走らせていた筆先を止め、オスカーが顔を上げる。

「どうされましたか」

「昨日言っていた打ち合わせの件だが、リンの了承を得て二日後の午前中に決まった。確かその日は各所巡回の予定だったと思うが……調整できるか？」

「はい。問題ありません」

凛の名を口に出した瞬間、オスカーがぴくりと反応を見せたが、気付かなかったふうを装ってバルトフェルドはあえて流す。

だがやはり少しはいじりたい。

「……そういえば誰かがリンに回復薬を渡したらしいな。お礼が言いたいとリンがその誰かを探しているようだったが、オスカー知らないか？」

ガタッと肘《ひじ》をずらしたオスカーが筆先を滑らせて署名《サイン》を仕損じる。

「……さぁ。私は何も」

動揺を悟《さと》られまいとしているのだろう、オスカーはバルトフェルドを見ずに答える。

「そうか。いや、一緒に芳香石ももらったと言っていたからな。てっきり誰かさんが大事に持っていたあれを渡したのかと思っていたんだが、違ったか」

俺の勘《かん》も鈍《にぶ》ったな、とニヤつきながら言うバルトフェルドの前でオスカーの耳朶《じだ》が見る間に赤く染まる。

「違っ、あれは、そういうのでは……！」

とっさに否定の言葉を口にしたオスカーは、バルトフェルドの表情を見て自分の失言に気付き慌てて口を噤《つぐ》み、さっと視線を逸らし悔《くや》しそうに唇を引き結ぶ。

予想以上に面白い反応をするオスカーを見て満足したのか、バルトフェルドは小さく笑って「すまなかったな」とオスカーの肩を叩き、その場を離れようと踵《きびす》を返してふと思い出したように振り返った。

「忘れるところだった」

カサリと乾いた音を立てて机に置かれた紙をオスカーが拾い上げる間にバルトフェルドは立ち去っていく。

そこに書かれた文字に目を走らせた瞬間、オスカーはその紙を握りつぶし表情を曇らせた。

――『今夜、いつもの場所に手配した』

オスカーにとってそれは死刑判決にも等《ひと》しい、残酷な未来を告げる呪言《じゅごん》のように思えた。


指定された時間の少し前、鉛《なまり》を飲み込んだように重い体を引きずって寝台に腰掛けたオスカーは項垂《うなだ》れ、深い溜息をひとつ吐き出した。

――あの黒衣の女が来なければいい。そう心から願ってしまう。

必要な処置なのだと理解はしている。だが心がそれを受け付けない。

あの女が来るまでまだ時間はある。いっそのことすっぽかしてしまおうか。何度もそう考えたが、マクシミリアンとバルトフェルドの厚意《こうい》を無下《むげ》にもできず、結局こうしてただ待つことしかできない自分に苛立《いらだ》ちが募《つの》る。

（……違う。そんなのは言い訳にすぎない。本当のところ私は……）

ギリ、と歯噛《はが》みしたオスカーの耳にパタパタと慌てた様子の足音が聞こえ、少し間を置いて叩かれた扉の音にオスカーは落胆《らくたん》した。

冷え切った心に仄暗《ほのぐら》い情欲《じょうよく》の熱が灯《とも》る。

あの手に触れられればまた、自分は快楽に溺《おぼ》れ抗《あらが》うことができないのだろう。

『振り払って部屋を出ろ』と囁《ささや》く自分と『任務のため仕方がないことだ』と都合のいい解釈を唆《そそのか》す自分の声が頭の中で聞こえる。

遠慮がちに開かれた扉の隙間から覗く白い手を見た瞬間、自分の中の天秤《てんびん》が都合のいい声へと傾く音を聞いたような気がした。膝《ひざ》の上に置いた拳《こぶし》を握りしめ、唇を固く引き結んだオスカーの葛藤は薄闇の中に紛《まぎ》れ、目の前の女には伝わるはずもない。

――――凜に会いたい。

その声を聞き、太陽のような笑顔を見れば、今この瞬間にも暴発してしまいそうな汚らわしい肉欲も薄暗い感情もすべて洗い流せそうな気がする。

そんなオスカーの心の内《うち》など知る由《よし》もない黒衣の女は、少し考えるようなそぶりを見せてからそっとその手を伸ばして、オスカーの鍛え上げられた腹筋に指を這わせる。

隆起した腹筋の溝《みぞ》を確かめるように指が這い、くすぐったさにオスカーが思わず身を捩《よじ》らせると女の手はするすると撫《な》でるように脇腹から上へと移動する。

上ってきた白い手がちょうど胸元辺りに届いたとき、不意にその手から嗅ぎ覚えのある甘い香りが立ち上り、オスカーは思わず目を見開いてその手を見下ろした。

（これは…………ラベンダーの香り？）

香りの正体を認識したと同時に、その香りに関連付けられる人物の姿がオスカーの頭の中に浮かび上がり、心臓が大きく脈打った。

まさか、そんな馬鹿なことがあるか。

だがその手から香るのは間違いなくラベンダーの匂い。

激しく動揺するオスカーの心情に呼応《こおう》するように心臓が早鐘のように騒がしい音を立てている。

何を馬鹿なことを、彼女のはずがない。相手が自分だと知って、彼女がこんなことを許すはずがない！

だが否定すればするほど、それ以上に膨らむ願望がオスカーの思考を支配していく。


――この手が彼女の手だったら。

――自分に触れているこの手が、彼女の手だったとしたら？


そんな希望的観測とも思える願いに、オスカーの怒張《どちょう》が一気に張り詰め、今にも欲を噴き出さんばかりにびきびきといきり立ち、オスカーは自分に触れているその手を掴んで黒衣を剝《は》ぎ取りたい衝動に駆られる。

拳を握りしめ、自分の中に沸《わ》き起こる凶暴な感情を必死に押さえ込む。

（駄目だ、違う！　彼女じゃない。リンのはずがない！）

――だが、本当に彼女だったとしたら？

情欲にまみれたこの体を煽《あお》り、浅《あさ》ましい欲望を暴《あば》き立て受け止める手が凜の手だったとしたら？すでにオスカーの脳は正常な判断ができる状態にはなかった。オスカーの目には、もう自分に触れている手が凜のものにしか見えなくなっている。

（もっと……もっと隅々《すみずみ》までその手で触れてほしい）

頭巾《フード》越しに隠れた彼女の美しい瞳を探すように、オスカーの視線が熱に浮かされたように虚《うつ》ろに彷徨《さまよ》う。

腰が無意識に揺れ、肩で荒い呼吸を吐き出しごくりと唾《つば》を飲み込んだ。

自分でも信じられないくらいに酷く興奮している。

女の指がオスカーのたくましい胸板の上を這い、慎《つつ》ましい乳頭《にゅうとう》を掠《かす》めた瞬間「……ぁっ」と小さく呻《うめ》き声を上げ、オスカーの背中がぶるりと震えて下穿きの中に大量の欲がびゅるびゅると勢いよく吐き出された。

下肢に触れられたわけでもなく、衣服の上から与えられたかすかな刺激にすら敏感に反応し、あまつさえ射精《しゃせい》までしてしまった自分が信じられず、オスカーは不安げに長い睫毛《まつげ》を瞬《また》かせた。

だがつい今しがた欲を吐き出したばかりの剛直《ごうちょく》は萎《な》えるどころかますますいきり立ち、張り付いた下穿きの下で獲物《えもの》を狙う蛇《へび》のように大きく首をもたげ、なおも快感を得ようとゆらゆらとその身を揺らしている。

頭巾の縫い合わせがオスカーのほうに向けられているということは、女の視線はオスカーの下肢に落ちているのだろう。

これまで散々《さんざん》みっともない姿を見られているにも拘らず、オスカーの頬に羞恥《しゅうち》の色が走る。下肢に触れられてもいないのに吐精《とせい》してしまったことがたまらなく恥ずかしくなった。

わずかに頭巾の縫い合わせが後方にずれ、白い指先が探るようにつつ、と布地の上からオスカーの胸板を這う。

くに、とその指の腹がオスカーのささやかな突起を捉《とら》えると楽器を鳴らすように爪弾《つまび》かれ、低い呻き声が漏れる。

いつの間にか増えた手でふたつの突起を指先や指の腹ですりすりと弄られ、ぞわぞわと肌が粟立《あわだ》つような快感にオスカーは悶えた。

だが、先ほどの絶頂は予想もしなかった部分への刺激による動揺も要因のひとつになっていたのだろう。やや耐性がつきつつある今感じている痺《しび》れるような快感は決定打には至らない。

やおらに下肢に響く甘い刺激に怒張は硬度を増してはいくものの、今一歩脳天を突き抜けるような濃密な快感には届かない。

それでも自分の突起を弄《いじ》る指が凜のものかもしれないと思うだけで、オスカーはたまらなく胸が締め付けられた。

凜が自分に触れている。

もっと触れてほしい。

布越しのもどかしい感触では足りない。

もっと淫らに、もっと激しく、自分の恥ずかしいところを暴いてほしい。

「……下も……触って……」

囁《ささや》きのような、小さな心の内の願いが口から零《こぼ》れる。

オスカーの小さな声にピクリと反応した女の手が下がり、下穿きの中へするりと入り込んで体液にまみれた剛直《ごうちょく》に触れる。

「……擦《こす》って、ほしい」

先ほどよりも声量《せいりょう》を上げてオスカーがねだると女は空いた手で下穿きをずらし、陰茎《いんけい》を摑《つか》んだ右手が緩やかに律動を開始した。

太い血管が浮き出た陰茎を扱《しご》かれ、女の手が上下に動くたびに敏感な裏筋を掠める。

ヌチュヌチュと卑猥な音を立てながら艶《なま》めかしく陰茎を這う白い手にオスカーは喉を鳴らし、荒く短く息を吐き出して喘いだ。

「あ……出……っ」

数度の律動であっけなく吐精した陰茎に燻《くすぶ》る熱は未《いま》だ萎《な》える気配がない。

自分に触れているのが凜かもしれないというだけで、オスカーの中に眠っていた雄の本能が目の前の雌《凜》を求めてしまう。

(欲しい。もっと欲しい)

猛《たけ》る陰茎を擦り上げる手が、ラベンダーの甘い香りのする白い手が、自分の精液に塗《まみ》れ汚れていく筆舌《ひつぜつ》に尽くしがたい背徳的な快感に背筋が震える。

「つは……あ……、また……出る……っ！」

一際大きな快感の大波が押し寄せ、全身を打ち震わせたオスカーはどぷりと白い欲望を吐き出しながら果てた。

肩で息をつくオスカーのくたりと硬度《こうど》をなくした陰茎から手を離し、女は側に置いていた手拭《てぬぐ》いを引き寄せてから湯に浸し、軽く絞ってからオスカーの下半身を清めようと腕を伸ばす。

近付く女の手にハッと我に返ったオスカーはとっさにその手首を摑《つか》み、その細さに驚いて慌てて手を引いた。

「……も、申し訳ない！」

突然摑まれたことに驚き、手拭いを取り落として腕を引っ込めていた黒衣の女はオスカーの言葉に弾《はじ》かれたように顔を上げ、小さく首を横に振る。

オスカーはそっと安堵の息を零し、太腿《ふともも》の上に落ちた手拭いを拾い上げ簡単に折りたたんでから「先に手を……拭いてくれ」と差し出した。

戸惑うように揺れる黒衣の前にぐいと腕を突き出すと、ためらいがちに伸びた白い手が手拭いを受け取り、その手にまとわりついているオスカーの痕跡《こんせき》を拭っていく。

拭き終えた後、どうしたものかと考えあぐねているようなそぶりを見せる手に向かって手を差し出すと、女は手拭いをくるりと裏返して汚れていない面を表にした状態でオスカーの手に手拭いをそっと置き、顔をすっと横に向けた。

オスカーが下穿きを穿き直すために寝台から腰を上げると、女はすばやく手拭いを回収し道具を抱えて立ち上がる。

いつもならば女が部屋を出て行く様子をただ見送るだけだったが、オスカーは女の脇をすり抜けて大股で出口へと近付き、扉を開いてやる。驚いたようにその場に留まっていた黒衣の女は我に返ったように小さく頭を下げ、どこかぎこちない足取りでオスカーの前を横切り部屋を出る。

去り際にもう一度小さく頭を下げて帰っていく女の背中を見送ると、オスカーは扉を閉めて寝台の上にどさりと座り込み、大きな溜息を吐き出した。

つい先ほどまでの自分の痴態を思い出し、オスカーは両手で頭を掻きむしり項垂れる。

「……どうかしている……」

さんざん欲を吐き出して冷静になった頭で、オスカーは自分の突飛な妄想に呆れ返ってひとりごちた。

たまたまラベンダーの香りがしたからといって、あれが凜なのではなどあまりにも短絡的すぎる。ラベンダーなど、芳香石に限らず一般的に化粧品などにも使われていると聞く。決して特別な香りではない。

だいたいにして、本当にラベンダーの香りだったかどうかも怪しいものである。

慣れないことをしたせいで、自分でも気付かぬうちに香りが記憶に残ってしまったが故《ゆえ》の勘違いかもしれない。

そうだ、きっとそうだ。でなければ自分があんな状態になるはずがない。

無理やり自分を納得させたオスカーはグッと顎を引いて立ち上がり、落ちて目にかかる前髪をかき上げた自分の手を見てふと思い出す。

(……女の手首とはあんなにも細いものなのだな)

ぼんやりと手のひらを見つめもう一度感触を確かめるように握った手が空を掴んだところで我に返り、心に引っかかる気持ちを振り払うようにオスカーは強く頭を振った。

記録Ⅴ　気付きたくなかった想い

背後にオスカーの視線を感じながら、凛《りん》は両手に荷物を持って膝《ひざ》を曲《ま》げて歩く、という実に難易度の高い動きをしていた。

なぜなら今回、急にオスカーが扉を開けてレディーをファーストするという謎《なぞ》の紳士ぶりを発揮したからだ。

日本伝統芸能のような高度で雅《みやび》な技能を持っていない凛の膝と太腿《ふともも》はすでに限界寸前。ついでに湯桶《ゆおけ》を抱えた腕もそろそろ限界だった。

（ちょっと！　早く部屋に戻りなさいよ！）

そんな凛の心の叫びが聞こえたのか、扉が閉まる音を聞いた凛はそろりと背中を捻《ひね》って後ろを確認する。

オスカーの姿がないと確認するや否や凛は膝を伸ばし、その背がにゅっと伸びる。危なかった。今回は本当に色々危なかった。

まさかオスカーが立ち上がるとは思っていなかった。いくら顔や体型を隠しているとはいえ、日本人男性の平均身長近くある凛ほど長身の女性はこの世界においても非常に稀《まれ》だ。少なくとも凛はこの世界に来て以降、自分と同じくらいの身長の女性を見たことがない。

故《ゆえ》に凜はとっさに膝を曲げてオスカーの顎下《あごした》あたりに頭がくるように身を屈《かが》めたのだ。あの判断は我ながら冴《さ》えていたと凜はにやりとほくそ笑む。

しかし、今日のオスカーは色々と危険だった。だだ漏れの色気もそうだがあまりにも敏感すぎやしないだろうか。乳首でイクって何それ。どんだけ敏感なの？

「『触って……』って何よ、『触って……』って！」

凜はボソボソと小声で愚痴《ぐち》り、頬《ほお》を赤らめながら憤慨《ふんがい》する。

あれは狡《ずる》い。あんなの、やられないほうがおかしい！

（あのギャップは駄目だと思う！　普段ツンケンしてるのにあの場面であんな……！）

「ここに来て余計な属性をお披露目《ひろめ》して、もう……もう！」

ぷんすかぷんすかしながら自室に戻った凜は、えいや、とばかりに黒衣を脱ぎ捨て寝台に突《つ》っ伏《ぷ》し、じたばたと身悶《みもだ》える。

可愛《かわい》かったなんて絶対言わない。なんかもうぎゅっとしたくなんてなっていない。断じてない！

しかしオスカーは自分が男であったことに感謝したほうがいいと思う。あんな美人でお色気ムンムンで敏感っ子、か弱い女性だったとしたらそれはもうどえらい目に遭ってもおかしくない。

いや、だが実際オスカーは女性嫌いだ。もしかしなくとも過去にそういった被害に遭ったからそうなったのかもしれない。

「顔が良くて色気があるってのも善《よ》し悪《あ》しなのかもなぁ」

そう考えるとあの無礼な態度にも同情の余地があるような気もする。

感傷的《かんしょうてき》になった凜はしんみりし「明日から少しくらい優しくしてやってもいいかな」と呟《つぶや》いた。

年上としてそれくらいの配慮はして然《しか》るべきであろう。そんなことを考えつつ、凛は浴室へと向かった。

一晩眠って気持ちを切り替えた凛は、早朝ジョギングを再開すべく、数日ぶりに鍛練場へと来ていた。

ぐぐっと背伸びをして首を鳴らしていると「おはようございます！」と元気よく声をかけられ、凛は声の方向へと顔を向ける。

（ん？　この人懐《ひとなつ》っこい笑顔は確か……）

「おはようございます、ハウウェルさん」

若干自信がないまま挨拶《あいさつ》を返すと「うわ、名前覚えててくれたんですね！」とマーカスは嬉しそうに白い歯を見せてくしゃりと笑った。

彼に犬耳と尻尾《しっぽ》があったならば、きっとその尻尾はちぎれんばかりにブンブンと振られていることだろう。

体格はしっかりしているが、栗色のふわふわとした髪とくるくるとよく動く榛色《はしばみいろ》の瞳がマーカスの子犬感をより演出している。

二十歳前後の頃はこういった可愛い系の男子はどうしてもあざとさを感じてしまって苦手だった凛だが、この年齢にもなるとそのあざと可愛さも含めて愛《め》でられるようになった。

マーカス青年に関してはそのあざとさすら感じさせないのだから、より愛玩《あいがん》精神がくすぐられるというものではないか。

「あ、あの！　俺、ぜんぜん下っ端ですし、名前呼び捨てしてください！　その……ハウウェルさんって呼ばれ慣れてないんで」

頬を染めて照《て》れくさそうに頭を掻《か》きながら言うマーカス青年に凜の庇護《ひご》欲がギュンギュン刺激される。頭をわしゃわしゃしたい。

「わかりました、マーカスさん。すみません、私も呼び捨てに慣れていないので、さん付けでもいいですか？」

実際のところ名字ならいざ知らず、名前呼び、ましてや呼び捨てに慣れていない凜の提案にマーカスはぱぁっと瞳を輝かせて元気よく頷《うなず》く。

「ところでマーカスさんも鍛錬《たんれん》ですか？　ずいぶん早いですよね？」

そう訊《たず》ねる凜にマーカスは「いや、あの」と少し口ごもる。

「この前、リンさんがいつもこの時間に走ってるって聞いたから」

俺も一緒に走りたいなと思って、とマーカスが言う。俯《うつむ》き加減で凜の反応を探るように上目遣いで見ているマーカスに、凜の中の愛玩精神メーターがギュンギュン上がる。

(いやだ、すごい可愛い！　カルラに続いて抱きしめたいランキングに入る可愛さ！)

マーカス青年の純情な様子に思わず凜の頬が緩み、自然と表情が笑みの形を取るとマーカスの顔が一瞬で真っ赤になる。

「私と一緒だと訓練にならないかもしれないですけど」

「ぜんぜん！　むしろゆっくり走りたいというか……」

「……ほう？　せっかくこんな早くから出てきたんだ、自己鍛錬に時間を使ったほうが建設的だと思うが？」

――いつの間に近くに来ていたのだろうか。口から吹雪《ブリザード》が出ているのではないかと思うほどに冷たい低音《バリトン》でオスカーがそう口にしながらぽん、とマーカスの肩に手を置く。

先ほどまで真っ赤に染まっていたマーカスの顔色は見る間に青ざめ、凍りつく。

「――いい機会だ。この後私が直々《じきじき》に指導して差し上げよう、マーカス・ハウウェル」

「は、はははははは、はっ！」

にっこりと口元だけで笑い、オスカーはミシミシと音を立てマーカスの肩を摑《つか》む。「く、砕《くだ》ける！　砕けます、骨！」とくずおれるマーカスの耳元に顔を近付け、ぽそりと何事かオスカーが呟《つぶや》くとマーカスは弾《はじ》かれたように立ち上がり、ドンッと胸に拳《こぶし》を当て、

「し、失礼いたします！」

と一目散《いちもくさん》に鍛錬場から駆け出していってしまった。旋風《せんぷう》のような一連の騒動に凛は呆気《あっけ》に取られていたが、じぃっとこちらを見つめるオスカーの視線に気付いて我に返る。

何やら非常に不機嫌な様子だが、いったい何に不機嫌になっているのか。

昨日の処置内容に不満でもあったか？　いや、でもかなり気持ち良さそうにしてたけどなぁ……と余計なことを思い出しかけて凛は頭を振る。

「おはようございます、ガーランドさん」

よくわからないが一応挨拶はしよう、と凛は声をかけるがオスカーは不機嫌そうな顔を更に歪《ゆが》めてますます目を細める。

不機嫌さの意味がわからずムッとする凛だったが、昨日自分で打ち立てた『オスカーに少し優しくしよう』キャンペーンを思い出して努《つと》めて冷静にもう一度挨拶をしてみる。

「おはようございます、ガーランドさん」

だがオスカーから返答はない。

(挨拶したりしなかったり、我儘《わがまま》か！)

「ちょっと。なんで朝からそんな不機嫌そうにしてるんですか」

早々にキャンペーンを破棄《はき》した凛が苛立《いらだ》ちを隠さずに問うと、オスカーはぷい、と顔を背けてぼそりと呟く。

「……なぜあいつは名で呼ぶんだ」

「は？」

「なぜマーカス・ハウウェルのことは名で、私のことは家名で呼ぶのかと聞いたんだ！」

「はぁ？」

つまりマーカス青年のことを名前で呼ぶのに、自分のことは家名で呼ばれるのが気に入らないから不機嫌になっていたと、そういうことなのか？

「えぇー……だって名前で呼んでって一度も言ってきたことなかったじゃないですか。普通言われなきゃ家名で呼ぶでしょう」

正論をぶつけるとオスカーはふてくされたように、またもやふい、と顔を背ける。なんて我儘なやつなんだ！　そして意味がわからん！　と思いつつ凛は再度訊ねる。

「……じゃあこれからオスカーさん、て呼んでいいですか？」

「…………貴女《あなた》の好きに呼べばいい」

(なんでそこで素直になれないんだコイツは。遅れてきた反抗期か!!)

もうこれは永遠の十四歳と呼ぶしかない。

いや、相手は遅れてきた反抗期中なんだから自分が大人にならないと、凜は心の中で唱《とな》える。

凜は気持ちを落ち着けるように何度か深呼吸をし、昨夜の色気ダダ漏れ紳士と同一人物とは思えない我儘ぶりを発揮するオスカーに向かって名前を呼ぶ。

「オスカーさん」

「……なんだ」

「呼んだだけですよ。じゃあこれからそう呼ばせてもらいますね」

凜がそう言うとオスカーの細まった瞳がわずかに緩み、への字になっていた口角が少し上がる。

どうやら少し機嫌が上昇したらしい。

「ないとは思いますけど、何か私に要望があるなら口に出して言ってくださいね?」

「要望などない」

「そう返してくるのを見越してたから、ないとは思いますけどって言ったんです。ちなみに今現在私にはオスカーさんへの要望がありますよ」

「…………なんだ」

「挨拶を返してください。はい、じゃあやり直しますよー」

パンと手を叩《たた》いて凜はくるりと後ろを向いてからオスカーに向き直り、笑顔で「おはようございます、オスカーさん」と言う。

オスカーは長い睫毛《まつげ》を瞬《またた》かせて少し困ったような顔をするが、凛のほら早く、とでも言いたげな目に根負けして「おはよう」と小さく言ったのを受けて凛は満足げに頷《うなず》く。

「やればできるじゃないですか！　頭を撫《な》でてあげましょうか？」

「子どもにするような扱いはよせ！」

あはは、と快活に笑って凛が謝る。出会った頃に比べずいぶんと人間らしい反応を返してくるオスカーに先ほどまでの溜飲《りゅういん》が下がっている。少しはオスカーとの仲も良くなってきたのかもしれない、と凛は嬉しくなった。

そして哀れなマーカス・ハウウェル青年がオスカーの大人げない八つ当たりによる地獄のような特訓を受ける羽目になったことを凛は知る由《よし》もなかった。


それから数日が経《た》った日のこと。凛は昼休憩の時間にカルラに会いに賄《まかな》い方《かた》へと顔を出し、野菜の皮剥《かわむ》きを手伝っていた。

「ねぇリン。オスカー様と何かあった？」

カルラにこそっと耳打ちされ凛は思わず「はぇ？」と素《す》っ頓狂《とんきょう》な声を上げて手にしていた大きな馬鈴薯《じゃがいも》を取り落とし慌てて拾い上げる。

「何かって何がです？」

「んもう！　絶対わかってて聞き返してるでしょう？」

わかっているが理解はしていない。確かに何かあるにはあるが、カルラが聞いているのはそういうことではないだろう。

カルラが突然そんなことを聞いてきたのにはもちろん理由がある。

賄い方に来る途中、吹き抜けを挟んだ向かい側の廊下《ろうか》を歩いているオスカーを見かけて、なんの気なしに手を振ったところをカルラに目撃されたからだ。

「本当に何もないですって。ただの挨拶ですよ」

困ったように眉尻を下げて凛は答えるが、カルラはまったく納得してくれる気配がない。

「リンにとってはただの挨拶かもしれないけど！　でもあのオスカー様よ？　あんな気さくなオスカー様、今まで見たことないわ」

無表情のまま小さく片手を上げた程度でも気さくなのか。あれで気さくというのなら、世の中のほとんどの人間が陽気な部類に入ってしまうのではなかろうか。

まぁ確かに先日の『名前で呼んで騒動』以来、オスカーの態度はかなり軟化《なんか》したように思える。発言のほぼすべてが嫌み成分で構成されていたのも今は三分の一程度に減っているし、無視をするようなこともなくなった。時々妙に不機嫌になることはあるにしろ、先ほどのように挨拶をする程度には距離が縮まったと言えなくもない。

だが結局はその程度。

カルラが期待しているような仲にはなっていないし、なりようもない。

「毎日鍛練場で顔を合わせてれば、挨拶する程度の仲にはなりますって」

「え？　何それ？　どういうこと？　いつの間にそんな関係になったの？」

まずい、カルラの興味を刺激してしまった。不用意な発言であらぬ誤解を招《まね》いてしまった自分の迂闊《うかつ》さに呆《あき》れながら凛は説明する。

「違いますよ？　そんな色っぽい話じゃないですからね？　ただ朝、走っているところにあの人がいるってだけですからね？」

興奮して鼻息を荒くするカルラに凛の言葉は届いていない様子で、凛は心底困り果てて「お願いですからちゃんと話を聞いてください……」と懇願《こんがん》する。

「大丈夫、聞いてるわ。まだ恋人同士ってわけではないってことでしょう？」

「なんでそうなるんですか……」

駄目だ、ぜんぜん話を聞いてくれない。どうしたものかと凛が悩んでいると「でもオスカー様のほうは少なからずリンに対して好意を持っているわよね」とカルラがとんでもないことを言い出し、凛はゴトンと手に持っていた馬鈴薯を取り落として目を見開いた。

「は？」

「だってそうじゃなきゃ説明がつかないわ。あのオスカー様よ？　ここ最近、毎朝同じ女性と食事をしているっていう噂《うわさ》を聞いてたけど、それってリンのことでしょう？」

「一緒に食事って……たまたま向かい合わせになって食べてるってだけの話ですよ。べつに会話もしてないし」

というよりそんな噂が立っているとは。さすがオスカー、何をしていても目を引くらしい。

「リンは知らなくて当然だけど、オスカー様って人前で食事をしないことでも有名なのよ。お忙しいから食堂が開いている時間に食事を取れないってことももちろん理由のひとつだと思うけど、皆に見られながら食べるのがお嫌いなんですって。それもそうよねぇ」

一般の人々に比べれば耐性がついているとはいえ、やはりオスカーの美貌《びぼう》は目を引く。本人が嫌がっているることを知っているからこそ、オスカーを見ないようにと団員達も含めて注力《ちゅうりょく》はしているらしいが、美しいものに目がいってしまうのは生き物としての本能かもしれない。

「一人の食事って味気ないですしねぇ。たまには皆と食べたくなるのも無理ないですよね」

改めてオスカーを取り巻く状況に同情しつつ凜がしみじみと言うと、カルラは信じられないものを見るような目で凜を見上げている。

「……それ、本気で言ってるの？」

「何がですか？」

「そこまでいくとわざと気付かないようにしているって考えたほうが良さそうね……」

ボソリとカルラが言った台詞《せりふ》に凜はギクリと小さく肩を震わせ、ごまかすように芋の皮を剝く速度を上げる。

「ねぇリン。リンはどうなの？　オスカー様のこと、少しは気になったりしていないの？」

「気になったりって……普通ですよ。べつに何も……」

「本当に？　本当の本当に？　これーぽっちも気にならないの？」

「ほ、本当ですって。そりゃ最初の頃に比べれば話しやすくなったな、とか意外に親切だなとか思ったこともありますけど、それ以上のことは何も」

勢いに気圧《けお》されて後ずさりをする凜を疑わしい目で見つめるカルラは「ふぅん」と口の中で呟《つぶや》くとにっこりと笑みを浮かべた。

「リンって変なところで鈍《にぶ》くて素直じゃないわね。でもそういうところも好きよ」

今の発言で何を察知されたのかはわからないが、カルラの笑顔が怖い。

これ以上話していると、気付かないでいいことまで気付かされそうだ。凜はそう判断し、持っている芋の皮をすばやく剝いてカルラに手渡して退出の意を伝える。

「あー……私、そろそろ戻りますね？」

「いつもありがと。悩みや相談はいつでも受け付けるから言ってね」

なんの、とは言わないところに非常に含みを感じる。引きつった笑いを見せつつそそくさと退出した凜は、外に出るや否や深い溜息をついた。

――正直なところ、薄々《うすうす》嫌な予感を感じてはいる。

元カレの件も含めてだが、凜は自分がこと恋愛に関して熱しやすく冷めにくい性質《たち》なのを嫌というほど理解している。そんな面倒な性分だからこそ、あえてそういったものには関《かか》わらないでいたのに。

オスカーが凜に対して心を開いているように見えるとするなら、それは凜がオスカーに対して邪《よこしま》な心を持っていないから、『女』を感じさせないからだろう。四六時中《しろくじちゅう》そんな視線を浴びてきた中で、たまたま歳《とし》の頃が近くて自分にそういった目を向けてこない相手がいたというだけのこと。

――ただそれだけのことだ。

「仕事はちゃんとしなきゃ」

パンッと頰を叩き、凜は顔を上げる。

（大丈夫。ちゃんとわかってる）

そう自分に言い聞かせ、凜は職場へと足を向けた。

——今日、できればこいつには会いたくなかった。

誰しも一度はそんなことを思った記憶があるのではないだろうか。——凜にとって今まさにこの瞬間がそうであるように。

べつに何があったわけでもないが、今日はオスカーの顔を見たくなかった。

「あ」

と思わず声を上げてしまった自分の口を慌てて塞《ふさ》いだが、時すでに遅し。声に反応したオスカーとばっちり目が合ってしまった。

いまさら気付かなかったふりをするわけにもいかず、凜は曖昧《あいまい》な笑顔を浮かべて「お疲れさまです」とオスカーに向かって挨拶をする。

ここ最近のオスカーなら返答代わりに軽く頷き返す程度なのだが、なぜか今日に限ってツカツカと近付いて来たのに凜は内心で慌てた。

(ちょっと！　なんでこっち来んのよ！　あっち行って、あっち！)

内なる凜はシッシッとオスカーを追い払うが、当然そんなものはオスカーに届かない。微妙に進行方向をずらして避けようとするが、ずいと前に立ち塞がられてあえなく逃亡に失敗する。

「また体調でも崩しているのか」

勝手に気まずさを感じて視線を泳がせていた凜は、オスカーのその台詞に「へ？」と首を傾げる。

なんでいきなり体調？

「おかげさまですこぶる健康ですけど……？」

「ではなぜそんな変な顔をしている。体調が悪いのではないならなんだ」

「変な顔って失礼ですね。元からこんな顔ですよ」

ムカッとしつつ言い返すが、オスカーは納得がいかない様子で眉を顰《ひそ》める。

「何か憂《うれ》いがあるからそんな顔をしているんだろう。何があった、早く話せ」

「何もありませんよ。気のせいじゃないですか？　オスカーさんこそ、なんでそんなに突っかかるんですか」

触れられたくない部分に触れられて思わず感情が高ぶり、声を荒げてしまう。

（あー……もう！　だから今日は会いたくなかったのに……）

感情のコントロールが効かない。うまくごまかせない。

仕事ならもっとうまくやれるのに。

——仕事なら？

はたと自分の中に浮かんだ言葉に凜が固まる。

待って。待って待って待って。今何を思った？

（……仕事なら？　いや、仕事でしょ。仕事以外のなんだっていうのよ）

まずい。これはまずい。

ぶわっと顔が熱くなるのを感じて凜は慌てて顔を伏せる。

「……！　やはり熱でも出しているんじゃないか？　顔が赤いぞ」

「ち、違います！　これは、その……そう、気のせい、気のせいです」

「何を言ってるんだ。言ってることがめちゃくちゃだぞ」

「あー……私ランド局長に用事を頼まれてたの思い出しました。すみません、急がなくちゃいけないんで失礼しますね」

一方的にまくしたてて、呆気にとられたオスカーをその場に放置して凜は脱兎《だっと》のごとく逃げ出した。

(ごまかすの下手《へた》か！　下手くそか‼)

だがもうそんなことを気にしてはいられない。あれ以上オスカーの前にいたら余計なことを言ってしまいそうだった。

「ああもう、最悪！」

凜はドキドキとうるさい心臓に、泣きたい気持ちになっていた。

◇◇◇

碑文《ひぶん》調査を間近《まぢか》に控え、凜は旅支度のためにアルドーリオの街に出ていた。

初めて調査に向かうため色々と入用な凜は、バルトフェルドから手渡された調査に必要だと思われる品々が書かれたメモ用紙を片手にあれこれと見て回る。

「調査に必要な物はこれを使って支払いをしてくれ」とバルトフェルドから渡された〝手形石《てがたいし》〟と呼ばれる、手のひらほどの大きさの精巧《せいこう》な意匠《いしょう》が施された鈍色《にびいろ》の板に赤い石が埋め込まれた物が入った鞄《かばん》を抱えて店先を覗き込む。

この手形石、元の世界のクレジットカードに近い使い方をするらしい。まさに魔法のカード。

広げると書類サイズにもなるそのメモ用紙には、

・種類名
・購入指定品名
・購入指定店舗（別紙に手書きの地図付き）
・商品の性能や機能、効能の説明
・補足情報（購入指定品が売り切れなどの場合の次候補品名など）

が几帳面《きちょうめん》な字でびっしりと書き込まれている。

素直にメモに従い服屋に入った凜は、指定された外套の値段を見てあまりの高額な金額に目を見張り、何度もメモを見返してうろたえつつも『絶対に指定の物を購入するように』と念を押すバルトフェルドの言葉を思い出して、意を決して外套と手形石を店主に渡す。

手触りのいい濃緑色《のうりょくしょく》の外套は袖口や裾周りに銀色の糸で細やかな刺繍《ししゅう》が施され、しっかりとした作りに反して驚くほど軽い。銀色の細い三本の鎖《くさり》で前を留め、上半身はすっきりと細身の作りで腰周りから裾にかけて滑《なめ》らかに広がったデザインの外套は長身の凜によく似合っていた。

かなり気が引ける金額を支払うことになりつつも、メモのおかげで順調に買い物ができている。

あのバルトフェルドにこんな細《こま》やかな気遣いができるとは、と凜は感心しながらそのメモを眺め読む。

魔法が使えない凜のためだろうか、衣類に振りかけて汚れや破損を防ぎほのかに香りまでつける効果がある魔法薬や、水がなくても髪や体を清めることができる魔法薬などの女性へ配慮した品々まで書かれていたのには恐れ入る。

「仕事ができる男はこういうところも抜かりないのか……やるな、バルトフェルド団長。なぜ独身なのか……」

バルトフェルドの性格からは想像しがたい字体や細やかさに少々違和感を覚えつつも、凜はメモに書かれた地図を頼りに次の目的の品を求めて歩き出す。

のんびりと周りを見ながら歩く凜は、ふと通りかかった女性用の小物を扱う露天商《ろてんしょう》の前で足を止めた。

敷物に並べられた手鏡や髪留《かみど》め、ブローチなど色とりどりのキラキラした装飾品類《そうしょくひん》につい目を取られじぃと眺める。

「お目が高いネ、おジョーサン。ゆっくり見て行ってヨ」

ずいぶんと使い込まれた様子の大きな旅行鞄の上に腰掛け、気だるそうに頬杖《ほおづえ》をついている癖《くせ》のある話し方をする商人が、糸目を弓形に引いて凜に手招《てまね》きをして呼び寄せる。

招き猫のような顔と仕草《しぐさ》に引き寄せられ、しゃがみ込んでしげしげと見る。

(新しい服も買ったし……ひとつくらい買ってもいいかな)

自分で思っている以上に気分が高揚しているらしい。仕事に忙殺される中ですっかり忘れていた着飾ることへの興味がじわじわと蘇《よみがえ》る。

「手に取って見てもいいですか？」

「いいヨー」

鮮やかな赤色に輝く髪留めと桃色《ももいろ》の石がはめ込まれた華奢《きゃしゃ》な作りの腕輪を手に取り、眺める。

(これ、カルラに似合いそう)

人懐こいカルラの笑顔を思い浮かべて想像してみる。桃色の石が不規則にはめ込まれた華奢《きゃしゃ》な腕輪はカルラのイメージにぴったりにはまる。

鮮やかな赤色の髪留めは髪をまとめる凜としては活躍頻度《ひんど》が高そうだ。

「これおいくらですか？」

商人が口にした値段を聞いて、迷うことなく鞄から財布代わりの小袋を取り出し代金を支払う。

「毎度ありがとネ」

いそいそと髪留めをつけ、腕輪を大事そうに鞄に仕舞《しま》い立ち上がろうとする凜の視線がある一点に止まった。

翠玉《すいぎょく》色の石が印象深い、複雑に編み上げられた銀色の腕輪に吸い込まれるように顔を近付ける。

「おー！　おジョーさん、それ掘り出し物ヨ。少し値は張るけどネ」

「おいくらですか？」

「そうネー、おジョーさん美人だカラ……」

これでどう？　と商人が値段を口にする。それを聞いて凜はうーん、と唸《うな》りながら眉を顰《しか》めた。

目を見張るほど高くはないが、気軽に買えるような値段でもない。確かにこれだけ凝《こ》った造りの腕輪、安価なはずもない。

「んー……」

(けっこういい値段するなぁ……でもすごく好みなんだけどなぁ……)

じっと腕輪を見つめながら黙り込んで悩む凜に商人が顔を上げ、にんまりと猫のように笑って口を開く。

「おジョーさん、後ろのおニーさんに買ってもらったラいいじゃナイ」

「ん？」

顔を上げ振り向いた凛は、いつの間にか背後に立ってこちらを見下ろしているオスカーに目を見開いて驚き、勢い余って尻餅《しりもち》をついた。

「いきなり背後に現れないでくださいよ！　心臓に悪いじゃないですか」

「勝手に貴女が驚いただけだろう。何をこんなところで油を売っているんだ、準備はどうした」

「ちょっと気になったから見ていただけです」

尻餅をついた拍子《ひょうし》についた土を払い立ち上がる凛に、商人が「おジョーさん、これ買わないのカイ？」と声をかける。

「ごめんなさい、ちょっと考えます」

礼を言って踵《きびす》を返して歩き出すと、オスカーもなぜか隣についてくる。先日の一件以来、オスカーに対してどう接していいものかわからなくなってしまった凛だったが、幸か不幸かその直後にオスカーはしばらくの間街の外へ出ていたので、昼も夜も顔を合わせる機会が失われていた。

しばしの冷却期間を置いたことで、凛の心も落ち着きを取り戻し、こうしてオスカーの顔を見ても冷静に話ができるようになっている。

（やっぱりあれは一時の気の迷いだったってことよね）

凛は安堵の溜息をつき、ふと隣についてくるオスカーを見上げて首を傾げた。

「あれ？　戻らなくていいんですか？」

「放《ほう》っておくとまたふらふらと寄り道して無駄に時間を使いそうだからな」

フンと鼻を鳴らして答えるオスカーの嫌みも久々だ。

「ご心配いただかなくてもあといくつかだけですみます。安心して仕事に戻ってください」

「次はなんだ」

凜の言葉を無視して質問するオスカーにムッとしつつも、ゴソゴソと鞄からメモ用紙を開いて
「えーっと……」と凜は目を走らせる。

「靴《くつ》、ですかね」

「ならばこちらだ」

スタスタと歩き出すオスカーに慌ててついて行く凜は再び首を傾げる。

「なんで靴って言っただけで店の場所がわかるんですか？　靴屋さんって何店舗かありますよね？」

凜が訊ねるとフン、と鼻を鳴らしてオスカーが答えた。

「舗《ほ》装《そう》されていない街の外を歩くのに適した靴を扱うのはそこしかない。団員ならば誰でも知っていることだ」

そんなものなのだろうか。

いまいち納得はできないが、オスカーがそう言うのであればそうなのだろう。

だがまさか久々に会ってオスカーと並んで街を歩くことになるとは予想もしていなかった。

(寄り道が心配って……どんだけ信用されていないいんだか)

なんだかなぁと思いながら歩いていると、突然オスカーが口を開いた。

「……今日はいい天気だな」

言われて凜は空を見上げてみる。晴れてはいないが、気温としては過ごしやすい今日は確かにいい天気かもしれない。

「そうですね、暑すぎず寒すぎずでちょうどいい天気ですね。そういえばしばらくお見かけしませんでしたけど、街の外へ出られてたんですか？」

凜の質問にオスカーは小さく頷き、「魔物討伐《とうばつ》の任にあたっていた」と答える。

「あーやっぱり魔物っているんですね」

「貴女の元いた世界ではいなかったのか？」

反対に質問されて凜はうーんと悩み、どう答えたものかと言葉を探す。

「現実にはいなかった、と思います。なんて言っていいか、本や演劇？のような架空《かくう》の生き物って感じですね。実際にこっちの世界でも見たことないですけど、火を吐く鳥とか頭がふたつある犬みたいなびっくり生物は少なくともいなかったですね」

「火喰鶏《ひくいどり》や双頭獣《そうとうじゅう》を見たことがある人間はこちらでも多くはない。アルドーリオや王都近くでこいつらが見つかったらそれこそ大事《おおごと》になるからな」

ということは、少なくともオスカーはそれらの魔物を見たことがあるということなのだろう。俄《が》然《ぜん》興味が湧《わ》いてきた凜は「ぜひその辺りを詳しく」とオスカーにせがむ。

「基本、魔物は魔素の多い土地を好む傾向にある。その点に於《お》いてもアルドーリオはアルドリア花の国内有数の産地だから魔物が集まりやすい。一四二匹程度ではさほど影響が及ぶような事態にはならないが、小型魔獣《まじゅう》を餌《えさ》にしている中型魔獣や大型魔獣が集まりやすくなる。そうした事態を未然に防ぐために壁外を回って退《しりぞ》け、場合によっては討伐するのも魔剣士の重要な任務のひとつだ」

ははぁなるほど。警察のような役割ばかりだと思っていたが、見えないところでそんなたいへんな任務も担《にな》っていたのか、と凜は改めて感心する。

「魔物ってどのくらいの種類がいるんですか？」

「大きく分類すると三種だ。多くの魔物は獣の形を取っているが、中には植物や人型を模《も》しているものもいる。一番種類が多いのはやはり獣型だが……細かい種類になると相当な数になるな。なんせ変異《へんい》を繰り返すものが多すぎる。人型を模しているものは魔力も高く知恵がついている分、こちらに敵意を向けられればかなり厄介《やっかい》な存在だが、今までに数体しか確認されていない。やつらはほとんど姿を見せることはなく、稀に姿を見せたとしても好戦的な姿勢を取ることもな――」

とそこまで話したところでオスカーが突然言葉を止め、バツが悪そうに眉を顰めた。

「どうかしました？」

不思議に思った凜が訊ねると、先ほどまでとは打って変わり「いや、こんな話はつまらないのではないかと……」とオスカーは口ごもる。

思ってもみなかったオスカーの言葉に「まさか！」と凜は声を上げる。

「大好きなんです、そういう話。魔物とか魔法とか私がいた世界では空想の産物でしかなかったものが現実にあるんですよ？　前にオスカーさんが魔法かけてくれたときにも言いましたけど、私からすればすごいことなんですよ！」

いかにオスカーの話に興味があるのか、その魔法の力がどれだけ素晴らしいのかを力説していると、オスカーの頬がゆるゆると緩みふわりと笑みが溢れるのを見た凜は、その神々《こうごう》しい笑顔に思わず目を逸らし、胸元を押さえた。

（なななななな何⁉　何が起こったの？　笑った？　今、笑った？）

ドクドクとうるさい心臓を押さえながらチラと視線を戻すと、オスカーの表情は元通りに戻っている。

なんだ幻覚か、と出てもいない額《ひたい》の汗を拭い、顔を上げた凜はオスカーの髪に葉っぱのような物がついているのに気付き、「オスカーさん、頭に何か付いてますよ」と声をかける。

（……ん？　何かこの台詞前にも言ったことがあるような気が……）

なんの既視感だろうと疑問に思っていると、ちらりとオスカーが凜のほうへ視線を向け、足を止める。つられて足を止めた凜に向かって無言のまま前屈《まえかが》みになったオスカーの謎の行動に凜は頭を捻《ひね》った。

なんだ？　いったい何を謝られているのだろうか。

オスカーの行動の意図がわからない凜に焦《じ》れたのか、オスカーはチッと小さく舌打ちをして頭を凜のほうへと差し出す。

（え。まさかこれ……）

取ってくれってこと？

いやいや、まさかそんなはずは。

だがこの姿勢はそういうことなのか？

「……ちょっと触りますよ？」

恐る恐る断りを入れる凜に答えるかわりに、オスカーは更にぐいと頭を突き出す。

震える手でオスカーの柔らかな髪に触れるとオスカーの瞳が気持ち良さそうに細まり、かすかに口元が緩んだのを見て、凛の心拍数がまたもや一気に跳ね上がった。

（なんでそんな顔するの？　なんでそんな可愛いことすんの!!）

慌てて手を引く凛に、オスカーは表情を戻して「取れたか？」と訊ねてくるが、凛は答えるどころではない。

無理だ、これ以上は本当に無理だ。勘違いしてしまう。期待してしまう。

――嫌だ、知られたくない。軽蔑《けいべつ》されたくない。

（どうしよう。絶対変に思われてる……！）

凛の意思を無視して熱くなる顔と耳朶《じだ》に、凛は混乱の極みに陥《おちい》っていた。

心臓がうるさくて周りの声も聞こえない。

なんとかこの場をごまかさなくては、と口を開きかけた瞬間、ツイと耳を撫《な》ぜられる感覚に「んっ」と思わず声が漏れ、凛は慌てて口を塞ぐ。

反射的に顔を上げて目を見開いた凛の目に、同じように目を見開いて手を伸ばしたままの形で固まっているオスカーの姿が飛び込んできた。


「団長、これを彼女に渡してください」

「うん？　……なんだこれは」

オスカーが差し出してきた報告書のようなものを受け取り、ざっと目を通して思わず二度見し、内容を把握すると口元をひくつかせた。

用紙一面にびっしりと書き込まれた商品名は、どうやら凜に必要な旅支度の箇条書きらしい。

「これはまさか調査用品か？　すごいな、いつの間にこんなの書いたんだ。……というよりも、よくもここまで細かく選定したもんだ。ん？　おまえ、この外套、とんでもない金額だぞ」

「下手な物を買われても困りますので」

ペラリと捲ればご丁寧《ていねい》に店舗への地図まで書かれているではないか。地図の隅には注釈《ちゅうしゃく》までつけられ、更には最短距離で回れる巡回表まで書かれている。

外套や靴などはまだわかるが、女性用の身繕《みづくろ》い用品まで書かれていることにバルトフェルドは若干引きつつも、恋愛初心者なりの好意の示し方に思わず口元が緩む。

「おまえからリンに渡してやったらいいじゃないか。せっかく書いたんだ、そのほうがいいだろう？」

「……私からだと警戒されるかもしれません。団長からだったら彼女も素直に受け取るでしょう」

わずかに瞳を揺らし睫毛を伏せる美貌の部下の気弱な姿勢に、バルトフェルドは小さく溜息をついた。

「完全無欠のオスカー・ガーランドも初めての恋には臆病《おくびょう》にもなるか」

「……は？」

バルトフェルドの言葉にオスカーの動きが止まり、翠玉色の瞳が大きく見開かれる。

何を言っているのかわからない、とでも言いたげなオスカーの表情にバルトフェルドは片眉を上げる。

「……まさか無自覚か？　嘘《うそ》だろう？」

「何をおっしゃりたいのかわかりませんが……」

本気でわからないのだろう。眉間に皺《しわ》を寄せたオスカーもまたバルトフェルドと同じように首を傾げている。

「いや、おまえリンに惹《ひ》かれているんだろう？　だからわざわざ自分で調べてまでこんな細かく指定したんじゃないのか？　リンに万が一の事もないように」

「何を馬鹿なことを。あくまで任務を完璧に遂行するために必要だからしただけのこと。それ以外に何が……」

「任務に香り付きの魔法薬が必要か？　だいたい生活魔法くらいなら、おまえがいれば問題ないだろうが。しかもおまえちゃっかりラベンダーの香りが付いてるものを選んだだろ、これ」

バルトフェルドの指摘にオスカーがわかりやすく動揺し、「まさか」と口元を押さえる。

よもやそこからだとは思ってもみなかった。さすがに自覚くらいはしているだろうと高《たか》を括《くく》っていたが、そこはオスカー。この歳になるまで恋や愛やらと距離を置いていると、ここまで無知になれるものらしい。

このままでは進展も何もあったものではない。ここは団長として、いや一人の男として一肌《ひとはだ》脱いでやらねばなるまい。

「……よし、わかった。じゃあ聞くが、リンの顔を見たり話したりして何か自分に変化はないか？　何かいつもと違うことはなかったか？」

「変化……」

バルトフェルドの言葉にオスカーは俯《うつむ》いて考え込む。

「彼女の……リンの笑顔を見ると胸が締め付けられることがよくあります。心拍数が上がり、脈が乱れて、自分が自分ではなくなるような……」

「それから？」

言葉の続きを促《うなが》され、オスカーは無意識に自分の胸元を押さえながら口を開く。

「側にいると胸が苦しくなるのに、顔が見えなくなると不安になります。何かあったのか、体調を崩したのではないかと……」

そうだ。風邪を引いたと聞いたときは血の気が引くような思いだった。

討伐で街を離れていたときも、早く凛の顔が見たいとそればかりを考えていたような気がする。

凛が自分以外の男と話をしているだけでも無性に苛立ち、腕を引き寄せてしまいたくなる。

「他の男を見るな。私だけを見ろ、と……。抱き締めて、腕の中に閉じ込めてしまいたいと。白いうなじを見るたびに、吸い付きたくなる衝動を何度堪《こら》えたかわかりません。形の良い耳に触れて、柔らかそうな頬を撫でて、あの唇はどんなに柔らかく甘いのかと……」

「うん、良し！　もういいぞ。それ以上は俺が居《い》た堪《たま》れない気持ちになる」

あらぬ方向を見て不穏なことを言い出したオスカーを制止し、バルトフェルドはゴホンとひとつ咳払《せきばら》いをする。

「まぁなんだ。そこまで言ったら自分でもわかるだろう？　それが恋だ、オスカー」

ピッとオスカーの胸元を指差し、バルトフェルドはニヤリと笑う。

「あぁ、先に言っておくがな。好きになった女性に触れたいと思うのは、ごく自然な感情だ。その感情自体を否定するなよ」

オスカーが言いそうな台詞を先んじて押さえたバルトフェルドは、微笑を浮かべてもうひとつ言葉を付け加える。

「大切なのは相手が何を思い、何を考えているか良く見ることだ。後はまぁ……リンもおまえと同じかそれ以上に鈍そうだから頑張れよ」

顔を真っ赤にしてたどたどしく頷き、団長室から退出しようと踵を返したオスカーに「女性には贈り物が有効だそうだぞ」とバルトフェルドは助言をして、ひらひらと手を振った。


団長室を後にし、午後一で巡回へと出ていたオスカーは先日のバルトフェルドとのやりとりを思い出し、そっと胸を押さえていた。

(これが……恋)

胸の締め付けや不整脈《ふせいみゃく》は病《やまい》か何かかと思っていたが、まさかこれが恋だったとは。

凜の笑顔に心が満たされるような気持ちがしたのも、髪に触れられて心地よかったのもすべて自分が恋をしていたからなのか。

「知らなかった。恋とは、こんなにも心が温かくなるのか……」

ぼそりと独り言を呟くオスカーに周りの団員達は密《ひそ》かにざわつくが、恋の病に侵《おか》されたオスカーの耳には団員達の「いまさら!?」という声も届かない。

一通り巡回を終え、拠点に戻る道中でふとオスカーの視線が道端にしゃがみ込む黒髪を捉え、ぴたりと足を止める。

こんな人混みの中でも凜の姿だけは容易に探し出すことができる。恋を知った今の自分ならば、たとえ同じ黒髪の人間が千人いたとしても凜を見つけ出せる自信がある。

そわそわと落ち着かない気持ちを必死に押さえつけ、近くにいた団員の一人に声をかける。

「少し用事を思い出した。先に戻っていてくれ」

そう言って答えも聞かずにさりげなさを装い、いそいそと凜の元へ向かうオスカーの背を見送った団員は、その向かう先にいる人物の後ろ姿を見て「あぁ」と得心《とくしん》したように手を打った。

「あれ？　副団長はどうしたんだ？」

「何か用事があるらしいぞ」

「用事ぃ？　俺たちも行ったほうがいいんじゃないか？」

「いや、先に戻れって指示だった。まぁいいじゃないか、今日はもう戻って終わりなんだから。たまには副団長にも息抜きが必要だろ」

訳知り顔でポンと肩を叩《たた》き、首を傾げる同僚の背を押す団員は心の中でピッと親指を立てた。


しゃがみ込んで何やら唸《うな》って悩んでいる様子の凜の背からオスカーはそっと前を覗き込むと、そこには女性用の装飾品の数々が所狭しと並べられている。

何か欲しいものでもあるのだろうか。

声をかけようと口を開きかけたところで糸目の商人がオスカーに気付き、にぃっと口端を上げて笑う。

「おジョーさん、後ろのおニーさんに買ってもらったラいいじゃナイ」

商人の言葉に顔を上げた凛が後ろを振り返り、オスカーの姿を見るや否や、大きな目を更に見開いて飛び上がり尻餅をつく。

いきなり背後に現れるな、と文句をたれる凛についい憎まれ口を返してしまいオスカーは内心舌打ちをした。

立ち上がった凛に糸目の商人が商品を指差し、「おジョーさん、これ買わないのカイ？」と声をかけるが、凛は首を横に振って「ごめんなさい、ちょっと考えます」と答えて立ち去ろうとするのを見て、何を見ていたのかとオスカーは視線を商人の手元へと動かした。

凛が見ていたのは銀でできた腕輪だろうか。凝った装飾の中にオスカーの瞳の色と同じ翠玉の石がはめ込まれている。

たまたま目に留まっただけかもしれない。それでも自分を連想させる色の石がついた物を凛が欲したというだけでオスカーの胸が高鳴る。

さっさと歩いていってしまう凛を追いかけようと、踵を返しかけてオスカーはすばやく懐《ふところ》から金貨を取り出し「これで足りるか」と商人に差し出した。

「オー！　おニーさん太っ腹ネ！」

「いいから早くそれを寄越せ」

商人から引ったくるようにして腕輪を受け取り、オスカーは慌てて凛の後を追う。

『女性には贈り物が有効』だとバルトフェルドは言っていたが、いついかなる機会に渡すのが有効なのか。反対に言えば、どんなときに渡してしまうと『無効』になるのか。

助言をするなら細部に渡るまできっちりするべきではないだろうか。

余裕のないオスカーは内心で自己中心的な不満をたれつつ、機会を窺《うかが》う。以前凜が体調を崩したときのような、ニナ経由の方法は使えない。どうせ渡すなら堂々と自分で渡したい。

腕輪を渡す機会を図《はか》るのに気が逸れ、うっかり買い物一覧表を書いたのが自分だと発覚しかけてひやりとする羽目に見舞われるが、オスカーは未だ機会は摑めずにいた。

次の目的地へ向かう道中、つい先日読んだ恋愛指南書《しなんしょ》に書かれていた内容を駆使《くし》し、凜の気遣いもありつつなんとか会話をしていた中でそれは突然起こった。

会話の中で、凜がなんの気なしに発した「大好き」という言葉。それが自分に向けられた言葉でないのは重々承知しているが、それでも気持ちが高ぶるのを押さえられない。

つたない自分との会話を楽しいと言ってくれることが嬉しくて笑みを零したオスカーは、なぜか目を泳がせ顔を背けてしまう凜を見て首を傾げた。

反応を窺うようにじっと凜を見つめれば、その頰がわずかに紅潮しているように見えてオスカーは淡い期待を抱いてしまう。

(もしリンも私と同じ想いを抱いてくれているとしたら、それはどんなに幸福なことなのだろう)

なんの根拠《こんきょ》もない、自分勝手な期待にオスカーは小さく溜息を零し、緩んだ頰を引き締める。

「オスカーさん、頭に何か付いてますよ」

顔を上げた凜が不意に口にした言葉に、オスカーの中で小さな欲が生まれた。

考えるよりも先に欲がオスカーを突き動かした。

凜の指が髪を撫ぜる感触に、うっとりと目を細め思わず口元が緩んだ。

もっと撫でてほしい。その手に頭を擦り付けたくなる衝動を堪えて顔を上げると、先ほどよりもずっと頬を染めた凜の姿が目に飛び込んできた。

美しい黒髪の隙間から見える耳朶も真っ赤に染まり、色づいた花びらのようだ。

わずかに乱れた黒髪が風に揺れ、その横顔を隠してしまうことが残念に思えて無意識のうちに凜の髪に手を伸ばし、熱のこもった耳朶にオスカーの指がかすかに触れた瞬間、凜の口から小さく声が漏れ聞こえ、オスカーの心臓がドクンと跳ねた。

（……私は、今何をした？）

目の前には耳を押さえ、顔を真っ赤にした凜が口をぱくぱくと動かして驚いた表情でこちらを見ている。

伸ばされたままの形をとる己の指と赤く染まった凜の耳朶を交互に見やり、やっと事態を悟ったオスカーは泡を食《く》ってその手を引き戻した。

「……！　す、すまない！」

そう謝罪の言葉を口にすれば、凜が「あ、う、」と言葉を濁《にご》して俯き顔を背ける。凜の顔が見えなくなるのを見てオスカーは冷水を浴びたように心臓が縮こまる。

「本当にすまなかった、嫌な思いをさせてしまった」

嫌われたかもしれない。拒絶されるかもしれない。

悪い想像がぐるぐると頭を巡ってオスカーの胃は捻《ね》じ切れるように痛んだ。

ああ、これまで自分はなんて無慈悲な真似をしてきたのだろうか。かつて自分に好意を寄せてきた女性達も皆、今の自分のような痛みを感じていたのかもしれない。

望まぬとはいえ自分がいかに非情な仕打ちをしてきたのかを思い知り、オスカーは自己嫌悪した。

悲痛に眉を寄せ、グッと拳を握り締めるオスカーの耳に「あの、嫌とかではなくて……その単に驚いただけですから……」と凜の声が聞こえてくる。

凜の言葉に顔を上げると、照れくさそうな、それでいて困惑したような曖昧な表情で笑みを浮かべる凜がパタパタと自分の顔を仰いでいる。

長い睫毛を忙《せわ》しなく瞬かせ、赤く染まった頰を手で隠した凜と目が合えば、黒瑪瑙《くろめのう》色の瞳が少し潤んでいるように見えた。

「怒ってはいないのか？」

恐る恐るオスカーが口を開くと、凜は弾かれたように顔を上げて両手を振りオスカーの言葉を否定した。

「怒るも何も！　私のほうこそすみません、年甲斐《としがい》もなく過剰な反応をしてしまって。あ、あんな聞き苦しい声を上げてしまって……」

「聞き苦しいだなどとそんなはずがあるか！　私はもっと聞きた……」

とっさに凜の発言に反論したオスカーは、言ってから不用意な発言だったと気付き慌てて口を閉ざす。

（しまった！　思わず本音が出てしまった……！）

オスカーは肝を冷やすが、ちょうど通り過ぎた辻馬車《つじばしや》の音でうまくかき消されたようだ。

「……そんなことはない。責められるべきは不躾《ぶしつけ》に触れた私のほうだ。不快な思いをさせてしまっただろう」

改めて言葉を紡《つむ》ぎ直したオスカーに、凛は恥ずかしそうに目を伏せて「不快なんてことはまったくないんですけど……ただまぁ少し恥ずかしいですかね。男の人に耳を触れるのなんて、ずいぶんなかったですから」

あはは、と照れくさそうに笑う凛が発した言葉にオスカーの眉がピクリと跳ね、みるみる眉間に深い皺が寄る。

オスカーが発する不穏な空気に凛は声もなく固まった。


「……他の男に触らせたことがあるのか」

ぼそりと口の中だけで呟き、自分を見据えるオスカーの怒りを察知した凛はじり……と後ずさりする。

おっと……これは相当ヤバイ気配がする。

先ほどの蕩けるような笑顔はどこにいってしまったのか。

「お、おおおオスカーさん？　怖い怖い怖い！」

「いつだ」

「な、何が？」

「いつ、誰に触らせたのかと聞いているんだ」

じりじりと詰め寄るオスカーに後退しつつ、凜がキョロキョロと周りを見回して「見られてる、見られてますからオスカーさん！　落ち着いてください！」と小声で諭《さと》す。

ち、と舌打ちをしたオスカーがぱちんと指を鳴らし、オスカーと凜の周りの景色が磨《す》りガラスのようにぼやける。

指先ひとつでなんでもできるな、この人！　と、突然の変化に凜が瞬きをしていると、オスカーはその腕を摑み大股で歩いて人気《ひとけ》のない路地裏へと入っていく。

壁際に追い詰められた上に、顔の両脇に両手をつかれ身動き取れなくなった凜は、

（これが噂の壁ドン……！）

なーんてことを思う余裕などもちろんなく、亀《かめ》のように首を竦めて決死の説得を試みる——前にオスカーは凜の耳元に唇を寄せ、地を這うような低音で尋問《じんもん》する。

「貴女の耳に触れたのはどこのどいつだ。団員か、事務方の中の誰かか。それとも私が把握《はあく》していない他の男がいるとでも言うのか」

オスカーの背から覗く空気は恐ろしいのに、声だけは腰が砕けそうなほど甘く、低い。

ヤバイ、これ以上は心臓が持たない。

「オスカーさん!!　近いから！　近い近い!!」

「……っ」

苛立たしげに舌打ちをして離れるオスカーに凜がほっと安堵の溜息をついたのも束《つか》の間、左手をぐいと摑まれ、そのままパチンと何かをはめられた感触に凜は眉を跳ね上げて急いでそちらに目を向ける。

左腕にはめられた、どこかで見た覚えのある銀色の腕輪。

翠玉の石が光るそれを見た凜は「え？」とオスカーと自分の左腕とを何度も往復して見返す。

「んん？　これ、さっき私が見てたのと同じ……じゃないですよね？」

突然のことに処理が追いつかない凜が首を傾げ、訊ねるがオスカーは無言のまま何も答えようとしない。

次から次へといったい何が起きているのか。一連のオスカーの行動の意図がまったく理解できずに凜が混乱している中、オスカーの顔が苦しげに歪んでその瞳が切なげに揺れた。

「……すまない。貴女《あなた》を……怖がらせるつもりはなかった」

絞り出すような声で呟き、オスカーは一度目を伏せると、摑んでいた凜の手をそっと持ち上げて腕輪に口付けを落とす。

「今の私にこんなことを言う権利も資格もないのは承知している。だが、貴女の口から他の男の話を聞くのは耐えられそうにない」

凜の左手を両手で包むように摑んで、オスカーは額をつけ祈るように瞳を閉じてから、ゆっくりと目を開きまっすぐ凜を見つめながら口を開いた。

「この腕輪と剣に誓って貴女を守り抜く。調査を終えたそのときに……」

途中で言葉を止めたオスカーは小さく溜息を零して頭を振り、凜の手を放して離れる。

「……送っていけずに申し訳ないが私はここで失礼する。少し……頭を冷やしたほうが良さそうだ」

そう言ってオスカーは踵を返して歩き去っていってしまった。

後に残された凜はへなへなとその場に座り込み、頭を抱えて大混乱していた。

（え？　今の、え？　何が起こったの？　他の男の話が耐えられないって……嫉妬《しっと》したってこと？　え？　そんな、そんなのまるで私のこと好……）

「わ――――――っ!!」

自分で自分の考えに驚いた凜は思わず大声を上げ、真っ赤になった顔を両手で覆い足をばたつかせる。

呼吸の仕方を忘れてしまったようにうまく息が吸えない。心臓は破裂しそうなほど跳ねて痛いくらいだ。

「嬉しい……」

嬉しい。どうしよう、すごく嬉しい。嬉しくて嬉しくて、もう死んでしまいそうだ。

もうどうしようもないくらいに胸が高鳴る。

否定しようがないくらいに育ってしまったオスカーへの想いに凜の目に涙が滲《にじ》む。

好きになってしまった。違う、とっくに恋に落ちてしまっていたのだ。

また恋をしてしまった。

もう恋愛は忘れようとしていたのに、ずっと気付かないふりをしていたのに。

「はぁ……どうしよう……」

自覚してしまった瞬間に膨らんでいくこの想いを隠し通せる自信がない。

勘違いかもしれないのに、自分ばかり盛り上がって拒絶されたら？

さっきの言葉にも深い意味はないのかもしれない。腕輪だって他意はないかもしれない。

信じたいのに、信じるのが怖い。信じて、心を寄せて、また裏切られるのが怖い。

——それに、凜はオスカーに大きな隠し事をしている。

もしそのことをオスカーが知ったらどう思うだろうか。

淫乱《いんらん》な女だと、軽蔑され拒絶されるだろうか？　それともなぜ今まで黙っていたのだ、と悲しませてしまうのだろうか？

幸福に弾んでいた気持ちが見る間に萎《しぼ》み、心が冷えていくようだった。

「どうしたらいいか……わかんないよ……」

膝を抱え俯いた凜のぽつりと零した弱々しい言葉は、誰もいない路地裏を吹き抜ける風に溶けて消えていった。

記録VI

任務と媚薬とあれやこれ

アルドーリオから遥《はる》か西に位置するメルディオの街。高い山々と深い森の麓《ふもと》に位置するこの街に、それぞれ複雑な胸中《きょうちゅう》を抱えた凛《りん》とオスカーの二人は揃《そろ》って足を踏み入れる。

警備団敷地からほど近い場所に敷《し》かれた魔法陣に向かう道すがら、凛はオスカーからこれからの行程説明を受け、時折質問して頷《うなず》き返す。

「転移魔法陣を使ってまずメルディオまで移動し、そこからメルディオ山近くの遺跡までは徒歩だ」

そう説明するオスカーの様子は、先日の街での一件以前と変わりがない。

育ってしまった想《おも》いは元には戻せないが、どうすればいいかの答えを未《いま》だ見つけられていない凛にとって、そんなオスカーのいつもと変わらぬ態度は有《あ》り難《がた》い。問題を先送りにしているだけの感は否めないが、今は色恋よりも仕事が優先だ。

気合いを入れ直し、顔を引き締めた凛が勇《いさ》ましく足を踏み出してから半刻あまりが経《た》った頃。

不満げに口を尖《とが》らせた凛はオスカーに苦情を入れていた。

「……あのー。徒歩とは聞いてましたけど、森の中とは聞いてませんでしたよ？」

「森の中でも平原でも徒歩は徒歩だろう。あまり変わりはない」

「そうかなぁ？　大きく変わると思うんだけどなぁ？　主に虫とか、あと虫とか」

今のところ魔物らしきものと遭遇《そうぐう》はしていないが、手のひらほどの大きさのゴキ〇リもどきやら、顔の大きさほどの蛾《が》などの昆虫《こんちゅう》達とは何度も顔合わせをすませている凜はげっそりしながらオスカーの後について歩く。

人の手が入らず見たこともない木々や植物が生《お》い茂《しげ》る鬱蒼《うっそう》とした森の中は、まだ日も高いはずなのにどこか薄暗い。

時折見かける小さな花に癒《い》やされる間もなく、顔のすぐ横を通り過ぎる得体《えたい》の知れない虫や、なんてことのないはずの鳥の声にもビクつきながら怖々《こわごわ》進む。

「あー……本当にここにいる虫達の大きさどうにかなりませんかね……」

一般サイズのゴキ〇リ程度ならためらいもなく踏み潰せるほど肝《きも》の据わった凜だが、ここまで見てきた虫の大きさにはガリガリと精神を削《けず》られていた。

「貴女《あなた》の世界にも虫くらいいるだろう？」

「いますよ、いますけど。さすがにここまで大きいと目と精神に対する攻撃力が高すぎるというか……ってうわっ!!　また出た!!　こいつが一番無理!!」

目の前に現れた赤ん坊の腕ほどある毒々しいショッキングピンク色をした毛虫に凜が色気のない悲鳴を上げると、オスカーは小さく溜息をつき、近くに落ちていた手頃な枝でそいつを拾い上げてひょいと枝ごと森の奥へと放《ほう》り投げる。

「案外臆病《おくびょう》なんだな」

ふ、と目を細め小さく笑うオスカーに凜は思わず「弱点のひとつやふたつくらい私にだってありますよ！」と言い返し、ぷいとそっぽを向く。

「オスカーさんだって苦手なものとか弱いものくらいあるでしょ」

「そんなものはない」

きっぱりと即答するオスカーに、

(いやいやいや！　それバレてるから！　私にだけじゃなくて他にも気付いてる人けっこういるから！　なんでバレてないと思うのよ！)

とツッコみたい気持ちを凜はグッと堪《こら》える。

「……いや、訂正する。ひとつだけあるにはあるな」

ふむ、と顎《あご》に手をかけたオスカーがぼそりと呟《つぶや》くのを見て、凜はおや？　と顔を上げてオスカーを見る。

聞かずともわかっているが一応聞いてみよう。

「ちなみにその苦手なものって何か聞いてもいいですか？」

「苦手ではない。し、物でもない。強《し》いて言うなら私はその相手だけには弱いかもしれない」

想定していた答えとは違う、謎《なぞ》かけのような言葉に首を傾げる凜にオスカーはかすかに口端を持ち上げ「わからないならわからないでいい」と言って再び歩みを開始した。

女性嫌いだったはずだが、はっきりと「苦手ではない」と言ったということは、いつの間にか克服したということなのだろうか。

その相手だけには弱い、のその相手はいったい誰を指しているのか。

(バルトフェルドさんのことかな？　バルトフェルドさんがいるうちは国境警備団から離れないって聞いてるし、バルトフェルドさんの言うことは素直に聞く感じだし)

オスカーのバルトフェルドに対する尊敬の念は、二人のやりとりを数えるほどしか見ていない凛でも感じ取れるほどに強い。バルトフェルドもまたオスカーには特別目をかけているように見えるし、ただの上司と部下という関係だけではなく年の離れた弟を心配する兄のような優しさを感じることが多分《たぶん》にある。

いくらオスカーが比類《ひるい》なき才能を持った人間だとしても、部下一人のために自分のようなただの女相手に頭を下げてまであんなムチャな依頼はしないだろう。

オスカーとバルトフェルドの強い信頼で結ばれた関係性にほっこりとしつつ、凛は先ほど自分で思い浮かべたある疑問に引っかかりを覚えた。

(女性嫌いを克服したってことは、あの件はもう私じゃなくてもいいってこと……になるよね)

もやっと広がる暗い感情。

自分以外の女性がオスカーに触れる？

オスカーの笑顔が自分ではない誰かに向けられるということか？

遠い過去に置いてきたはずの黒い感情がじわじわと凛を支配する。

(あぁ……嫌だ。胃がムカムカする……)

なんて浅ましいのか。想う相手の憂《うれ》いがなくなったことを喜ぶどころか、自分勝手でひとりよがりな醜《みにく》い感情を持つなんて。

(私はあれから何も変わってない)

身勝手で嫉妬《しっと》深い、汚い自分。

——駄目だ、引っぱられるな。しっかりしろ。

凜は自分の中に広がる感情を打ち払うように強く頭を振り、グッと顔を上げる。

「集中しなきゃ。今は仕事中なんだから」

無理やり気持ちを押さえ込み、凜は少し開いてしまったオスカーとの距離を縮めるように、歩む速度を上げた。


「そろそろ日が暮れる。これ以上進むのは難しいか……。今日はここで休もう」

懐中時計を見ていたオスカーはそう言って、抱えていた大きな荷物をどさりと下ろす。

途中、凜の疲労度合いを細かく確認してくれていたオスカーが何度か休憩を挟んでくれたおかげでまだ余力は残っているが、暗闇が間近《まぢか》に迫ってきている中で自分のような素人を連れて歩くのは自殺行為だろう。

足を引っぱってしまっている自覚があるだけに申し訳なさを感じるが、凜はオスカーの言葉に素直に従って頷いてみせる。

人が入っていないはずの森の中で、時折ぽっかりと開けた場所があるのを不思議に思って凜が訊《たず》ねる。

「途中休憩のときにも思ったんですけど、どうしてこんなふうに開けてる場所があるんですかね？」

荷物の中から小瓶を取り出し、七色に光る液体を振りまきながら周辺を歩いていたオスカーが
「あぁ……ここはかつて妖精《ようせい》が住んでいたといわれる、いわば聖域《せいいき》のような場所だからな」となんでもないことのように答え、凜は驚いて持っていた荷物をどさりと取り落とした。

「よ、よよよよ妖精!?　いるんですか？　会いたい!!」

「今はもういない。いや、厳密に言えばいるんだろうが、遥か昔に、人も魔物も近づけぬ遠い場所に移り住んだらしい。今ではこうして残された跡《あと》を見ることしかできない存在だ」

口と手とを同時に動かしながら手早く天幕《てんまく》を組み上げたオスカーが「よし」と小さく頷《うなず》く。

対する凜はオスカーの言葉にがっくりと肩を落としつつ、周りに落ちている枯れ葉や枝を拾い、指示された場所に集めながら「会いたかったなぁ妖精さん」と残念そうに呟いている。

「不謹慎だとは思うんですけど、魔物を見るのとかちょっと楽しみにしてたんですけどねー……」

これまでの道中で凜が出会った不思議生物は今のところ規格外な大きさの虫たちばかりだ。

そういう出会いは望んでいない。凜が見たいのはぷるぷる震えるとんがり頭のあいつや真っ赤なたてがみの猫型のふわふわしたようなやつなのだ。

集めた枝木の一本を拾い上げ、予備動作もなくその先端に火を灯《とも》してくべるオスカーがきょとんと小さく首を傾げて凜に顔を向けた。

「何を言ってるんだ。何度も見ただろう？　貴女が嫌がっていた毛虫、あれは夜行麻痺蛾《やこうまひが》という魔物の幼体《ようたい》だぞ」

「え」

焚《た》き火をつついていた凜がぼとりと枝を取り落とす。

「あいつ魔物なんですか」

愕然《がくぜん》とした凜に向かってオスカーは頷いて「心配しなくてもいい」と答える。

「魔物といっても知能がないに等しいからほとんど虫と変わらない。幼体は基本無害だし、成体《せいたい》になっても討伐《とうばつ》対象になるほどの危険性はないから安心していい」

よかったな、と色々勘違いをしているようなことを言うオスカーに凜が即座にツッコむ。

「違う！　あれが魔物だったたってことには納得しましたけど、私が言いたいのはそういうことじゃない！」

「ん？」

「私が見たかったのは、もっとふわふわしてるようなやつなんです！　あんな、目に優しくない色をしたやつが初めて見た魔物だなんて……！」

そう言いながら立ち上がったオスカーを慌てて見上げ、凜が「私も何か手伝いを……」と言うが、

「食材を調達しに行くついでに周りを見てくる」

オスカーは優しく目を細めて小さく首を振る。

「慣れない中で歩き詰めで疲れているだろう。貴女が力を発揮すべきは遺跡についてからだ。だがそうか……では私が戻るまでの間、火の番をしてくれると助かる」

これはどう考えても凜を気遣ってくれているのだろう。

実際、野営《やえい》にまったく慣れていない自分がついていったところで、オスカーの負担が増えるばかりなのは目に見えている。

なんでもかんでもオスカーに任せきりになってしまっている状況は心苦しいが、ここで出しゃばって本来の任務に支障をきたしては元も子もない。

「はい、任されました！　立花凜《たちばなりん》、全力で火の番をします！　大丈夫だとは思いますけど、気をつけてくださいね」

キリッと顔を引き締め力強く頷くと、オスカーは小さく笑って「すぐ戻る」と言って森の中へと分け入っていった。


宣言通り、ほんの二十分程度でオスカーは戻ってきた。

手には捌《さば》きたての丸々とした鶏肉《とりにく》らしきものと、香草《こうそう》のようなものを持っている。

「あ、お帰りなさい。早かったですね？」

焚き火をつついていた凜が驚きながら言うと、オスカーはなぜかぐっと押し黙りふいと顔を背けてしまう。

何かあったのか、と声をかけるが、「なんでもない」とそっけない答えを返したオスカーは火にかけた鍋で持っていた肉を一口《ひとくち》大にぶつ切りにしながら軽く火を通し、指を鳴らして水を張る。

荷物の中から何種類かの野菜と調味料を取り出して、手早く皮を剝《む》いたそれらと採《と》ってきた香草を一緒に入れて軽くかき混ぜて蓋《ふた》をした。

口を挟む隙もなく進む作業工程に凜が戸惑っている間に、納得できる味に仕上がったらしい肉と野菜の煮込みを器に盛り付けて、オスカーは凜のほうへと差し出した。

「何から何まですみません……」

恐縮しながら器を受け取る凜に、オスカーは「大したことじゃない」と苦笑して自分の器にもなみなみとよそい、凜の隣に腰掛けた。

「いただきます」

器を太腿《ふともも》に挟むようにしながら両手を合わせた凜は器を持ち、口を付けて「んん！」と思わず目を見開いた。

「ど、どうした？　口に合わなかったか？」

「美味《おい》しい！　オスカーさん、これすごく美味しいです！」

感嘆の声を上げる凜にオスカーは安堵《あんど》したように溜息をつき、照れくさそうに口元を緩めて自分も器に口を付ける。

「あーお肉もほろほろしてて美味しい……。オスカーさんって本当になんでもできるんですねぇ」

「さっきも言ったが、大したことじゃない」

「大したことですよ。食材の調達もそうですけど、外でこれだけ美味しいものが作れるってすごいですよ。男性で料理ができるってかなりポイント高いですよ？」

感心しきりの凜がなんの気なしに言った言葉にオスカーが首を傾げる。

「ぽいんとが高い、とはどういう意味だ？」

「え？　うーん……そうですね……女性に好まれやすいみたいな意味合いですかね」

凜の答えに少し考え込むようなそぶりを見せたオスカーが、ちらりと上目遣いで凜を見る。

「……貴女はどう思うんだ？」

「何がですか？」

「その……料理ができる男はぽいんとが高いと思うのか？」

何かを期待しているような目で見るオスカーに、凜は言葉を詰まらせたじろぐ。

「そ、そうですね……ポイントはかなり高い……ですかね」

視線を泳がしつつ答えると、オスカーは頬を緩めて「……そうか。ぽいんとが高いのだな」と嬉しそうに呟き、凜は慌てて器に口をつけてにやけそうになった口元を隠す。

(急にそういう可愛《かわい》いことするのやめてよ!!　キュン死にしちゃうから!!)

決して口には出せない苦情を垂れつつ、ごまかすようにパンにかじりつく凜に、オスカーがおもむろに口を開く。

「……先ほどの魔物の話だが」

オスカーの言葉にショッキングピンクのあいつの姿を思い出し、舞い上がっていた気持ちが萎《な》えて凜は冷静になる。食事中なのだから話題は選んでほしい。

「アルドーリオ近くの草原に、毛長兎《けながうさぎ》という小型魔獣が姿を見せることがある。あれなら危険も少ないし、貴女の希望にも沿うのではないかと思う。……貴女さえいいなら、その……一緒に見に行くか？」

恥ずかしそうに視線を逸らしながら言うオスカーに、凜は一瞬の間を置いて大きく縦に首を振る。

「行きます!!　行きたいです!!」

勢いよく頷きぐっと前のめりになりながらそう答える凜を見たオスカーははにかむような笑みを浮かべて、空《から》になった器にまたなみなみと料理をよそった。

微妙に落ち着かない雰囲気の中腹を満たし、後片付けをすませたところでオスカーが凜に声をかけた。

「天幕の中でひと眠りするといい。明日の早朝にまた出発する」

「オスカーさんはどうするんですか？」

「私は二、三日眠らずとも支障はない。どの道、火の番はどちらかがしなければならないし、万が一の事があったときに貴女では難しいだろう」

慣れていないのだから休めるときに休め、とオスカーが優しく諭すように言う。

準備をしていたとはいえ、慣れない道を一日中歩き回ってへとへとなのは確かだ。凜はオスカーの優しさに甘えることにして天幕の中に入る。

存外広い天幕の中、凜は荷物の中から簡易の魔法灯を取り出し明かりを灯す。手拭いを取り出して、水筒を傾けオスカーが注《つ》ぎ足してくれた水で濡らす。

天幕の外にオスカーがいる中で、とは思ったが汗でベタついた肌が気持ち悪くて仕方ない。

本当は風呂に入りたいがそんなことは不可能だ。いくら浄化の魔法薬があるとはいえせめて上半身だけでもともろ肌を脱いで顔を拭き、汗を拭った。


一方、時を同じくしてオスカーは焚き火の番をしながら周囲に警戒を巡らせていた。ふと天幕を見て杭《くい》の緩みが気になって裏に回ろうとしてオスカーは、天幕に映し出された凜の影にぎょっと目を見開く。

天幕の影越しに上半身の着衣を脱ぎ、うなじにかかった髪を上げて布のようなもので体を拭う凜の様子にオスカーは思わずごくりと唾《つば》を飲み込んだ。その細い首筋とくびれた腰が艶《なま》めかしい。

背中を拭こうとしたのか、影が形を変えると大きく前に突き出た山型の影が重たげにふるりと揺れるのを見て、オスカーの下肢に熱が集まる。

（こんなときに何を考えているんだ、私は！）

覗きのような不埒《ふらち》な、いやこれは立派な覗きだ。騎士としてあるまじき行為だ、とそう頭は理解しているがオスカーの『雄としての本能』は大きく張り詰め布を押し上げる。

目を逸らそうと思えば思うほど、縫い付けられたように視線は凜の艶めかしい影を追う。

やがて上半身を拭い終えたのか、凜は着衣を戻しその影がゆらりと動きオスカーは慌てて焚き火の側へ戻る。

「オスカーさん」

「どうした」

白々《しらじら》しく返事をするオスカーは張り詰めた脚の間を凜に見えないように気を遣いながら返答する。

天幕から顔を出した凜は大分眠いのか、目を擦《こす》りながら「申し訳ないですが、少し眠ってもいいですか？」と声をかける。オスカーはもちろんだ、と頷く。

「おやすみなさい」と言って頭を引っ込め、もぞもぞと寝る体勢をとるような気配がし、灯りが消える。

よほど疲れていたのだろう。さして時間も置かずに聞こえてきたすうすうと規則正しい寝息に、オスカーは小さく溜息を零《こぼ》した。

(これは……ある種の拷問《ごうもん》に近いものがあるな……)

任務中とは言え、人生で初めて恋をした相手と二人きりの旅。

気の毒にも思うが、虫に怯える凜の顔に何度もたまらない気持ちにさせられた。

あんな方法でしか渡せなかった腕輪が凜の腕にはまっているのを見たときも、自分が作った料理を美味しいと言ってくれたあの笑顔も、凜に関わる何もかもがすべて輝いて見える。

毛長兎を見に行く誘いを凜が受けてくれたときには、嬉しくて叫び出したい衝動を堪えるのに必死だった。

そして今、布一枚を挟んで小さな寝息を立てている凜の寝姿を見たくて見たくて仕方がない。

「弱点か……」

昼間のやりとりを思い出してオスカーは苦笑を浮かべる。

今のオスカーの弱点は間違いなく凜だ。

凜の言動に一喜一憂《いっきいちゆう》して、こんなにも気持ちが掻《か》き乱される。

だがそんな自分が不思議と嫌いではないのだから、どうしようもない。

悶々《もんもん》とした思いを押さえ込みながら夜は更けていった。


「あ、いだだだだ」

凝り固まった全身をポキポキ鳴らしながら凜は目を覚ました。

『アウトドア』という言葉にこれまで髪の毛一本分ほどの興味も持ってこなかった凜にとって、地面に布だけ敷いて眠った経験などない。

それでも天幕という囲いに覆われて眠るのと屋外で眠るのとではその違いは歴然だろう。

何よりも側にオスカーがいてくれるという点も凜にとって大きな安心材料でもある。

「イビキとかかいてなかったらいいけど……」

目下の懸念《けねん》材料はそこである。何しろ眠っている間は当然意識はない。凜とて女心のひとつやふたつくらいはある。男性の、それも想いを寄せている相手にイビキを聞かれるなどという羞恥《しゅうち》プレイに耐えられるはずもない。

身繕いをして、天幕から凜が顔を覗かせるとオスカーはすでに出立の準備を終え、朝食を用意している最中だった。

「おはようございます。すみません、寝すぎてしまったみたいで……」

「おはよう。よく眠れたようでよかった」

オスカーが緩く笑みの形に口端を上げてそう言うと、凜が「やっぱりイビキかいてました……？」と怖々《こわごわ》訊《たず》ねる。その質問に対し、オスカーは一瞬動きを止めて、凜の質問に否と答える。

――実は夜通し凜の寝息に聞き耳を立てていた、とは口が裂けても言えない。

既に用意された朝食に昨晩同様恐縮しきりの凜だったが、手渡された紅茶の香りと爽《さわ》やかな飲み口に寝ぼけた頭が冴えるような気がする。

オレンジに似た柑橘《かんきつ》系の果物の、瑞々《みずみず》しいさっぱりとした味に体の内側から目覚めるような気持ちになり、凜は顔を引き締めた。

「よし、今日はいよいよ碑文調査ですね！」

「ああ。もうここからそう遠くはない」

朝食を片付け、天幕を仕舞い荷物を背負った凜とオスカーは、再び遺跡に向かって歩を進めた。

初日同様オスカーが先頭に立ち、道を確保しながら森の中を進むと急に開けた場所に出て眼前に朽《く》ち果てた遺跡が現れた。

その背後には天高くそびえ立つメルディオ山。その頂上は遥か遠く、雲《くも》の上まで伸び霞《かす》みがかって視認できない。

その圧倒的な光景に凜が言葉を失っているとオスカーが前方から声をかける。

「碑文はこの遺跡の奥、古代の王家墓所と思《おも》わしき場所に在《あ》る」

オスカーは凜の元に近付き、凜の瞳を覗き込むように視線を合わせて言い含めるように釘《くぎ》を刺す。

「この先、何があっても私の側から離れるな。ここには魔大蛇《バジリスク》や幽鬼《ゆうき》などの魔物が生息《せいそく》している。認識されれば真《ま》っ先《さき》に貴女が狙われる。幽鬼は人間の、特に女性や子どもの肉を好むからな」

脅《おど》しではないのだろう。オスカーの真剣な瞳がそれを裏付ける。凜はごくりと唾を飲み込んで頷く。オスカーは凜の握り締めた拳《こぶし》を見、安心させるように笑みを浮かべて凜の前に跪《ひざまず》く。

「言っただろう？　貴女のことは私が守る。貴女に傷ひとつつけさせせない」

凜もまた腕にはめた腕輪に手を添え、同じ翠玉色の瞳を見つめ「はい、絶対に離れません」と力強く頷き返した。

立ち上がり歩き出すオスカーの後ろに、凜は付き従いながら遺跡の奥へと進んでいく。

まだ日も高いはずにも拘《かか》わらず、分厚い雲が空を覆い、周りが見えないほどではないにせよ遺跡全体が薄暗い。体にまとわりつくような湿った空気に眉を顰める。

引き倒されて粉々になった石柱の残骸《ざんがい》や、石壁に残る無数の——何か大きな獣がつけたような爪《つめ》痕《あと》を凜は怖々とした様子で見ながら歩き、知らず知らずのうちにオスカーとの距離が縮まる。

ほとんどの建物が脆く崩れ落ち蔦《つた》や苔《こけ》が覆い隠す中、一箇所だけほぼ無傷の建物が見え、凜がオスカーに訊ねる。

「もしかしてあれですか？」

オスカーはわずかに首を捻って振り返り、「そうだ」と短く答え、ばっと視線を戻すと腰に佩《は》いた剣の柄《つか》に手をかけた。

用心深く周囲を警戒し、オスカーはいったん止まるよう凜に指示を出して口元に指を当て声に出さず「静かに」と伝える。

物陰に移動してオスカーが様子を窺《うかが》うのに、凜もつい首を伸ばしてオスカーの体越しに前方を覗き込むと「ひょっ‼」と驚きの声を上げそうになり慌てて自分の口を押さえた。

――建物の周りを彷徨《さまよ》う、青白く透けた体。

遠目から見てもわかる巨軀《きょく》をぼろぼろの衣服に包み、手には刃のこぼれた大剣《たいけん》を重たげに引きずり、彷徨う。

言われずともあれがオスカーの言った〝幽鬼〟であると嫌でも理解する。

幽鬼が向きを変えこちらに顔を向けた瞬間、凜は喉の奥をひゅ、と鳴らした。

双眸《そうぼう》があったはずのそこにはただぽっかりと空洞《くうどう》が空き、鼻は削《そ》がれ、剝《む》き出しになった歯の隙間からだらしなく出ている舌。

そのおぞましい姿に凜はガタガタと体を震え上がらせ、頭を引っ込める。

怖い。怖い怖い怖い。

初めて凜は本当の意味での恐怖を感じていた。叫びたくなる口元を必死で押さえてオスカーの背に隠れる。

――どのくらいの間そうしていただろうか。

「もう大丈夫だ」とオスカーの声に顔を上げると、労《いた》わるような表情でオスカーは凜を見ていた。

「あれは悪意や失意《しつい》の中で死んでいった人間の思念《しねん》の集合体だ。生者に憑《と》り付き、引きずり込むことだけを目的にしている。姿形はまちまちなのだが……」

オスカーはそこまで言って悔《くや》しげに唇を噛《か》む。

「すまない。貴女を怖がらせることになってしまった」

「いいえ、オスカーさんのせいじゃ！　つい興味本位で私が勝手に見たせいで……ごめんなさい」

凜はオスカーに謝罪する。

「私、よく知りもしないのに魔物のことを軽々しく聞いたりして……」

自分の軽率な言動の数々に情けなくて涙が出そうだ。何も分からず、安易に魔物が見たい、などと。だがここで泣いてしまったりすれば余計に自分を許せなくなりそうだ。

ぐっと下唇を噛みしめる凜に、オスカーが優しく微笑《ほほえ》む。

「気にすることは何もない。貴女がこちらの世界のことを知ろうとしてくれていることに喜びを感じこそすれ、なんの不満もありはしない。私が答えられることならばなんでも答えよう」

さぁ、と凜を促しオスカーは立ち上がる。

「あの中は強力な陣《じん》が張《は》られているせいか、魔物も入ってこない。碑文を守るために施されたのだろう」

オスカーの説明に頷き、慎重に周囲を警戒しながら建物に近付き中に入る。

精巧な模様《もよう》が刻み込まれた入口を潜《くぐ》った瞬間、まとわりつくような不快感が消え、少し冷えた澄《す》みきった空気が凜とオスカーを包み込む。

灯《あか》りがないはずの建物内はぼんやりと明るく、凛が不思議に思って上を見上げると大きな魔法石が天井にはめこまれ、そこから明かりを得ていることに気付く。

「これほどの大きな魔法石は今となっては探すのも困難だろうな。どれほど注ぎ込めば維持できるか見当もつかないが……相当な魔力が込められているのは間違いない」

オスカーの説明に凛はその輝きと肌に伝わる歴史の重みに圧倒され、息を呑んだ。


さほど広くない建物内の奥へと進むと今回の調査対象である碑文が六つ、規則正しく並んでいるのを見つけ、凛はさっそく翻訳作業に取り掛かった。

細かい古代文字がびっしりと彫られている上、長い年月の中で潰れてしまった箇所もある。言い回しも独特な部分が多く、凛自身は読めてもこちらの世界の言葉に直す際、どう書き写せばいいか悩んだりもしたが、オスカーに訊ねながらなんとか進めていく。

途中休憩や仮眠を取りながらも、丸一日半かけてやっと翻訳し終えたときには大量の巻物《まきもの》が周りに転がることになった。

文字の大波に飲み込まれるような疲れに苛《さいな》まれながらも、ここまで達成感を味わったのは久しぶりだった凛は、立派な目の隈《くま》をこさえながら筆を置いてオスカーを見やる。

「……終わりました……」

「あぁ、本当に疲れただろう」

アルドーリオの街を出てほぼ一睡《いっすい》もしていないはずのオスカーだが、その疲れを微塵《みじん》も見せずに凛を労わる。

「これ……歴史書、みたいなものですかね？」

転がる巻物を拾い上げながら凜が碑文を見上げて呟く。オスカーは静かに頷き、自分もまた碑文に視線を走らせた。

「建国から衰退、滅亡までが記《しる》されたもののようだな……。かつてこの世界のほぼすべてを掌握《しょうあく》していたと言われる大国の歴史が書かれているようだ」

それほどまでに強大な国の成《な》れの果《は》てが、と凜は複雑な思いで碑文を見上げる。

――栄光の極みから滅亡の間際《まぎわ》までを、当時の人々はどんな思いでこの碑文を刻んだのだろう。

感傷的になりながらも、それに引きずられないようにわざと明るい声を出し「でもこれ歴史書なら魔法技術の発展に役立つんですかね？」とオスカーに問う。

「すべてがとは言えないだろうが、端々《はしばし》に関連した内容が記されているからな。仮にそこに影響がないとしても、文献《ぶんけん》として非常に貴重なものであることには間違いない。王都の歴史学者達が涙を流して喜ぶだろう」

オスカーに言われてほっと一安心する凜は「よかったです、お役に立てそうで」とはにかんでみせる。

「この調査の間、私オスカーさんに頼りっぱなしで……せめて自分のできることくらいはと思っていたんで、そう言ってもらえて安心しました。ありがとうございます」

へへ、と笑う凜にオスカーは驚いたように目を見開く。

「何を言っているんだ。元々依頼したのはこちらのほうだぞ。役に立つ立たないどころの話ではない。それに……」

いや、と言葉を切ってオスカーが頭を振る。

まずはいったんここを離れるぞ、とオスカーに促されて凜は慌てて荷物をまとめて背負い立ち上がる。陣《じん》の張られた建物から神経を張り詰めて警戒し、注意深く元きた道を戻り遺跡を後にした。

幸い幽鬼などの魔物に出会うことなく、無事に抜け出せたことに凜は安堵の溜息をつきながら、オスカーの後に続いて森に分け入ってしばらく歩いていると、不意に甘い香りが鼻腔《びくう》をくすぐった。キョロキョロと辺りを見回して、香りの正体らしき花が頭上に咲いているのを見つけ、凜はオスカーに声をかける。

「オスカーさん、オスカーさん。あれ、なんていう花ですか？」

振り返ったオスカーは凜の指差す方向を見た瞬間大きく目を見開いて、凜の側に走り寄り、凜の口と鼻を大きな手で覆う。

オスカーの動きに時を置かず、花の根元がぷわと膨らんだ次の瞬間、強烈な甘い香りと大量の花粉が辺りに飛散した。

とっさに息を止めるも間に合わず、オスカーの膝《ひざ》がガクリと折れるのを見て、凜は悲痛な声を上げた。

「オスカーさん⁉」

「……っ……急いでここを離れるぞ……」

よろめきながらもオスカーは凜の腕を引き、足早に歩を進める。

肩で息をしながら歩くオスカーに凜はハラハラとしながら「オスカーさん、大丈夫ですか？　さっきのなんだったんですか!?」と聞くが、オスカーは凜の質問に答えず足を動かし、突然凜の腕を放したかと思うとズルズルと側にある木に縋《すが》るように膝《ひざ》をついてしまった。

「オスカーさん!?」

慌てて凜はオスカーの前に回り込み、その顔を覗き込むと、オスカーの顔は紅潮し額はうっすらと汗ばんでいる。

「さ、さっきの毒ですか？　毒消しで治りますか？」

オスカーの異変に泡を食った凜は血の気が引くような思いでオスカーに訊ねる。が、オスカーは苦しそうに眉を顰《しか》めるばかりだ。

「と、とにかくこの木にもたれてください！」

オスカーを座らせ、凜は背負っていた荷物を漁り、毒消しを探す。

焦りからじっとりと嫌な汗をかきながらようやく目当ての物を探し当て、小瓶の口を開けてオスカーの口元に宛《あて》がう。

「オスカーさん、毒消しです」

「……違……」

小さく呟くオスカーの声にぱっと手を引き、聞き漏らすまいと凜が耳を近付けると、熱い吐息の中で低く掠《かす》れたオスカーの声が聞こえた。

「……離……媚……」

「え？　なんですか？」

よく聞こえない声に、ぐっと凜が耳を近付けるとクチュ、と音が脳に響く。ぬらりと熱い舌が耳を舐《な》め上げ、とっさに体を離し驚愕《きようがく》の表情を浮かべる凜にオスカーの腕が伸びる。

「あ、え⁉ ちょ、オスカーさん⁉ んっ……ちょ、どこ舐めてるんですか⁉」

長い腕の中に凜を抱き込み、首筋に鼻をつけて匂《にお》いを嗅《か》ぎ舌を這わせるオスカーは凜の制止に耳も貸さず、熱い舌を何度も往復させ凜の汗を舐め取りうっとりとした表情を浮かべている。

「あっ……や……ちょ、オスカー、さん！ 放して……」

「……甘い……」

思わず、といったように零れるオスカーの言葉に「甘いわけあるか‼」と大声で凜がツッコミを入れると、我に返ったオスカーの翠玉色の瞳が見開かれ、腕の拘束が解《と》かれた。

すばやく距離を取った凜は舐められた耳を押さえながらオスカーを凝視し、――――すべてを察した。

「………オスカーさん、まさか……」

頬を赤らめ、潤んだ瞳を彷徨わせ緩く開いた形の良い唇から小さく荒い吐息を漏らすオスカーの、脚の間の異変がそれを凜に知らせる。

「あれ……媚薬《びやく》的なやつなんですね……⁉」

悲鳴にも近い凜の声に、オスカーの長い睫毛《まつげ》が気まずそうに伏せられる。こうしている間にも媚薬が回っているのか、眼前のオスカーは荒く短い呼吸を繰り返し、摩擦《まさつ》によるわずかな刺激にすらびくりと体を震わせてグッと下唇を噛んでいる。

（ど、どどどどうしよう）

さすがにこのパターンは想定していなかった。焦りのあまり、答えのわかりきった質問をオスカーにぶつける。

「そ、それ、どうやったら治《おさ》まります？」

「…………」

媚薬のせいだけではない、羞恥に耳朶《じだ》を赤くしたオスカーがきゅっと下唇を噛《か》む。

（……ですよねー。抜かなきゃ治まりませんよねー）

焦りから他意なく言葉責めのようなことをしてしまった。

ちょっと離れておきますからご自分で……と言いたいところだが、この状態のオスカーを置いて何かあっても困る。

かといって目の前でどうぞ、と言うわけにもいかない。ちょっとばかり見てみたい気もしないでもないが、さすがにそれを口に出せるほど開けっぴろげな性格はしていない。

今は辛《かろ》うじて理性を保《たも》てているようだが、先ほどのオスカーの様子だといつまたプツンといってもおかしくなさそうだ。

凜とて立派な成人女性、想う相手と肌を合わせたい気持ちはもちろんある。だがさすがにこの状態でなし崩しにそういう関係を持つのは嫌すぎる。しかも屋外、いわゆる青姦《あおかん》。

（嫌すぎる!!）

ちゃんと想いを告《つ》げてからそういう関係になりたい。

まさかこんな場所でご奉仕展開になるとは思ってもみなかったが、四の五の言っていられない。

——特命任務・出張版。

ゴクリと唾を飲み込み、凜は意を決してオスカーに近付く。

「……オスカーさん、ちょっと失礼しますね」

「……？　何を……っ!?」

凜はオスカーの両腕をとって手首を合わせて紐《ひも》で縛る。気休め程度だが、少しはオスカーの動きを止めることができるだろう。

「今からするのは医療行為ですから。通常状態に戻すための必要な処理ですから。先に謝っておきます、ごめんなさい」

自分に言い聞かせるようにそう言って、オスカーのベルトに手をかける。

「……！　そんなこと、貴女にさせるわけには……！」

オスカーが慌てふためいて身動ぎするが、凜は無視して前を寛げて下穿きごとずらすと、先走りでテラテラと光る陰茎がぶるん、と顔を出す。

オスカーには決して言えないが、何度も目にしていたはずのそれを明るい場所で改めて目にした凜は思わずたじろぎ、声に出さずに喉奥で悲鳴を上げる。

（き、凶器……!!）

「駄目だ、そんなこと貴女にしてもらうわけには……貴女が汚《けが》れてしまう」

「……嫌かもしれませんけど、ちょっと我慢してください」

潤滑油が必要ないほど濡れた先端に手を伸ばし、ぬるぬるとした体液をぬりつけるようにして何本もの血管が浮き出る陰茎をゆっくりと摑み律動を開始すると、オスカーの瞳がゆるゆると見開かれた。

まさか、とオスカーの口が動いたが、オスカーの下肢に視線を落とした凜の目には入らず、凜はいきり立った雄を懸命に扱《しご》き上げ、その凄《すさ》まじい快感にオスカーはたまらず喘《あえ》ぐ。

「あ……そ、んな……まさか、貴女が……っあぁっ!!」

オスカーの低く掠《かす》れた喘ぎ声と手のひらに感じる熱い陰茎の感触、そして屋外という非日常的な状況にあてられて凜も自分が酷《ひど》く興奮しているのを感じていた。

ビクッビクッと体を震わせながらオスカーの腰が揺れ、硬く張り詰めた陰茎が凜の手の中でますます膨れ上がりオスカーの息遣いが荒くなっていく。

「……は、あっ……あ、もっと、強く……」

「も、もっとですか？　わかりました」

凜がきゅっと手の握力を強めて擦り上げると、オスカーは眉根を寄せて快感に首を反らせる。

「あ、も、…………っ、くっ！」

「……？　あ！」

陰茎の根元が太くなり、吐精の瞬間が近いことを悟った凜がとっさに先端を咥《くわ》え込んだ、次の瞬間――凜の口内一杯にどろりとしたオスカーの熱い体液が勢いよく吐き出された。

絡《から》みつくような独特の生々《なまなま》しい味に凜は閉口《へいこう》しながら、口の中で暴れるオスカーの雄がすべての精を吐き出すのを待ってからゆっくりと口を離す。

口内射精《こうないしゃせい》を受け止めた凜は、口の中一杯のオスカーが吐き出したものの処理をどうしようかと考えあぐねる。こうしている間にも苦《にが》じょっぱい味がじわじわと広がっていく。

吐き出そうかと思ったが、目の前で吐き出すのはどうなんだろうか？　とあれこれ考えた結果。

――――ごくん。

意を決して口の中のものを飲み込んだ凜はあまりの不味《まず》さに思わず眉を顰め、慌てて水筒の水を飲んで舌に残る味をごまかす。

いくら好いた相手のものだとはいえ、不味いものは不味い。

苦ぁーい……と舌を出したところで凜ははたと我に返る。

あのままだと服や顔に飛んだ精液《せいえき》で大惨事になる、と思ってとっさに咥えてしまったが、さすがに口を付けたのは引かれたか!?　と内心青ざめる。

冷や汗をかきながらどうしよう？　と凜が焦っていると、ゴクリと唾を飲み込む音が聞こえ、恐る恐るオスカーのほうへ視線を戻すと。

顔を真っ赤に染め、大きく目を見開いて自分を凝視しているオスカーと目が合い、凜がふと視線を下げると、たったいま精を放ったばかりのはずの陰茎が下腹にくっつきそうなほど完全復活を遂《と》げているのが見えて凜は思わず、

「えぇぇぇ――――――――!?」

と、いつかのときのように絶叫した。

(そうだ、忘れてた!!　この人絶倫《ぜつりん》なんだった!!)

大きく目を見開き、オスカーの驚異の復活力に恐れおののく凜とは対照的に、とろんとした瞳で凜を見つめていたオスカーが恥じらうように目を伏せ、小さく呟く。

「………触って……」

ちらりと上目遣いで首を傾げ、ねだるように自分を見つめるオスカーに、凜はぺちんと額を叩い

て天を仰ぐ。――甘えん坊状態のオスカーに、凜はすこぶる弱いのだ。

――こうなったらもう空《から》っぽになるまで吐き出させるしかない。

凜は再びオスカーの脚の間に手を伸ばし、先ほど吐き出した精液が残る先端を中心に弄《いじ》ってやる。

「は……あ、駄目だ、刺激が……！」

ガクガクと激しく身悶《みもだ》えながらオスカーは激しい凜の手の動きに喘ぐ。

グチュグチュと激しい水音を立てて攻めるとオスカーがぎゅっと目を瞑り、「リン……あぁっ……リン……っ」と切なげに名を呼ぶ。

「……？　少し強すぎますか？」

手の動きをいったん止めて凜が首を傾げると、オスカーは長い睫毛を震わせ、掠れた声で「もっと側に……近くに来てほしい」と請《こ》い願う。

凜が少し悩むそぶりを見せ、太腿を跨《また》ぐようにして腰を下ろすと、オスカーは縛られた腕の中に凜を通し、甘えるように凜の肩に頬を擦り寄せる。

自分でも驚くくらい大胆な行動を取っている自覚があるが、好きになった相手にはとことん甘くなる凜は、初めて見るオスカーの甘えた仕草にドコドコ心臓を跳ねさせながらその体勢のまま再び律動を開始した。

背中に回ったオスカーの腕が、間近に聞こえる荒い息遣いが、凜を興奮させていく。

オスカーが腰を跳ねさせれば凜の体も上下に動き、その動きがまた行為を連想させて凜もたまらない気持ちを抑えるのに必死だった。

蕩《とろ》けた目で見つめられ、熱い吐息に混じってオスカーの口から漏れる自分の名に、口付けしたくなる衝動を必死に堪えて、凜はオスカーの荒ぶる雄を懸命に扱《しご》き上げる。

「はっ……あっ……リン……っ」

「イきそうですか？　いいですよ、いつでも」

ぶるりと肩を震わせ切羽《せっぱ》詰まった声を上げるオスカーに、凜は優しく声をかける。

「あ……はっ……あぁっ、あっ……も、出る……っ！」

凜の首元に頬をすり寄せ、オスカーは一際大きく身震いすると、びゅるびゅると熱い体液を吐き出した。

手の中に吐き出された熱い欲、首元に感じるオスカーの熱い息と頬にかかる柔らかい髪の感触に、軽く理性を飛ばした凜が思わずオスカーの額にそっと唇を押し当てる。

ちゅ、と小さな音を立てて唇を離すと、大きく目を見開いたオスカーと視線がぶつかり、凜は慌てて謝罪の言葉を口にする。

「……ご、ごめんなさい！」

とっさに離れようとする凜の動きを止めるように、オスカーの腕に力が込められ、ぐっと顔が近づけられる。

至近距離で視線が交わり、鼻先が触れ合うほどの距離でオスカーが小さく囁《ささや》いた。

「私からも……口付けしていいだろうか」

翠玉色の瞳の奥に覗く雄《おす》の色香に息を呑み、凜が小さく頷くとオスカーはおずおずと凜の唇に触れる。

ちゅ、ちゅ、と小鳥が啄《ついば》むようなつたない口付けを交わす中で、凜の手は再び律動を開始する。

唇に感じる吐息は熱いのに、決して深くはならない口付け。

触れては離れをただ繰り返すだけの優しい口付けの下で、クチクチと卑猥《ひわい》な音を立てながらオスカーの滾《たぎ》る雄を煽《あお》るように擦《こす》り上げる。

上半身と下半身でまるで別人のような、倒錯《とうさく》的な行為が凜とオスカーの想いを高ぶらせている。

「あ……リン……気持ちが、いい……」

「もっと、もっと気持ちよくなってください」

「は……っあぁっ……また……っ」

薄く開いた唇から切ない喘ぎを漏らしてオスカーがまた果てる。

幾分《いくぶん》か薄くなりはしたものの、さして変わらぬ量の欲を吐き出したオスカーの陰茎はまだ硬さを維持し続け、ビクビクと凜の手の中で揺れている。

「……リン……」

熱に浮かされたような蕩《とろ》けた瞳を揺らし、オスカーは凜の名を呼ぶ。

「大丈夫ですよ。何度でも気持ちよくなっていいですから」

凜は子どもをあやすように微笑みオスカーにそっと口付け、手を動かす。

何度も何度も口付けを交わし卑猥な音を立ててオスカーを慰める。

どれほどの量かわからぬくらい精を吐き出し尽くしたオスカーは、ぶるりと全身を震わせて最後の一滴を絞り出し、くたりともたれかかるようにして意識を失った。

肩にオスカーの頭の重みを感じながら凜は天を仰ぎ、ゆっくり目を閉じて思った。

――――また……やらかしてしまった……。

「あのー……そろそろ顔を上げてもらってもいいですかね……」

地面に額《ひたい》をつけて微動だにしないオスカーに凜は声をかける。もうかれこれ十分はこのままだ。

意識を失ったオスカーはしばらくして目を覚まし、自分の腕の中に凜がいることに驚いて手首が拘束されていることも忘れ、慌てて身を離そうとした。

それがかえって凜を引き寄せてしまう形になり、驚きと動揺にまた気絶しかける、という醜態を見せていた。

「……私を殴《なぐ》ってくれ」

オスカーがよろよろと体を起こし、凜に懇願する。今から死地にでも赴くのか、と言いたくなるような悲愴《ひそう》な表情を浮かべるオスカーに凜は激しく首を横に振り、「いやいやいや！　無理ですから！」と拒否する。

「仕方がなかったと言いますか……その、私が勝手にしたことですし……。だいたいにして私も私でこう、つい盛り上がってしまって色々とやりすぎてしまった感も否めないですし……」

言いながら凜は先ほど交わした口付けを思い出してポッと頬を染め、視線を逸らし拘束を解いた紐で手遊びをする。

オスカーもそれにつられて同じようなことを思い出したのか、耳朶を赤くして唇を引き結び、俯《うつむ》く。

傍目《はため》から見ればただ桃色の空気に包まれたいい歳《とし》をした二人だが、当人達からすれば気まずいことこの上ない。

かたや想いを寄せている女性の前で発情したあげく、その相手によって恥も外聞もなく喘《あえ》ぎまくって何発も射精した男。

かたや好きな男性の股座《またぐら》に手を突っ込んでアンアン啼《な》かせまくったあげく、空《から》っぽになるまで搾《しぼ》り取った女。

どっちもどっちのような気もするが、当人たちはそう簡単に割り切れない。

ちなみにオスカーが吐き出した大量の精液でドロドロになった凜の服は、オスカーの浄化魔法により綺麗《きれい》さっぱり元通りに戻っている。ついでに口の中もさっぱり、凜の濡れた下着もさっぱりしている。

魔法が使えない凜には原理も何もわからないが、いったい何をどうして清めているのだろうか。

(魔法で分解して、とか？　となると、今この周りにはオスカーさんのアレや、私のソレやらが飛散してるってことになるの？)

余計なことを考えて微妙な気持ちになった凜は小さく頭を振り、おずおずと口を開く。

「この件はいったん置いといて、ひとまず移動しません？　ここだと何かと危なそうですし」

いつまでもこの場に留まったまま、二人揃ってもじもじしているわけにはいかない。

まだ何か言いたげな空気を醸《かも》し出していたオスカーだったが、「……そうだな」と頷いて立ち上がる。

気まずい雰囲気の中歩き出したが、その道中何度もオスカーは後ろにいる凜のほうを振り返り、何か言いたげに口を開いては止める、を繰り返していた。ちらちらと凜の口元や手元を凝視して眉を顰《ひそ》め、ハッと我に返って目を逸らす、という謎の動きもつけながら。

――時間を置いて冷静になって、後悔しているのかもしれないなぁ。

オスカーの表情や行動に気付かないふりをしながら、凜はそっと後悔の溜息を零していた。


初日に野営をした場所に到着すると、さっそくオスカーが天幕を張り整える。途中で立ち寄った小川で捕った川魚の香草焼きが今夜の食事になるようだ。

焚き火で川魚を焼いている間、凜は自分が置かれている状況に困惑していた。

ちらりと視線を左に向けると、こちらを凝視していたオスカーににっこりと微笑まれ、反射的に凜も微笑み返しながら恐る恐る口を開く。

「えーっと……私の顔に何かついてますか？」

「いや？」

「じ、じゃあなんでずっとこっち見てるんです？　大して面白いものでもないと思うんですけど」

「貴女が嫌なのであればやめるが……」

悲しそうに眉尻を下げ、しゅんと肩を落とすオスカーに凜はなぜか苛《いじ》めているような気持ちになる。とっさに首を振り「嫌ってわけじゃないんですけど！」とつい口に出してしまい、凜は後悔することになった。

凜のうっかり発言をまっすぐに受け止めたらしいオスカーは「そうか」と満面の笑みを浮かべ、また蕩けるような瞳で凜の顔を見つめてくる。

ちなみに野営地に着いてからというものオスカーの定位置は凛のすぐ横左側固定である。何がどうしてこうなった。

突然のオスカーの変わりっぷりに頭がついていかない。

顔の左側にびしばしとオスカーから迸《ほとばし》る熱い視線を受けながら凛は戸惑いを隠せずにいた。

「あ！　も、もうそろそろ焼けたんじゃないですか⁉」

焚き火にかけていた魚を凛が指差すと、その声に反応したオスカーの視線がようやく凛から外され、前を向く。

オスカーが焼け具合を確認している間、凛は見えぬように溜息を零し頭を捻る。

（いや本当に何が起こったの？　ここに来るまでに顔を顰《しか》めてこっちを見てたんじゃなかったたっけ？　まさか……別人⁉）

ハッとしてからそろりとオスカーの様子を窺う。

炎が爆《は》ぜる焚き火に照らされた横顔は一片の隙もなく整い、女性の凛から見ても惚《ほ》れ惚《ぼ》れするほど美しい。

耳にかけるように後ろへ流れる柔らかな金髪は昔見た絵本の王子様のよう。

そのままでも充分だが、化粧をすればそれこそそんじょそこらの女性では太刀《たち》打《う》ちできないくらいの絶世の美女に化けるだろう。

だがオスカーはれっきとした成人男性なのだ。

腰に回った腕の太さやたくましい胸板が、薄い唇から漏れる低くて甘い声が、――今も手に残るビクビクと脈《みゃく》打つ雄の感覚がそのことを如実《にょじつ》に物語っている。

『リン……』

欲を孕《はら》んだ声で自分の名を呼ぶオスカーを思い出して凛の腰が甘く疼《うず》いた。

柔らかい唇の感触とその隙間から漏れた熱い吐息を思い出し、凛は無意識のうちに自分の唇に触れて目を細め、ほぅっと溜息にも似た吐息が零れた。

ごくりと近くで唾を飲み込む音が聞こえ、凛は我に返り慌てて音がした方向へ顔を向けると、オスカーがいつの間にかじっとこちらを見ていたことに気付いて肝を冷やす。

「な、ななな何か？」

「あ、いや、魚が焼けたから声をかけようかと……すまない」

「わ、わー美味しそうですねぇ！」

ごまかすように歓声を上げ、わざとらしくはしゃいで見せる凛の横で「私の理性を試しているのか……」とオスカーがぼそりと呟くが、凛の耳には届かない。

とりあえずこの件はいったん横に置いて、目の前の食事に集中しよう。

ふわりと香ばしい匂いをたてる魚に凛がいそいそと手を伸ばそうとすると、横からさっとオスカーの手がそれをかっさらってしまった。

「待て。今食べやすいようにほぐすから」

「んん？」

首を傾げる凛をよそに、オスカーはフォークを使ってせっせと身をほぐしている。

「……オスカーさん」

「なんだ？」

「そのままでも食べられますから大丈夫ですよ？」

「いや、万が一骨が喉《のど》に刺さってしまっては危ないだろう」

「そうですけどもね。私も大人ですから、その辺は心得ていますし」

凜の至極もっともな意見を無視したオスカーは、綺麗にほぐした焼き魚を凜に差し出してくる。

「よし、これで大丈夫だ」

「………いただきます」

諦《あきら》めた凜が皿を受け取り、口に運ぶ。

（うん、美味しい。美味しいけども）

新鮮な川魚のふっくらとした身も、香《こう》ばしい皮の部分も、香草の香りも格別に美味しい。

ごくんと口の中の物を飲み込んでちらりと視線を隣に向けると、じっと凜が食べる姿を見つめているオスカーと目が合う。

「美味しいです」

凜がそう言うと、オスカーは嬉しそうに微笑んで「まだあるぞ」と勧めてくる。

オスカーの何がそうさせているのかわからないが、何か色々行き過ぎて母親のようなかいがいしさを見せているオスカーに、凜は頭を抱えたくなった。

「……オスカーさん」

「なんだ？　おかわりか？」

「いえ、まだあるので大丈夫です。オスカーさんも食べてください」

（そして食べてる姿をじっと見つめるのをやめてください！）

そう言いたくなる気持ちをぐっと堪えて、さりげなく視線を外させようと試みてみる。

だがそんな凜の気持ちはオスカーにあと一歩、いや大分届かず、オスカーは胸を押さえて小さく頭を振る。

「私は大丈夫だ。胸が一杯で……」

うっとりと凜を見つめ、頬を染めたオスカーにそれ以上何も言えなくなってしまった凜は、口に入れた魚の身をごくんと飲み込む。

決断の時は近い。

この調査の間でオスカーへの想いは育ちきってしまった。この想いが露呈《ろてい》してしまうのも時間の問題だろう。

「……大丈夫か？　顔色が悪い」

心配そうに眉尻を下げるオスカーに、凜は慌てて笑みを作る。

「ちょっと考え事してただけですよ」

美味しいですねこれ、とごまかすように口を動かす。

オスカーは少しの間、そんな凜を窺うように見ていたが焚き火が爆ぜる音がして視線をそちらに移す。

自分がどうするべきなのか、どうしたいのか。何が間違いで、何が正しいのか。

笑顔の裏で凜はずっとそのことを考えていた。

野営地《やえいち》で一晩明かした後、行きよりも幾分《いくぶん》かゆっくりとした足取りでメルディオの街に戻る。

道中、ひょっこりと顔を出す虫達にも雑な反応を示して軽く追い払えるくらいに、凜はオスカーの背を見つめながらずっと答えを探していた。

（いや、答えは出てるんだよなぁ……）

ただ踏ん切りがつかないだけなのだ。

凜はオスカーに想いを伝えたい。だが、そのときに隠し事をしたままでは自分の中で折り合いがつかない。想いを伝えることと処置を施していたのが自分だと告白するのは凜の中ではイコールなのだ。

その結果オスカーに呆れられ、拒絶されたら……そう思うと二の足を踏んでしまう。

そうなるくらいならいっそこの想いを閉じ込めて、一部の関わりだけを続けていくほうがいいのではないか？　そんな情けない卑怯《ひきょう》な逃げ道を考えてしまう自分に舌打ちをする。

時折振り返って凜を気遣うオスカーに笑顔で「大丈夫です」と答えながら凜の思考はぐるぐると同じ場所をまわっていた。


もやもやと考え事をしているうちにも、足は自然と体を運んでいたらしい。

昼過ぎにメルディオへと戻ったところでオスカーが凜に提案してきた。

「もし貴女さえよかったら食事をしてから戻らないか？　アルドーリオ以外の街を歩くのは王都以来なかっただろう？」

「それは……でも、すぐ戻らなくて大丈夫でしょうか？」

「団長には私から連絡を入れるから問題ない」

そう言うとオスカーは懐《ふところ》から人差し指ほどの大きさの筒《つつ》を取り出し中を開ける。湯気《ゆげ》のように白い靄《もや》が中から現れ、空中でまとまった鳥の形を模したものに向かってオスカーが何事か呟くと、翼を広げて空へ舞い上がり東の方向へと飛び立っていった。

「これでいいだろう。よし、では行こうか」

と、歩きかけたオスカーを凛は慌てて呼び止める。

「あ！　あの、ですね……」

自分の姿を見下ろして凛は躊躇《ちゅうちょ》する。格好自体はともかく、汗もかいているし泥や埃《ほこり》まみれだ。森の中ならいざ知らず、さすがにこれで街中をオスカーと共に歩くのは気が引ける。

（浄化の魔法薬は使い切っちゃったしなぁ……）

かと言って「汗くさいかもしれないんで、ちょっと浄化してもらってもいいですか？」と自分からは言いづらい。意識する前なら言えたかもしれないが、今はそんなことすら言いにくい。

どう伝えたものか、と言い淀《よど》む凛に首を傾げていたオスカーだったが、何やら察したように柳眉《りゅうび》を上げる。

「少し、触れるぞ」

そう言って大きな手で凛の髪と肩あたりに触れると凛の周りがかすかに白く光る。一度かけてもらった浄化魔法と同じ反応に凛が驚く。

「すまない、気が利《き》かなかった」

オスカーは自分の衣服にも同じように浄化魔法をかけて謝る。

「貴女はいつもいい匂いだから気にしていなかった」

「え」

しまった、と自分の口を押さえて頬を染めるオスカーは慌てふためき、「違う！」と声を張った。

「いや、違わないがそういうことではない！　いつも嗅《か》いでいたというわけではない！　その……すまない、頼むから忘れてくれ……」

（おーう……）

匂いを嗅がれていたという事実に若干引きつつも、オスカーのあまりの慌てっぷりに思わず凜は吹き出してしまう。

「私がいい匂いかどうかはともかく、ありがとうございます」

両手で顔を覆って後悔している様子のオスカーに礼を言って、凜は気持ちを切り替えるように大きく息を吸って吐き出す。

（戻るまでの間くらい、あれこれ悩むのはやめよう）

もしかするとこれが最後になるかもしれない。だったら少しでもオスカーとの思い出を作っておきたい。

凜は顔を上げてオスカーに微笑み、訊ねる。

「オスカーさんのおすすめとかありますか？」

凜の言葉にようやく顔を上げたオスカーは小さく頷いて口を開く。

「ここは山の物を使った料理が多い。少し味付けが濃いが色々な具材が入った鍋料理が特に美味い。……少し歩くが良い店がある。そこでもいいか？」

「ぜひ」

頷いてみせる凜にオスカーは微笑んで凜の隣に立ってゆっくりと歩き出した。

以前アルドーリオの街を歩いたときには、人ひとり分開いていたふたりの距離が今は拳ひとつ分ほどになっている。

凜はそんな互いの変化に嬉しさとほんのわずかの胸の痛みを噛み締めつつ、他愛《たあい》もない話をしながら店へと向かった。


オスカーが案内してくれた店は大衆食堂のような店構えで、昼と夜の中途半端な時間帯にも拘《かかわ》らず店内は多くの人で賑《にぎ》わっていた。

年齢層も客層もバラバラで、共通しているのは皆楽しげに思い思いに話をしながら酒を飲み、料理に舌鼓《したつづみ》を打っているところくらいだろうか。

比較的男性客が多い中、ちょうど空席ができた奥に案内され凜は興味深そうにキョロキョロと辺りを見回す。

「何か食べられないものはあるか？」

「いえ、特には」

そうか、と頷いてオスカーが店員にいくつかの料理名らしきものを注文すると、すぐに卓に大量の料理が所狭しと並べられる。

新鮮な野菜のサラダや香ばしい香りの肉料理、手軽につまめるチーズを使った料理などを前にして凜は顔を輝かせた。

「すごい！　美味しそうですね！」

「さっそく食べよう」

「はい！　いただきます！」

両手を合わせてぺこりと頭を下げてフォークに手を伸ばす凜に、オスカーが「前々から聞こうと思っていたのだが」と口を開く。

「その『いただきます』とは、貴女の国の風習なのか？」

もぐ、と咀嚼《そしゃく》していた口を止めた凜が中の物を飲み込み答える。

「そうですよ。私も詳しくは知らないんですけど、生命をいただくとか作ってくれた人への感謝の気持ちを込めて……みたいな意味合いですかね」

「そうか。……素晴らしい風習だな」

オスカーは得心した、と頷き自分も凜を真似《まね》て両手を合わせて「いただきます」と頭を下げフォークに手を伸ばす。

自分の国の言葉を素晴らしいと言ってくれ、更には同じようにしてくれるオスカーに凜は嬉しそうに微笑み、オスカーもまたそんな凜の様子を見て微笑み返す。

そんな凜とオスカーの様子を見ていたらしい隣の卓《テーブル》の、二人組の強面《こわもて》な壮年《そうねん》客が「おい！」とオスカーに絡み始めた。

「なんだい色男の兄ちゃん！　こーんな別嬪《べっぴん》さん連れてんのにもっとガッといかねぇのか！」

「そうだそうだ！　男ってぇなあ強引なくらいが女はぐっとくるもんよ！　なぁ姉ちゃん？」

二人とも大分酒に酔ってるらしい。絡んだ相手がかの有名な国境警備団副団長だとも気付かずガハハ、と楽しげに笑っている。

「いいんですよ、オスカーさんはもう充分過ぎるほどに魅力的ですから」

凛が笑ってそう返すと丸坊主《まるぼうず》の客が「おーっとこれは妬《や》けるねぇ」と大げさに肩を竦めてみせる。

連れらしい髭面《ひげづら》のほうはオスカーに向かってからかうようにジョッキを摑んだ手を向ける。

「兄ちゃん男冥利《みょうり》に尽きるってもんだなぁ？　俺のカミさんなんか最近そんなこと言ってくんねぇ。あれも昔ぁそれは可愛くて可愛くてなぁ」

「なーに言ってんだ、おまえ今でもカミさんにぞっこんじゃねぇか」

「うるせぇ！　当たり前だろうが！　だいたいおまえだって若い嫁さんにちょっと冷たくされたからってヤケ酒しやがって！」

「うう……そうなんだよ……子どもが生まれてからよぉ俺なんかいっつも後回しでよぉ……。いや、子どもは可愛いんだけどよぉ。ちょっとくらい俺にかまってくれてもいいじゃねぇか」

奥さんに冷たくされた、といって拗《す》ねてヤケ酒を飲んでいるらしい丸坊主の客が男泣きをしているのを見て、凛は微笑ましく感じながらも思わず吹き出してしまう。

「楽しいですねぇ……ってあれ？　オスカーさん？」

先ほどから静かな向かい側に視線を向けて凛は驚く。

オスカーが俯き胸を押さえて「う……」と唸っているではないか。

「オスカーさん!?　どうしたんですか!?」

「す、すまない……胸が締めつけられて……」

はぁ、と深い溜息をつきながらオスカーは居住《いず》まいを正し咳払いをする。

「大丈夫だ」と言って凜の皿にどんどん料理を取り分け始めたオスカーに首を傾げながらも、凜は勧められるままに料理に舌鼓を打つ。

名物だと言っていた鍋料理も具だくさんで頬が落ちそうなくらいに美味しかった。

食事の間中、あれやこれやと質問する凜にオスカーは丁寧に答え、凜が食べる姿を嬉しそうに見ながら自分も食事を楽しんだ。


お腹《なか》もたっぷり満たし、元気な女将《おかみ》さんに見送られて店を出た凜は満足げにお腹を擦《さす》って笑みを零した。

「はぁ美味しかった。ありがとうございます。ご馳走《ちそう》にまでなっちゃって……」

「いや、貴女が喜んでくれたならそれでいい。私も久々に食べに来られてよかった」

そろそろ戻りましょうか、と言いかける凜にオスカーがおずおずと口を開く。

「ここから少し歩いた先に大きな花時計のある広場がある。その、よかったら腹ごなしに少し見ていかないか？」

「花時計ですか？　見たいです！」

そう言って大きく頷いて見せる凜に、オスカーも嬉しそうに顔を綻ばせて頷き返す。

こっちだ、とさりげなく腰を引かれ、驚いて見上げた凜は「ん？」と優しく首を傾げるオスカーになんでもない、と首を振る。

（天然って怖い）

オスカーの行動には裏が見えない。だからこそこんなに心が揺さぶられるのだろう。

ドキドキと高鳴る胸の音がオスカーに聞こえやしないか、と心配になりながら並び歩く。

街の中心部にあたる大きな広場の真ん中にある、色とりどりの花々でできた大きな花時計に凛は思わず歓声を上げた。

「うわ、すごい!! 綺麗ですねぇ!」

「この花時計を見に遠方からわざわざくる人々もいる。季節によって花も変わる」

花時計の周りには綺麗に整えられた芝生があり、ベンチに腰掛けて談笑する若い男女や、走り回る子どもたちを愛おしげに見守る母親達などの人々が皆思い思いにこの場を楽しんでいる。

「また季節が変わったら見に来よう。二人で」

そうオスカーに言われて、凛は一瞬答えに迷いながらも「はい、ぜひ」と答える。

そこから互いに口を開かぬまま花時計を見つめていると、「……オスカーか?」と背後から声をかけてきた人物がいた。

——まさか。

オスカーの心臓が嫌な音を立てた。

記録Ⅶ　忌まわしい過去を乗り越えて

オスカー・ガーランドはアルフェリア王国に古くから仕《つか》える由緒《ゆいしょ》正しきガーランド侯爵家の次男としてこの世に生を受けた。

魔法を重んじるアルフェリアにおいてガーランド侯爵家は、数多くの魔剣士、魔法の使い手を輩《はい》出《しゅつ》し王家からの信頼も厚く重用《ちょうよう》されてきた。

当時のガーランド侯爵、オスカーの父もまた優れた魔法の使い手であり、献身《けんしん》的に王家に仕えた。そして次期侯爵である十歳離れたオスカーの兄に対しても侯爵家として、貴族としてふさわしくあれと厳しく教育した。兄も懸命にその期待に応《こた》えようと努力し、その剣技は父も認めるほどの実力だった。

オスカーよりも五つ上の姉は美形な両親の血を引き継ぎ、弟から見ても天使のように愛らしく可《か》憐《れん》だった。少しばかり我侭《わがまま》な部分はあったが、その薔薇《ばら》の花弁を落としたようなふっくらとした唇を小さく尖《とが》らせる姿を見れば誰もが許してしまう。魔力はあまり高くはなかったが、それを補《おぎな》ってなおあまりある美貌《びぼう》に母や兄はもちろん、厳しい父ですらその相好《そうごう》を崩し、甘やかした。

そんな両親と兄弟達の元、オスカーは姉以上の美貌を持って生まれた。

姉の黄金色の髪よりも濃い蜂蜜色《はちみついろ》の髪、兄の新緑の森のような瞳よりも澄んだ翠玉色《すいぎょくしょく》の瞳。陶器《とうき》のように白く滑《なめ》らかな肌、すっと通った鼻梁《びりょう》に薔薇色《ばらいろ》に染まる形の良い唇が完璧《かんぺき》に配置された奇跡のような容姿を持ったオスカーを、家族は揃《そろ》って溺愛《できあい》した。

あれやこれやと世話を焼き、女児と見まがうばかりに愛らしいオスカーに姉と揃いのドレスやリボンを着けてあちこちに連れて出掛けてくれた母や、四六時中隣に座って絵本を読み聞かせたりおままごとをして遊んでくれた姉の、砂糖菓子のように甘い愛情。

忙しい父に代わり剣技の修行をつけ、オスカーのつたない剣さばきにも優しく頭を撫《な》でて褒《ほ》めてくれる兄や、合間をぬって帰宅し、不在中にあった出来事を舌足らずな口調で話すオスカーに微塵《みじん》の疲れも見せず穏やかに微笑《ほほえ》み聞いてくれた父の愛情。

オスカーはそれらを受け入れ、オスカーもまた家族を愛した。……その愛が、静かにゆっくりと歪《ゆが》み壊れていく未来など、想像だにしていなかった。

些細《ささい》な違和感からそれは始まった。

オスカーの美貌は歳《とし》を重ねるに連れてますます輝き、己も気付かぬうちにおよそ十歳とは言えぬ匂《にお》い立つような色気を纏《まと》うようになっていた。

そんなオスカーを溺愛《できあい》する姉は、歳頃になっても相も変わらずオスカーの側を離れなかった。両親や兄の目が届かぬところで歩く時は、腕を絡め胸が当たるのではないか、と思うほどに身を寄せて歩く。

声を潜め、オスカーが聞き取ろうと顔を寄せると、うっそりとその口端を上げて囁《ささや》くようにして話す。

「姉様と一緒にご本を読みましょう？」

ある頃から、夜になると決まってオスカーの部屋へ姉はやってくるようになった。姉の歳に似つかわしくない大人びた寝間着《ナイトウエア》で寄り添うようにして横に座り、まるで恋人にするように指を絡める。

オスカーが眠気に襲われ目を擦《こす》るまで、片時も視線を逸らさずにその横顔を見つめ続ける。

そんな姉の行動にうっすらと危機感を感じた母と兄が、それとなく苦言を呈《てい》すると姉はその大きな瞳からはらはらと涙を零《こぼ》してこう言うのだ。

「愛する弟と過ごすことの何がいけないの？　すぐに私はお嫁にいかなければならないのに、残り少ない日々を家族と過ごすことになんの罪があるというの？」

さめざめと泣く姉に困り果て、家長である父に母が相談してみても、元より娘に甘い父は「あの娘《こ》は情が深いからそう見えてしまうのだろう。今だけのことなのだから大目に見てあげなさい」と取り合わなかった。

父を味方につけた姉はますます増長し、その言動は加速の一途を辿っていった。

そんな姉の言動に、さすがのオスカーも子どもながらに「これは普通ではない」と薄々気付き始め、兄へ剣術指南を増やしてもらうよう自ら申し出たり、夜は体調が優れないと早目に就寝するようにして姉との接触機会を極力減らした。

だが、オスカーが正しい距離を取ろうとすればするほど、姉はオスカーに固執《こしつ》していった。

ある日、連日のオスカーの行動を拒絶と捉えた姉はそれまで鬱積《うっせき》していた情欲を爆発させ——ついに強行に打って出たのだ。

草木も眠る深夜のこと。とろとろとした微睡《まどろ》みの中、生暖かい何かが体を這うような違和感に、オスカーが薄《うつす》ら目を開いた次の瞬間、驚きに目を見開いた。

眼前には大きく胸元の開いた寝間着《ナイトウエア》を乳房《ちぶさ》が見えそうなほどにずり下げ、オスカーの寝間着のボタンを外し、胸元に舌を這わせる姉が自分の上に覆いかぶさっていたからだ。

オスカーが覚醒《かくせい》したことに気付いた姉はゆっくりと顔を上げ、情欲にどろりと濁《にご》った瞳でオスカーを見つめニィィとその口端を吊《つ》り上げて笑う。

「ね……ぇさま、何を、してるの？」

「愛し合う男女がする儀式よ。愛しているわ、オスカー……ねぇ貴方《あなた》も私を愛しているでしょう？」

「いや、嫌だ……！　ねぇさま、やめて！」

必死に首を横に振り、懇願《こんがん》するオスカーに嗜虐《しぎゃく》的な微笑を浮かべたまま、顔を背けるオスカーの首筋にねっとりと舌を這わせ耳を舐《ねぶ》る。

首筋を這う生暖かさに、ぴちゃりくちゅりと脳内に響く音に、嫌悪感からオスカーの全身にゾゾゾッと肌が粟立った。

それをオスカーも自分を求めて興奮している、と思い込んだ姉はゾッとするような微笑《びしょう》を深めると、硬直するオスカーの手を取り、自らの乳房に押し当てその手ごと胸を揉みしだき熱い吐息を漏らした。

哀《かな》しみと恐怖から身動きが取れないオスカーの体を撫で回す手がするすると下に降り、ズボン越しにやわやわと未成熟な部分を揉まれて思わず腰を引く。

「嫌だ！　姉様っ！」

「怖がらないでオスカー。大丈夫よ、姉様に任せて……」

粘《ねば》つくような鼻にかかった猫なで声でオスカーをあやしながら、己の寝間着《ナイトウエア》の裾に手を差し入れて下着を脱ぎ捨てると、オスカーの細い太腿に欲望で濡れそぼつ秘部を擦りつけ嬌声《きょうせい》をあげた。

「あぁ……オスカー、姉様の恥ずかしい部分が濡れているのがわかる……？　はぁ……あぁ……気持ちいい……わ」

腰を揺らし頬《ほお》を上気させ体を熱くする姉とは対照的に、オスカーは自分の体から熱が奪われていくのを感じた。


どうしてこんなことをするの？　優しい姉様はどこに行ってしまったの？　僕に酷《ひど》いことをしているこの人は誰なの？


叫びたくても口の中が渇いて声が出ない。恐怖に涙を滲《にじ》ませて必死に首を横に振る。

そんなオスカーを姉は美しかった顔を醜い情欲に歪《ゆが》めて見下ろすと、下穿きごとズボンをずり下げ縮こまった陰茎《いんけい》を掴《つか》むとがむしゃらに擦《こす》り立てた。

「ヒッ……、痛、やめて！　ねぇさま、やめてよ！」

「どうして？　なんでなのっ？　私を愛しているんでしょうっ？」

まだ精通《せいつう》すら迎えていない未発達な陰茎をむちゃくちゃに擦り上げられ、オスカーは悪夢を見ているような絶望感と恐怖感に襲われる。

いくら擦り上げてもピクリとも反応しないオスカーに姉は苛立たしげに舌打ちをすると、オスカーの体を跨《また》ぎ陰茎を掴《つか》んだ。

性知識のないオスカーに、本能が『それを許してはいけない』と告げる。

「嫌だっっ!!」

思わず反射的に姉を突き飛ばし膝《ひざ》を抱え身を縮めた。

オスカーのはっきりとした拒絶に一瞬思考が追いつかず瞠目《どうもく》する姉は、ハッと我に返ると狂ったように泣き叫び、オスカーに掴みかかって罵詈雑言《ばりぞうごん》を浴びせかけた。

尋常ではない叫び声に飛んできた両親と兄は、あられもない格好で髪を振り乱し悪鬼のような顔でオスカーに馬乗りになる姉の姿と、その下でほとんど何もつけていない状態で涙を浮かべ身を縮こませるオスカーの、目を背けたくなるような惨状に言葉を失った。

「どういうことなのだ、これは！」

怒りと哀しみに声を震わせた父の一喝《いっかつ》にビクリと体を硬直させ、姉はゆっくりと振り返り唇をわななかせてこう言った。

「……オスカーが悪いのよ。私を愛してるって言っていたのに、私を拒絶したのよ。お父様、私は悪くないわ。愛した男性と睦《むつ》み合うのは当然のことでしょう？　ねぇ、お母様？　お兄様、そうでしょう？　私は悪くないわよね？」

焦点《しょうてん》の合っていない目でうわ言のように呟《つぶや》く姉の様子に、母は唇を震わせ大粒の涙を零しながら哀れな娘に外衣《ガウン》を羽織《はお》らせ、その体を抱き締め肩を抱くようにして部屋から連れ出す。

そんな二人の様子を固く唇を引き結び表情を強《こわ》ばらせたまま無言で見送り、ゆっくりとオスカーを見下ろす父の、初めて見せる表情にオスカーは口を開いたが言葉はついに出てこなかった。

何かに耐えるように拳《こぶし》を握り締めた父が無言のまま背を向け立ち去るのを、オスカーは絶望感と罪悪感に苛《さいな》まれたまま涙で歪む視界の中黙って見送った。

顔を伏せ膝を抱えるオスカーを、兄は痛ましいものを見るように憐憫《れんびん》の眼差《まなざ》しで見つめ、気付かれぬように小さく息を吐き出す。

兄はそっとつむじに口付けを落とし、しゃくり上げるオスカーの寝間着を直して抱きかかえ、自室へ連れ戻り優しい声であやし続けてくれたが、その日オスカーは夜が明けるまで眠りにつくことはできなかった。


オスカーはそれからしばらくの間、兄以外の人間が自分に触れるのを極端に恐れるようになり、使用人はもちろんのこと、母の手ですら受け入れることができなかった。

自室で塞《ふさ》ぎ込む日々を過ごす中、父から姉が療養のために遠方へ行ったことを、オスカーは哀しみと怒りと罪悪感が複雑に入り交じった思いで聞いた。

「赦《ゆる》してやってくれ……とは言えない。あの娘がおまえにしたことは決して赦すことができないだろう。だが……」

わかってやってほしい、と。父はそう言いたかったのかもしれない。だが口にはしなかった。

十歳のオスカーにとって、このことがどれほどの心的外傷《トラウマ》を負《お》わせたのか。ろくに食事を取ることもできずに痩《や》せ細り、睡眠もまともに取れていないのだろう。輝きを失った瞳の下に濃い隅《くま》の出た息子を見た父は言葉を飲み込んだ。

――だがそれでもなおその美貌は衰えるどころか、触れなば落ちんばかりの儚《はかな》げなオスカーは空恐ろしいほどに美しかった。

その後徐々に落ち着きを取り戻したオスカーだったが、自身から底知れぬ魔力が湧《わ》き出すのを感じ恐れおののいた。

あの事件がきっかけになったのかわからないが、潜在的に深く押しとどめられていた魔力が限界を超え噴き出す熔岩《マグマ》のようにとめどなく湧き上がるようになった。

それとほぼ同時期から夜になると決まって体が火照《ほて》りなかなか寝付けぬようになり、朝は下半身にまとわりつく下穿きの不快さで目覚める日が続いた。

オスカーはそれが何を意味しているのか理解していたが、同時にそんな自分を酷く嫌悪した。

優しかった姉があんなふうになってしまったのも、あの日以来笑い声も聞こえなくなってしまったこの状況も、何もかもすべてがこの汚らわしい肉欲のせいなのだ。

オスカーは誰にも相談せず、書物庫にある膨大な量の医学書や魔導書を片っ端から読み漁《あさ》り、魔力の調整方法や己の中に潜む悪魔の抑制方法を探した。

だがそれらに書かれていた内容にオスカーは打ちのめされ愕然《がくぜん》とした。どの書物も一様に『魔力の保有量と肉欲は密接に関連しており、心身共に健《すこ》やかな状態を常に保つことで調整が可能』と書かれていたのだ。

「そんな……」

無意識のうちに漏れる絶望が染みとなって暗がりに消える。どすん、と重い音を立てて手から滑り落ちた分厚い魔導書をよろよろと拾い上げて書架《しょか》に直し、覚束《おぼつか》ない足取りで書物庫を後にした。

あくる日からオスカーは、まるで自分を痛めつけるかのごとく剣術鍛錬と魔法訓練に励むようになった。休むことなく剣を振り続け、魔力を発散させて限界まで己の体と頭を酷使して泥のように眠る日々を続ける。そんな姿を家族は何も言わずただ黙って見守っていた。


そんな日が四年も続いたある日のこと。

珍しく明るい声が上がった屋敷内をオスカーが覗くと、ぱちりと目が合った父が長らく見ていなかった穏やかな微笑を浮かべてオスカーを手招きした。

「オスカー、兄の門出《かどで》を祝ってあげなさい」

狐《きつね》につままれたようにキョトンとした表情を浮かべるオスカーに兄は少し照れくさそうにしながら「ずっと想い続けていた女性と結婚が決まったんだ」と嬉しそうに言った。頭を掻《か》く兄を、父と母も目を細めて見つめ笑っている。

少し前に家督《かとく》を継ぎ、正式にガーランド侯爵となった兄のめでたい話にオスカーも実に数年ぶりに心の底から笑顔を浮かべる。

「兄上、おめでとうございます」

「ありがとう、オスカー。おまえに祝福してもらえることが何よりも嬉しいよ」

そう言って子どものときのように頭をくしゃりと撫でて微笑み返してくれる兄の幸せを、オスカーは心の底から願った。

――それからすぐに未来の義姉《あね》となる女性が結婚式に先立ってガーランド家へやってきた。少しでも早く侯爵家夫人としての役割に慣れるため、と両家の話し合いの下だった。

「お初にお目にかかります。至らぬ点もあるかと存じますが、なにとぞよろしく御願い申し上げます」

「ガーランド侯爵家次男のオスカーと申します」

そう言って挨拶を交わした義姉となる人はオスカーを見て少し驚いた表情を見せたものの、にっこりと微笑むその人はオスカーにも好ましく思えた。

兄よりも二つ下の未来の義姉は華美《かび》な美しさというよりも大人しい顔立ちだったが、小柄で慎《つつ》ましく可憐《かれん》な姿をしていた。兄の熱っぽい視線を受けて顔を赤らめる様子は庇護《ひご》欲を掻き立てるようで、兄はそんな未来の妻に骨抜きのようだった。

忌《い》まわしい過去の出来事が再び起こるのではないかと密かに危惧していたオスカーはそんな自分を心の中で叱責《しっせき》し、己の自惚《うぬぼ》れを恥じた。

義姉となる人は献身的に務《つと》め、侯爵夫人としての心得を母から必死で学び取ろうと熱心に尽くした。そんな彼女を父も母もいたく気に入って本当の娘のように可愛がり、彼女もまたオスカーの両親を実の父と母と同じように慕っていた。

こんな日がいつまでも続けばいい。――オスカーの願いは、ただそれだけだったのに。

結婚式が間近に迫ったある日のこと。

いつものように鍛錬を終えたオスカーは、その日に限ってたまたま手拭いを忘れていたことに気付き、貴族らしからぬ行動とは思いつつも、滴る汗の不快感に耐え切れずシャツを脱いで上半身を晒《さら》し裏庭の井戸で水浴びをしていた。

そこにたまたま通りかかった義姉が、驚きに花籠《はなかご》を落としたのに振り向き、慌ててシャツを羽織り直す。

「見苦しい姿をお見せして申し訳ありません」

そう頭を下げたが、オスカーの声が聞こえていない様子の義姉は、顔を赤らめぼうっとして口元を手で覆いながらオスカーから目を離さずに立ち尽くしていた。

オスカーの頭に警鐘《けいしょう》が鳴る。

なんて失態《しったい》だ。また同じ過《あやま》ちを繰り返すことになりかねない。己の軽率さに内心で舌打ちし、すぐに立ち去ろうと足を動かした瞬間、弾《はじ》かれたように義姉が「……っ待って！」と胸に縋《すが》り付いてきた。

はだけた素肌《すはだ》に頬《ほお》を擦り寄せる義姉に激しい嫌悪を感じ、その肩を掴んで引き剥《は》がす。

「おやめください！　こんなところを兄が見たらいらぬ誤解を受けます！」

「誤解などでは……オスカー様、一目貴方を見たときからずっとこうしたかった……」

うっとりとオスカーを見上げるその顔があの日の姉と重複《ダブ》って見えた。

思わずこみ上げる猛烈な吐気に口元を覆い、身を屈《かが》めるオスカーの手に義姉が触れる。

「……っ！　触るなっ！」

その手を払い除《の》けた瞬間、「ここで何をしている!?」と明らかに怒気《どき》を孕《はら》んだ声を上げる兄が、オスカーを睨《にら》みつけてそこに立っていた。

さっと顔を青ざめさせた義姉はオスカーから身を離して兄の元に駆け寄り、その胸に縋《すが》り付き信じられないようなことを口にした。

「お、オスカー様が突然シャツをはだけて私の手を掴んだのです！」

その言葉に目を吊り上げた兄がオスカーに問う。

「オスカー、それは本当か。おまえがそんなことを……」

違う、と即座に否定しようとしたオスカーが口を開く前に、義姉が涙を零《こぼ》して更に言い募る。

「私、怖くて恐ろしくて……声を上げることもできなくて……オスカー様は悪くないのです！　私が軽率だったばかりに……」

そう肩を震わせる義姉の華奢《きゃしゃ》な体を抱き締め、兄は悪魔を見るように憎しみを込めた目でオスカーを睨みつけ吐き捨てた。

「……おまえを弟と呼ぶことはもう二度とない。ガーランド侯爵として命ずる。出て行け！　二度とこの家の敷居《しきい》を跨ぐな！」

――絶望へと突き落とす兄の言葉が、まるで他人事《ひとごと》のように思えた。慰めるように義姉の頬に口付けし、立ち去る兄の背を呆然と見送るオスカーに、ちらりと振り返った義姉が口の動きだけで言った。

『貴方《あなた》が私を拒絶するからこんな目に遭うのよ。いい気味だわ』

人をくびり殺してやりたいと初めて思った。

その場にくず折れ、獣のような咆哮《ほうこう》を上げるオスカーは持ちうる言葉すべてで、愛する兄を奪った己の容姿と女という生き物を呪《のろ》い、誓った。

金輪際、女などに心を許すものか。髪の毛一本でも触れさせやしない。表面ばかりを見て、浅ましい欲をぶつけることしか頭にない忌《い》むべき存在。

——その日のうちにオスカーはわずかな荷物だけを持ってガーランド家を後にし、以来オスカーが家の門をくぐることはなかった。

◇◇◇

オスカーはじっとりと汗ばんだ手を握りしめてゆっくりと振り向く。

そこには記憶の中よりも幾分《いくぶん》か老《ふ》けた、懐かしむような、それでいてどこか痛むような曖昧《あいまい》な笑みを浮かべた兄がオスカーを見ていた。

「あぁ……やはりオスカーなのだな。その髪色と立ち姿に見覚えがあるからもしや、と思ったが……噂《うわさ》には聞いていたが、ずいぶんと立派になったな」

目を細める兄にオスカーは震える声で「どうしてここに……？」と訊《たず》ねる。

「こちらに古い知人がいてね。……そちらのお嬢さんは？」

凜《りん》を見た兄がオスカーに問う。

「リン・タチバナ嬢です。……職場の同僚です」

今はまだ、と心の中で付け足しながら兄に凜を紹介する。凜が綺麗に頭を下げて名乗ると、兄はゆっくりとした足取りで凜に近付き挨拶を返す。

「オリバー・ガーランドと申します。リン・タチバナ嬢、お目にかかれて光栄です」

そう言って凜の手を取り、身を屈めてその手に口付けを落とそうとしたのを見てオスカーが慌てて間に入ると、オリバーは少し驚いたように深緑色の瞳を見開いた。

ただの挨拶だとわかってはいるが、他の男が凜に触れることはどうしても許せない。オスカーがバツが悪そうに眉を顰めると、オリバーは苦笑して体勢を元に戻した。

「オスカー。よかったら少し話さないか？　おまえとタチバナ嬢さえ良ければだが……」

ちら、とオリバーが凜を見る。「私のことなら気にしなくても大丈夫です」と首を振る凜を見下ろしてオスカーは迷う。

「……少しだけなら」

オスカーがそう答えるとオリバーはどこか安堵したように小さく溜息をつき、後方に控《ひか》えていた従者《じゅうしゃ》に何事か言付ける。

「少し先にガーランド家の私有地がある。そこで話そう」

オリバーがそう言って先に歩き出し、オスカーは凜の腰を軽く引いて一緒に、と促す。

「え……私もですか？　お兄さん、兄弟水入らずで話したいんじゃないんですかね？」

「大丈夫だ。……できれば側に、目の届く範囲にいてほしい」

グッと腰に回ったオスカーの手に力がこもる。

己の過去と立ち向かう勇気が欲しい。

でも、と戸惑《とまど》う凜に振り返ったオリバーが「タチバナ嬢もぜひ。自慢の薔薇園があるのだよ」と優しく微笑み、凜は戸惑いながらも素直にオスカーにエスコートされながらついていく。

唇を固く引き結び、緊張した面持《おもも》ちのオスカーを見上げた凜が心配そうにそっと手に触れる。

「大丈夫ですか？」

睫毛《まつげ》を瞬《またた》かせる凜を見下ろしてオスカーは小さく微笑み、頷き返す。

「兄に会うのは久しぶりだから少し緊張しているだけだ。兄とは……少し拗《こじ》れたまま別れたきりだから……」

「喧嘩《けんか》、ですか？」

「いや、喧嘩ではないな。私が……悪かったのだろう」

苦笑しながらオスカーが答えると、凜はゆっくりと言葉を選ぶように慎重に口を開いた。

「……言いたいことがあるなら、ちゃんと言ったほうがいいと思いますよ」

その言葉に驚き、オスカーは目を見開いて凜を見る。

なぜ、彼女にはわかったのだろう？

「貴女は……貴女ならどうする？　自分ではどうしようもないことで大切な人を傷付けてしまったとしたら、そのことで自分も傷付いたとしたら……」

オスカーの問いかけに、凜は「自分ではどうしようもないこと、ですか？」と言って考え込む。

「徹底的に話しますかね。それでももし相手が自分を許せないっていうなら、それはそれで仕方ないですし。自分が納得できないなら無理して許す必要もないかと思います。……どちらにせよ、最終的には受け入れると思いますし、許す許さないを決めるのは結局自分自身ですしね」

「……受け入れられるものなのだろうか？」

「辛《つら》いし、悲しいし、たぶん腹も立ちますけど。許す許さないを決めるのは結局自分自身ですしね」

凜はそう言って、まるで自分に言い聞かせるように言葉を続ける。

「自分の言動が原因で傷付けてしまったとしたら、まずは誠心誠意謝ります。その上で相手がどうするかはわからないですけど……最終的には受け入れなきゃ駄目ですよね、きっと」

本当は私も怖いんですけどね、と苦笑して凜がオスカーを見上げる。

「もやもやして考えるより、真正面からぶつかって行ったほうがふっきれますよ色々。人生なるようにしかならないんですから」

にっこりと微笑んでそう言った凜に、オスカーは長い睫《まつ》毛《げ》を瞬《まばた》かせてから、ゆるゆるとその口元を緩めて吹き出した。

初めて見せるオスカーの屈託《くったく》のない笑顔に凜の驚いている表情もまたおかしくて、堪えきれない、といった様子でオスカーは声を上げて笑った。

「そうか、そうだな。なるようにしかならない、か」

目の端に滲《にじ》んだ涙を拭き取り、オスカーは憑《つ》き物が落ちたような顔で前を向いた。

「ずっと自分のせいだと思い続けていたが……そうか、私は納得できていなかったんだな」

ありがとう、と礼を言うオスカーに凜は首を傾げる。何もしてませんけど、と首を振る凜の手を取りオスカーは口付けを落とす。

突然のオスカーの行動に目を白黒させる凜にオスカーは微笑み、「言いたいことを言ってみる」と言い残し、先を歩くオリバーの元へ駆け寄って行った。


「おまえが声を上げて笑うのを聞くのは、子どもの頃以来だな」

オリバーは複雑そうな曖昧な笑みを浮かべて隣を歩く弟を見る。

こうして見ると本当に立派になった。背も体躯《たいく》も自分よりも大きく、そしてその美貌は以前よりも冴え渡り大人になった分、より色気が増している。

(あの一件以来塞ぎ込むことが増え、いつも何か憂いているような目をしていたが……)

「自分には笑う資格などないと思っていましたから」

オスカーの言葉にツキリ、と胸が痛む。が、その言葉は嫌みではなく本心なのだろうと、わずかに眉尻を下げて言う弟の顔を見てオリバーは思う。

ガーランド家所有の薔薇園の隅、小さな東屋《あずまや》に辿《たど》り着くと、オリバーはオスカーに腰掛けるよう促《うなが》した。

素直に従った弟の隣に腰掛けて、気持ちを整えるようにひとつ溜息をついてオリバーは口を開いた。

「……すまなかった。ずっと……あの日のことを悔《く》やんでいた」

ビクリとオスカーの肩が揺れる。――あの日のことが何を指すのかは言うまでもない。

「正直に言おう、あのときは本気でおまえを憎んだよ。男の私が見ても、おまえの美貌は息を呑むほどだからな。それに剣技も魔力も頭も、何一つおまえに勝てる要素がなくなっていたから……僻《ひが》んでいたんだ」

オスカーは両手を組んで静かに兄の懺悔《ざんげ》の言葉に耳を傾けていた。オリバーは、自分に懺悔の時間を与えてくれている弟に心から感謝しながら、ゆっくりと言葉を続ける。

「美貌も才覚も何もかもを持っているのに、彼女まで……と頭に血が上った。こんな私を唯一愛してくれた女性までおまえは奪っていくのかと、ね。完全な逆恨《さかうら》みだよ。私は狭量《きょうりょう》な男だ」

目頭を押さえてオリバーは俯き、唇を噛む。

「……おまえがどんな辛い思いをしたか、知らなかったわけではないのに。おまえが自分を責め、誰にも何も言わずに悲しみに耐えていたのを知っていたはずなのに……。冷静になればすぐにわかることだ。おまえが私を裏切るような真似をするはずがないことくらい。あのときの私は自分のちっぽけな自尊心《じそんしん》だけでおまえを傷付けてしまった……」

取り返しがつかないことをしてしまった、とオリバーは呟《つぶや》く。オスカーはそんなオリバーの言葉を一言も聞き漏らすまいと閉じていた目をゆっくりと開いて、オリバーをまっすぐ見る。

「私は……この容姿でよかったと思ったことは一度もありません。この容姿のせいで姉上も、兄上も傷付けることになったと……だから自分が悪いのだと、ずっとそう思っていました」

ですが、とオスカーは言葉を切る。

「本当は叫びたかった。この容姿に生まれたことは私の意思ではないのに、と。自分が望んだものではないもののせいで、なぜこんな目に遭《あ》わなければいけないんだ、と喚《わめ》き散らしたかった。……それを言ったら兄上を、家族を傷付けることになるのがわかっていたからずっと心の内に留めてきました」

震える声を抑えて、オスカーは拳《こぶし》を握り締める。

初めて吐露《とろ》する自分の本当の気持ちに感情が高ぶり、視界がぼやける。

「自分を許せないのと同じくらい私は、姉上も義姉上も……女性という存在を許すことができなかった。そんな義姉上を庇《かば》い、私を切り捨てた兄上に絶望もした……！」

こみ上げる涙を堪《こら》えるようにオスカーは天を仰ぎ、深く息を吸い込みゆっくりと吐き出す。

何度かそれを繰り返し、オスカーは兄を見て小さく微笑む。

「義姉上を許す気には今でもなれません。……ですが、もう良いかと思えるようになりました。私にも……愛する女性ができたから」

オスカーが愛おしげに目を細めた先にオリバーも視線を向ける。薔薇園の中で気遣わしげにオスカーに顔を向ける凜が、オスカーの視線に気付きおずおずと手を小さく振るのを見てオスカーは立ち上がる。

「オスカー」

オリバーが歩き出した弟の背に呼びかける。オスカーが振り向くと、オリバーは訊ねた。

「おまえは今、幸せか？」

オスカーは心からの笑顔を浮かべて、答える。

「私の人生に彼女が……リンがいてくれるだけで私は幸せです。ですから……どうか兄上もお幸せに」

そう言ってオスカーは足早に凜の元へと駆け寄り、心配そうに眉尻を下げている凜の頬《ほお》に口付けをした。

「ちょ……！　お兄さんの前でなんてことするんですか！」

「すまない。さぁ帰ろう、アルドーリオに」

ふ、と微笑み顔を真っ赤にして怒る凛を宥《なだ》め、オスカーは歩き出す。

「お兄さんとは、もういいんですか？」

「あぁ、言いたいことをやっと言えた。もう大丈夫だ」

晴れやかなオスカーの表情に凛の顔も綻《ほころ》ぶ。後ろを振り向き、ぺこりと頭を下げた凛が「次は私の番ですね」と小さく呟いた声はオスカーには届かなかった。

記録Ⅷ　「愛している」

「二人ともよくやってくれた！　無事で何よりだ」

国境警備団団長室でバルトフェルドが安堵《あんど》の表情を浮かべ、凜《りん》とオスカーを出迎える。

「遅くなり申し訳ございません」とオスカーが頭を下げ、凜も同じように頭を下げる。

「いや、連絡を受けていたから問題ない。で、成果は？」

凜は背負っていた荷物から碑文《ひぶん》に書かれた文章を翻訳した巻物をバルトフェルドに手渡し、バルトフェルドはすばやく視線を走らせる。

「……なるほど。こいつはすごいな……リン、本当によくやってくれた。すぐに王都の魔法局と歴史学者達に回そう」

力強く握手され、リンはほっと安堵の溜息をつく。

「戻ってさっそくで悪いが、オスカー。今回の報告書を頼む。リンは今日はゆっくり休んでくれ。詳しい話は明日聞かせてもらう」

オスカーは短く返答し、凜に「それではまたな」と小さく微笑《ほほえ》んで団長室を後にする。オスカーの変化にこっそりとしたり顔を浮かべるバルトフェルドに、凜が「バルトフェルドさん」と声をかけた。

「どうした？　何かあったのか」

何やら決意を込めた表情を浮かべる凛にバルトフェルドも顔を引き締める。

「あの例の処置の件なんですが……もうできなくなるかもしれません」

凛の言葉に、バルトフェルドはピクリと眉を動かした。

「なぜ、その答えに辿《たど》り着いたんだ？」

ゆっくりと穏やかに訊《たず》ねると、凛はじわじわと頬《ほお》を赤く染めて言いづらそうに口ごもる。これは、ひょっとしなくてもそういうことなのか？　とバルトフェルドはつい口元がニヤけそうになるのを必死で抑える。

「仕事に私情を挟むなんて社会人失格だとわかっているんです。だけど……これだけは、オスカーさんには隠し事をしたままは嫌なんです。だから、私、オスカーさんに正直に言おうと思っています」

我儘《わがまま》を言って申し訳ありません、と凛は深々と頭を下げる。それを受けたバルトフェルドは静かに椅子から立ち上がり、頭を下げたままの凛の肩にそっと手を置く。

「謝るのはこちらのほうだ。君が良心の呵責《かしゃく》を感じる必要など何ひとつない。……すまなかった」

凛はズズッと鼻をすすり、涙を拳《こぶし》で拭いて顔を上げる。凛の顔を見たバルトフェルドが思わず苦笑する。

「せっかくの美人が台無しだな。……で、いつ言うつもりなんだ？」

「できるだけ早く……とは思ってるんですけど……機会がつくれるかどうか」

ずびばせん、ちょっと失礼じます……と衣嚢《ポケット》から手巾《ハンカチ》を取り出して、凛は盛大に鼻をかむ。

ふむ、と顎《あご》に指をかけながらバルトフェルドは思案し、「それなら明日話をすればいいんじゃないか？」と提案した。

「どうせバラすなら早いほうがいいだろう。いつものように私がオスカーを例の場所に呼び出すから、そこで話せばいいんじゃないか？」

「あ、明日ですか!?」

いくらなんでもそれは早すぎないだろうか？　心の準備もあるのに、と凜がうろたえているとバルトフェルドがガシッと凜の肩を摑《つか》んで力強く言う。

「リン、こういうのは勢いが大事だぞ。思い立ったらなんとやら、だな。なぁに悪いことにはならんさ………たぶん」

「たぶん!?」

「あ、いや。リンが思うようなことにはならんだろうが、まぁ別の問題は起こるんじゃないかとは思う……おそらく」

「別の問題ってなんですか!?」

語尾に曖昧《あいまい》な表現をつけるバルトフェルドに凜は焦《あせ》る。

(何!?　バルトフェルドさんには私のどんな未来が見えてるの!?)

恐ろしいバルトフェルドの予見の言葉に凜の顔からは血の気が引いていく。しかし当のバルトフェルドは口端が笑みの形を取るのを堪《こら》え、微笑《ほほえ》ましいものを見るような、それでいてどこか憐憫《れんびん》の眼差《まなざ》しを凜に向けている。

まぁそのときはそのときだ、とバルトフェルドはごまかすように笑って凜の肩を叩《たた》く。

「よし、では明日に備えて今日は早く休め。あ、行く前に回復薬《ポーション》は持っていったほうがいいぞ。多めにな！」

「ちょっと、殴《なぐ》られるんですか私!?」と騒ぐ凛を押し出してバルトフェルドは額《ひたい》の汗を拭う。これから色々と忙しくなりそうだ。

「……ランド氏に明後日はリンを休みにするよう進言しに行っておいたほうがいいな……」

ボソリと呟《つぶや》いたバルトフェルドはさっそくその旨を伝えようと準備をし始めていた。

凛が立ち去ってからしばらく後、オスカーが報告書を片手に団長室を訪れる。

「団長、こちらが今回の報告書です」

「あいかわらず仕事が早いな」

バルトフェルドは感心しつつそれを受け取るとおもむろに口を開く。

「オスカー、明日いつもの時間にいつもの場所に向かえよ」

「明日、ですか……」

「何か不都合でもあるのか？」

思案げに顎に手をかけるオスカーを、探るようにバルトフェルドが問う。

「いえ。少し急ぐ必要があるな、と」

（急ぐ？）

首を傾げるバルトフェルドにオスカーは蠱惑的《こわくてき》な笑みを浮かべ、ひらりと上質な紙を一枚バルトフェルドに差し出してある願いを口にした。差し出された紙に書かれた文章をすばやく読み取ると、バルトフェルドはこめかみを押さえて低く唸《うな》り声を上げる。

「……おまえ……本気か？　相手の気持ちもまだはっきりとしていないだろうに……」

さすがのバルトフェルドもオスカーの願いにやや引きを通り越してドン引きして、口元を引きつらせる。

「私が冗談を言うとでも？　悠長《ゆうちょう》にしていたらどこの馬の骨にさらわれるかわかったものではないでしょう。外堀さえ埋めてしまえば後はどうとでも」

ちなみに、と言葉を切ってオスカーは形の良い唇に笑みの形を取らせにっこりと微笑む。が、その目はまったく笑っていない。

「……もし団長がこれに署名せず、万が一の事があった場合……」

ゴクリ、とバルトフェルドが唾を飲む。歴戦の猛者《もさ》、戦場の獅子《しし》と呼ばれたバルトフェルドが目の前の美しい男を前にして、そこはかとない恐怖を感じて冷や汗をかく。

「あった場合……？」

意味深な間を空《あ》け、歪《いびつ》にその口端を上げたオスカーは何も言わず、もう一度急《せ》かすようにバルトフェルドの前に紙をずいと差し出す。

女性関係以外は不平不満を漏らさず実直に、かつ冷徹《れいてつ》に完璧に命令を遂行してきた部下の、最大級に大人げない凶悪な脅しにバルトフェルドは恐れおののいた。

(……すまん……ふがいない俺を許してくれ……！)

この場にいない誰かに向け、届かない懺悔《ざんげ》を心の内で口にしながらバルトフェルドは羽根ペンを走らせる。

それを見届けたオスカーは先ほどまでの凶悪な笑顔を引っ込めて満足げに頷き、その紙を丁寧に巻き取って「ありがとうございます」と頭を下げる。

「ああ、それともうひとつ。長年取っていませんでしたが、明後日休暇を頂けますか？　後日まとめて頂きますがそれは追い追い」

「……わかった」

失礼します、と出ていくオスカーの背を見送りバルトフェルドは額の汗を拭う。

「……一日で足りるだろうか……」とひとりごちて、せめてもの償いに最上級回復薬を差し入れようと決めたのだった。


警備団宿舎棟の一番外れにある、普段誰にも使われない予備部屋に続く廊下を、コツンコツンと踵《かかと》で床を鳴らして人影が歩く。

闇と同じ漆黒色の頭巾《フード》付きの足先まで覆う長い外套の裾を払いながら、手にした燭台《しょくだい》の灯《あか》りを頼りに足を進める。

処刑台に向かう罪人のような面持ちを頭巾の下に隠し、凜は袖の下の腕輪をさすった。

(怖い)

ただその感情だけが凜の心を支配していた。

足を止め、元来た道を戻ってしまいそうになるのを必死で堪え、震える足を叱咤《しった》しては歩き出し、また立ち止まるという動作をもう何度繰り返したかわからない。

割れ鐘のように激しい鼓動を打つ心臓がギシギシと痛み、凜はまた足を止めて胸を押さえた。

一度心を決めたはずなのに、と情けない自分に心底呆《あき》れて溜息をついた。

自分を奮《ふる》い立たせるように頰を叩き、凜はキッと顔を引き締めて前を向く。

(たとえ当たって砕けて塵芥《ちりあくた》になっても、自分で決めたんだから)

ぐっと拳を握り締め、凜は迷いを振り切るように頭を振り、歩調を速めた。

見慣れた扉の前で、凜は立ち止まり意を決して五回扉を叩く。

心の中で数字を数えて取っ手に手をかける前に扉が開き、思わず前につんのめった凜の体をたくましい肩が受け止め、目を見開いた。

反射的に顔を上げかけて、凜は普段と違う部屋の明るさに慌てて頭巾の端を掴《つか》んで顔を伏せる。

(え、なんで? 部屋、明るい? オスカーさん?)

想定外の状況に、部屋に入ってからどう話を切り出そうかと事前にあれこれ考えていたはずの進行表《スケジュール》がポンと消し飛んでしまった。

パニックを起こす凜の心臓は早鐘のように激しく音を立て、凜の耳には自分の鼓動音しか聞こえない。だがそんな凜の焦りに反して、オスカーはゆっくりと凜の手を引いて部屋へと招き入れる。

もはや状況についていけない凜はよろよろと手を引かれ、導かれるままに寝台の上にぽすんと腰を下ろした。

蜂蜜色《はちみついろ》の髪を撫《な》で付け、儀礼用の白い正装服に身を包んだオスカーが凜の目の前に跪《ひざまず》き、口を開く。

「――貴女《あなた》に聞いて欲しいことがある」

そう言って、オスカーはぽつりぽつりと言葉を紡ぎ始めた。


自分がなぜ女性を嫌悪していたのか。

過去に起こった出来事から心的外傷を負ったこと。

原因になった自分の容姿を酷《ひど》く嫌うようになったこと。

そして自分自身にこもり、他人から向けられる情欲を酷く嫌悪していたこと。


途中何度か言葉を止め、慎重に言葉を選びながら告白するオスカーに、凜は頭巾の下で悲痛に顔を歪め、無意識のうちにオスカーの手をきゅっと握り締めた。

「……王命とはいえ、初めはどうせ無駄だと半ば自棄《やけ》になっていた。無駄だとわかれば陛下も団長も諦《あきら》めてくれるだろうと、さっさと終わりにしてしまうつもりでいたんだ」

だが、とそこで口ごもり、オスカーは頬《ほお》を赤らめる。

「女性に触れられて嫌悪を抱かなかったことにも驚いたが、あんな……その、蕩《とろ》けそうな快楽がこの世にあったのかと心底驚いた」

重く辛い過去の話から一転、何を言い出したのか。

恥ずかしさから思わずツッコミを入れたくなる衝動をぐっと堪《こら》え、凜は黙ってオスカーの話に耳を傾ける。

「……否定してきたはずの欲に溺《おぼ》れる自分をなかなか認めることができなかった。そんな鬱屈《うっくつ》とした気持ちの中で、私はある女性との日々の小さなやりとりのときだけは、それを忘れることができていた」

——今思えば自分でも気付かぬうちに彼女との少ない会話を楽しみにしていたのかもしれない。そう呟くオスカーの言葉に、凜の胸がドクンと大きく跳ねる。

まさか、そんなはずが……。

「ある日彼女が体調を崩したとき、私はある女性に自分からとは言わずにある物を渡してもらうよう言付けた」

（……そんな……）

オスカーの告白に凜は激しく狼狽《ろうばい》する。——まさか、あの芳香石は……？

「少しでも慰めになれば、と思って渡した物だった。翌朝元気そうな姿を見つけたとき、心から安堵した。気付けばいつも彼女の姿を探している自分に戸惑いも感じたが、今思えばもうとっくに恋に落ちていたんだと思う」

オスカーは重ねていた手を持ち上げて、その手に小さく口付ける。

「……あの日の夜、この手からラベンダーの香りがしたときにまさかと思った。貴女のはずがないと否定すればするほど、貴女であって欲しいと強く願った」

ちゅ、ちゅ、と手に小さな口付けを落とすオスカーを、信じられないものを見ているかのように凜は頭巾の下で大きく目を見開き見下ろす。

「そこから貴女への想いは膨れ上がるばかりだった。貴女の姿を見るだけで満たされていたはずなのに、貴女に近付きたいと、そう願うことを止められなかった。私に触れる手が貴女のものだと確かめたくて、何度もこの頭巾を剝《は》ぎ取ってしまいたくなる衝動を抑えていた」

高鳴る鼓動に凜の体温がどんどん上昇していく。夢を見ているのだろうか、と全身に広がる喜びの中でふと疑問に思う。

するとまるで凜の無言の問いが聞こえたかのように、オスカーが口を開く。

「確信を得たのは先日の調査のとき、私の……に触れた貴女の手が同じだったからだ。毎夜夢に見るほどに感じていたあの手と、あのときの貴女の手はまったく同じだった」

オスカーの手が頭巾の下の頰に伸ばされる。凜はビクリと肩を震わせたが、その硬い手のひらが壊れ物を扱うように優しく頰に触れる。

「私は昼の貴女に恋をして、夜の貴女に溺れた。……リン、私のすべては貴女のものだ。私も貴女のすべてが欲しい」

頰に触れていた手が頭巾をゆっくりと外す様子を、凜はまるで夢見心地で見ていた。

豊かな黒髪が中から零《こぼ》れ、長い睫毛《まつげ》が瞬《しばた》くのを、オスカーは美しい顔を綻ばせてうっとりと見つめながら、小さな吐息を漏らす。

「リン。やっと貴女に言える」

——愛している。

オスカーがそうはっきりと口にした瞬間、凜の瞳から大きな涙が零れ落ちた。小さく首を横に振り、ぽろぽろと涙を零す凜にオスカーがその眉尻を下げてうろたえながら指で涙をすくう。

「泣かないでくれ……貴女に泣かれると胸が張り裂けそうだ」

「違、だって、私、ずっと嘘《うそ》、ついてたのに」

「私がいいと言っているんだ、リン。私は貴女にならなにをされてもかまわない」

子どものようにしゃくり上げ、次から次へと零れ落ちる涙もかまわずに凜はイヤイヤと首を振る。

「私、最初はオスカーさんのこと、苦手で、した。嫌みっぽいし、私を見ると、嫌な顔してたし……。でも、いつからか可愛《かわい》く感じるようになって、不器用なとことか、真面目《まじめ》なとことか、さりげなく優しいとことか、意識し始めたら止まらなくなって……」

途切れ途切れになりながら、溢《あふ》れる想いが凜の口から次々に零れ出る。オスカーは驚きに目を見開きつつも、一言一句聞き逃すまいと凜の言葉に耳を傾ける。

「私が好きになったとしても、こんな可愛げのない面倒くさい女を好きになってもらえるわけがないって……傷付きたくなくて、自惚《うぬぼ》れて恥をかきたくなくて、怖かったんです。気持ちはどんどん大きくなっていくのに、オスカーさんに嫌われるのがとても怖くて、だからずっと黙っておこうと思ってました」

だけど、と凜は言葉を止めて、目を閉じ深呼吸をして気持ちを落ち着かせてからまっすぐにオスカーを見つめながらはっきりと想いを口にした。

「オスカーさんが好きです。……大好きです。私に、オスカーさんの全部をください」

大好き、とオスカーに想いを伝えた凜は後から襲ってきた羞恥《しゅうち》の波に耐えきれず、思わず両手で顔を隠してしまう。

　顔から火が出そうなくらい恥ずかしい。だがそれ以上に積もり積もった想いを伝えることができたことで、凜の心は先ほどまでの恐怖から一転して充足感に満ちていた。

　そっと指の隙間から様子を窺《うかが》うと、切れ長の瞳を大きく見開いて凜を見つめていたオスカーが表情を弛緩《しかん》させて破顔《はがん》する。

「……夢を見ているようだ」

　オスカーはぽつりと呟いて凜の頬を撫《な》ぜ、凜も気持ち良さそうに目を閉じ、そっと手を重ねてオスカーのその大きな手に猫のように頬をすり寄せた。

　滅多に見せない凜の甘えるような仕草に、オスカーの体温が急速に上昇する。

　頭で考えるよりも先に体が動き、凜の体を腕の中に閉じ込めてオスカーは体いっぱいに甘い香りを吸い込んだ。

「ちょっ……匂《にお》い嗅《か》ぐとかっ！」

　髪に顔をうずめて匂いを嗅ぐオスカーの腕から逃れようと身を捩《よじ》り、非難する凜の声が全く耳に入らないのか、オスカーは興奮したようにますます腕に力を込めて、スンスンと鼻をひくつかせている。

「あぁ……すごくいい匂いがする……」

　徐々に位置を変えるオスカーの熱い息が耳にかかり「ひゃ！」と凜が声を上げると、オスカーの動きがピタリと止まる。

「い、今のはちょっと驚いただけで……はぇっ!?」

はむ、と耳朶《じだ》を甘噛《あまが》みされて凜はぞくりと背を震わせる。

凜に見えないところでオスカーの唇が愉悦《ゆえつ》に持ち上がり、クチュと水音と共に熱い舌が耳朶を這うと凜はぎゅっと全身に力を込めた。

「んっ……ぅく……」

ピチュリクチュリと脳に響く音に凜は下唇を噛《か》んではしたない声を上げてしまいそうになるのを必死で堪《こら》える。

が、オスカーはそんな凜の耳元に唇を近付けて「声、出して……」と低く甘く囁《ささや》いた。

その瞬間、凜はオスカーに縋《すが》りついて背をしならせ「やあ……それずるいぃ！」とすすり泣くような嬌声《きょうせい》を上げた。

オスカーは初めて聞く凜の上擦《うわず》った甘やかな声に激しく興奮し、夢中で凜の耳朶を貪《むさぼ》る。

「も……むり、耳、弱いぃ！」

耳朶《じだ》を熱い舌が這い、耳たぶを甘噛みされ、耳孔《じこう》に舌が差し入れられる。

そのたびにクチュリクチュリと水音が響き、合間に低くくぐもったオスカーの艶《なま》めかしい吐息が漏れ聞こえる。

耳がふやけるのではなかろうか、というほどにしゃぶり尽くされて凜の全身は弛緩《しかん》し、下半身はぐずぐずに蕩けきっていた。

ようやく気がすんだらしいオスカーが腕の拘束を緩めると、凜はずるずると寝台から滑り落ちるようにオスカーにもたれかかる。

凜は荒い呼吸をつきながらオスカーの底知れぬ潜在能力に恐れおののいていたが、太腿《ふともも》に当たる硬い感触に更におののいた。

恐る恐る視線を上げると、完全に欲情しきった雄《おす》の目で凛を見つめるオスカーと視線がぶつかる。

――あ。ヤバイやつだ、これ。

ゴクリと唾を飲み込んで、凛は一応の説得を試みる。

「あのー……オスカーさん？」

「リン」

「……私としてもやぶさかではないんですけども」

「リン、愛している」

「物事には順序というものがありまして……」

「今すぐ貴女のすべてが欲しい」

まったく会話が成立しない！

凛は心の中で頭を抱えた。

凛とてまったく予想していなかったわけではない。不安と恐怖でいっぱいだったことは紛《まぎ》れもない事実だが、一縷《いちる》の望みを抱いていたのもまた事実なのだ。

だがしかし。

久しく肌を晒《さら》す機会などなかった中で、いきなりオスカーの前で服をはだける勇気が、はたして自分にあるだろうか？

凛が自問自答していると、オスカーが凛の背と膝裏《ひざうら》に腕を差し入れて横抱きにして立ち上がる。

急に体が宙に浮き、慌てふためいた凛はオスカーの肩にしがみつくがまったくふらつくことなく、オスカーは凜の体を寝台に下ろしてから口を開いた。

「……貴女がどうしても嫌ならば我慢する。だが私は貴女に触れる許可が欲しい」

駄目だろうか？　と眉尻を下げるオスカーの表情に凜はぐっと言葉を飲み込み、ふいと視線を逸《そ》らして少し咎《とが》めるように答える。

「……その言い方と表情は狡《ずる》いです。オスカーさんのそういうところに弱いのに」

肘《ひじ》を立てて体を起こし、凜は答えの代わりにオスカーの唇に小さく口付ける。

オスカーは嬉しそうにゆるりと口端を上げて凜の背に腕を回し、後頭部に手を添えて自分からも口付ける。

先ほどからやられっぱなしでなんとなく悔しい凜は薄く口を開いて舌を出し、ぺろりとオスカーの唇を舐めてその先を促してみる。

おずおずと開いた唇にすばやく舌を差し入れて絡ませると、オスカーから「ふ……」と低い喘ぎが漏れ出て、それに気を良くした凜はチロチロと舌を動かして歯列《しれつ》をなぞり、舌裏を舐め上げ唾液を絡ませた。

オスカーは凜の舌の動きに翻弄され、硬くいきり勃《た》つ雄を無意識のうちに凜の脚に擦りつける。何重にも遮《さえぎ》られたもどかしい刺激にすら、猛った雄はだらだらと涎を零している。

互いの唾液を交換するように深く交わる口付けに、凜もまたしとどに濡れそぼる陰唇《いんしん》をヒクつかせていた。

受け止め切れなくなった唾液を飲み込んでから口を離し、オスカーは凜の羽織っている黒衣に手をかけ留め具を外して腕を抜き取らせ、ワンピースに手を掛けたところで凜が慌てて制止する。

「じ、自分で脱ぎますから」

ちょっとあっち向いててください、と凜はオスカーに背を向けるよう言って寝台の上に座り直してワンピースのボタンに手をかける。

背後で重たげな衣擦《きぬず》れの音が聞こえ、オスカーも衣服を脱いでいるのがわかり凜の緊張が高まっていく。

震える手で滅多に着ないワンピースのボタンを外し裾からたくし上げて体から抜き取り、胸を支える下着も外すと豊満な乳房《ちぶさ》が重たげに揺れる。

ふと下はどうしようかと悩んだが、さすがにいきなり全裸は気が引ける。隠しきれない胸元を腕で押さえながら振り向くと、ばっちり真正面を向いてこちらを見ていたオスカーと目が合った。

乱れた髪、上気した頬。無駄な脂肪など一切ない、男性美に溢れる鍛え上げられた下腹部に張りつくようにそそり勃《た》つ猛々《たけだけ》しい雄の象徴に目が止まり、凜は羞恥《しゅうち》から顔を真っ赤にして声を荒げた。

「あ、あっち向いててって言ったじゃないですか！」

ふーっふーっと鼻息を荒くしたオスカーは凜の抗議を完無視して、臨戦態勢をとっている猛った雄を隠すこともせず凜ににじり寄る。

胸元を隠す凜の腕を摑んで引き剝がして、瞳孔が開ききった翠玉色の瞳が凜の白い乳房を凝視している。

凜がオスカーに気圧《けお》されて後ろ手をつくと、圧倒的な存在感のある乳房がたゆんと揺れオスカーの喉仏《のどぼとけ》が上下に動く。

ほんのり色づいた乳房と桃色にぴんと尖《とが》った先端に誘われ、オスカーは大きな手を伸ばした。

吸いつくような肌の滑らかさと想像以上の柔らかい胸に指が沈み、自在に形が変わる。手のひらに当たる突起を摩《さす》ると凜がたまらず身を捩らせる。

「あ……ん……」

凜の甘い声にオスカーの雄がビクンと跳ね、更に血が集まりますます剛直がいきり勃つ。

両の手で包むように乳房を持ち上げると桃色の先端が強調され、オスカーは堪えきれずにむしゃぶりつく。

「あっ……乳首、……」

舌先で転がせば凜の口から嬌声が漏れる。甘い肌に吸い付き、手で凜の全身をまさぐれば面白いほどに反応が返ってくることに気を良くしたオスカーは夢中になって舐め回した。

無意識に下りた指が凜の下着にかかると、凜はピクンと腰を揺らした。

オスカーにとってまったく未知の領域が、薄い生地の下に隠されている。恐る恐る下着の中に手を忍びこませると、ぐちゅりと泥のようにぬかるんだ秘所に指先が触れてオスカーはその卑猥《ひわい》な感触に再び喉を鳴らした。

指にまとわりつく凜の生暖かい愛液が、動かすたびにグチュグチュと淫らに水音を立てる。指先が陰唇の上の突起にかかると凜の背が大きくしなった。

指の腹で擦れば「あっ……あん……だめ、そこは……」と凜が甘えた声を出し、大きく開かれた膝《ひざ》の間に体を滑り込ませ、指に蜜《みつ》を絡めて硬い小さな突起を中心に責めたてる。

喘《あえ》ぐ凜の口を自分の口で塞ぎ、激しく舌を絡めるとくぐもった嬌声と共に凜は腰を浮かせて仰《の》け反《ぞ》る。

「や……も、や……だめ、イッちゃ……」

足の指をぎゅっと縮めて凜は絶頂を迎える。全身を貫くような快感に太腿を震わせるが、膣内がオスカーの『雄』を求めて疼《うず》く。

久しぶりの快感に恥も外聞もなく凜はオスカーの唇にちゅ、ちゅ、と口付けて「オスカーさん……オスカーさん……」とうわ言のように名前を呼ぶ。

「これ……欲し……」

剛直に手を伸ばして逆手で撫ぜて凜はねだった。

(リンが、あのリンが、私が欲しいとおねだりを!?)

もうすでに一杯いっぱいな眠れる獅子《どうてい》・オスカーの理性は、凶悪すぎる凜のおねだりにとうとう臨界点を超えた。

いつの間に用意していたのか、避妊《ひにん》用の塗布剤《とふざい》を己の剛直に塗りつける。透明なそれが空気に触れて半透明に変化し、皮膜のようにオスカー自身を覆う。

凜の下着を力任せに引きちぎり、凜の手が導いた秘所に宛《あて》がって膣内を押し広げながら腰を進め、その未知の快感に呻き声を漏らした。

「あ、あぁっ」

「くっ……」

きゅうきゅうと陰茎を締め付ける膣壁《ひだ》の淫靡な快感にたまらず果ててしまいそうになるのをなんとか堪え、オスカーは体重をかけて凜を押し倒す。

凜は淫壁《いんへき》をこじ開けるように押し入ってきたオスカーの強烈な圧迫感に苦しげに眉を顰《しか》めたが、

同時にオスカーの直《じか》の体温を肌に感じてほっと溜息をつく。

「は、ぁ……っ⁉」

安堵したのも束の間、オスカーが抽挿《ちゆうそう》を開始すると凜は膣壁を抉《えぐ》るような強すぎる刺激に背中をしならせ嬌声を上げた。

「あっ、や、ああぁっ」

「は、リンっ、リンっ」

「あぁっ、んっ、強っ、すぎっ」

「はっ、すま、ない、腰が、止まら……っ」

バチュッバチュッ、と粘膜が激しく擦れ合う音がますます凜とオスカーを高ぶらせ、寝台が軋むほどに濃く深く交わる。

「あっ、オスカー、さんっ、すき、だいすきっ」

「……っ⁉　んっ、はぁっ、リンっ、愛してる……っ」

「や、ぁんっ、あ、ああっ、だめ、またっ、イッちゃ、イッちゃうっ」

「くっ……、キツ……っ」

「あっああっ、も、イク、オスカー、さん、イっ……ああぁぁ――……っ‼」

「っ……出るっ……！」

膣内でオスカーの欲棒がみちみちっと膨らみ、暴れ回る。皮膜《ひまく》越しにびゅるびゅると大量の精液が流し込まれ、目の前が真っ白になるくらいの絶頂に凜の膣壁がぎゅうっと収縮した。

息を切らせながら凜が今までに感じたことのない多幸感《たこうかん》に浸っていると、オスカーが腰を引いて膣内から剛直を引き抜く。

倦怠感《けんたいかん》に包まれながらもオスカーが離れたことに少し寂しさを感じる凜だったが、まだジンジンと快感に痺れる蜜口《みつぐち》にゴリ、と硬いものが押し当てられるのを見て目を見開いた。

「え、ちょ、待っ、あ、あぁぁっ……!?」

先ほど感じたものと変わらぬ強烈な質量にたまらず凜は身動ぎするが、がっしりと腰を掴まれて最奥《さいおう》を深く穿《うが》たれて軽く絶頂してしまう。

「あっ、やっ、まだイッて、るからぁっ」

「はっ、はっ」

「ぁっ、んんっ、ああんっ、深……っ」

「あぁ……、すごい……、さっきよりも、リンを感じる……!」

「ん……っあっ、また、やっ、イ……っ」

先ほどよりも幾分か余裕ができたのか、オスカーは淫らな姿に舌舐めずりをして凜の膣内を激しく穿つ。

膣内をきゅうっと収縮させながら、ぶるぶると腰を震わせて凜が絶頂を迎えてもなおオスカーは抽挿を止めず、腰を押さえて凜を揺さぶった。

「あぁぁぁっ」

「ん……っ、あぁ……、また果てたのか？」

「や、やめ、あ、あんっ、も、無理……!」

「まだ、だ。ぜんぜん、足りない」

「っ!?　なん、でぇっ？　また、おっきく……っああっ」

「リン……っ、っく……！」

ガツガツと腰を振るオスカーがぶるりと肩を震わせて凜の膣内で精を吐き出す。

ぐずぐずに蕩けた凜は体を起こす体力すら残っておらず、「ぁ、ぁ」と小さく喘ぐような吐息を漏らしてオスカーを見上げていた。

吐精を終えたオスカーがずるりと己を引き抜き、皮膜を取り外して三度剛直に塗布剤を塗りつけるのを見て、凜は反射的に身を縮めてあわあわとオスカーから逃げ出そうとする。——が、凜の決死の逃亡も虚《むな》しく、がしっと背後から腰を掴まれて胸を寝台に押し付けて下半身を突き出すような姿勢を取らされ、そのまま後ろから穿たれて凜はまた大きく嬌声を上げた。


——その後日付が変わってからしばらく時計の針が進むまで揺さぶられ続けた凜は、

（絶倫童貞《ぜつりんどうてい》を舐めてた…………）

と心の中で呟いてぷっつりと意識を手放した。


『愛している』

ゆっくりと眠りの淵から浮上してきたぼんやりとした意識の中で、愛《いと》しい人の低音が聞こえた気がする。

くふふ、と忍び笑いする自分の声で重たい瞼《まぶた》を上げた凛は、目の前の明るさにカッと目を見開いて跳ね起き、叫んだ。

「今何時!? って痛っだぁ!?」

主に背中と腰から股関節《こかんせつ》にかけて走る、強烈な筋肉痛に凛はたまらず寝台に沈む。

「今は昼を少し回ったところだ。ちなみに今日は私もリンも休みになっているから問題ない」

すぐ隣で声が聞こえ、そちらに凛が視線を向けると「おはよう」と穏やかな笑みを浮かべたオスカーが寝台脇に腰掛けていた。

普段目にしている騎士服や訓練着ではない、簡素な普段着に身を包み、仕事中は上げている前髪を下ろしたオスカーは凛の背にふわりとシャツを羽織らせる。

凛はそこでようやく自分が素っ裸《すっぱだか》なことを思い出し、慌てて前を合わせて急ぎ袖を通す。腰下までを隠す、ずいぶんと大きなシャツはオスカーの物だろうか?

「これ、オスカーさんの?」

「……ああ、すまない。服を用意しようと思ったんだが、どれがいいのかわからなくて」

凛が礼を言うとじっとこちらを凝視していたオスカーがハッと我に返り、薄紫色の小瓶を差し出す。

団長からの差し入れだ、と言われて受け取りながら凛は内心ひとりごちる。

(そういえば回復薬持っていけって言ってたのはこういうことになるのを予測してたってことなのね……)

ということはこの休みもそういった理由からなのだろうか? そう考えると有難いやら恥ずかし

いやら、複雑な思いがするが、中身を飲み干すと全身の気だるさと筋肉痛が一瞬でなくなるのを感じる。

「浄化魔法は施したのだが、回復魔法は不得手《ふえて》で……」

昨夜の行為でベタベタになっていた体が、どうりでさらさらしているとは思っていたが。

「……………」

「……………」

互いに昨夜の自分と相手の乱れっぷりを思い出して顔を赤くして俯く凛とオスカー。なんとも言えず面映《おもはゆ》い。

「そ、そうだ。起き抜けであまり重たいものは食べにくいかと思って果物を持ってきた。食べるか？」

「あ、はい。食べたいです」

凛がそう答えると、オスカーは籠《かご》に入った果物の盛り合わせの中から真っ赤な林檎《りんご》を手に取り、果物ナイフで器用に皮を剝《む》いて食べやすい大きさに切り分ける。

皿に乗せたそのうちの一欠片《ひとかけら》を小さなフォークで取ると凛に向かって差し出す。

「ありがとうございます」と凛がフォークを受け取ろうとすると、スイとオスカーは凛の手を避ける。

「疲れているだろう？　ほら、口を開けて」

「いや、さっき回復薬飲みましたし、そもそも食べられないほど疲れているわけでは……」

「さ、口を開けて？」

既視感のあるオスカーの給餌《きゅうじ》行動に凛は早々に諦めて口を開く。瑞々《みずみず》しい歯応《はごた》えのある甘酸《あまず》っぱい林檎を咀嚼《そしゃく》して飲み込むと、すぐにまたオスカーが口を開けろと催促《さいそく》するように欠片を差し出す。

（うーん……これがデフォルトになると困るなぁ）

シャクシャクと次々差し出される林檎を食べ進めながら凛は思う。結局まるまる林檎一個分を胃の中におさめることになった。

凛が手渡した水を飲み干すのを見届けたオスカーは、部屋の隅に設置されている机の引き出しから紙を取り出していそいそと凛の元へ戻ってくる。

ぴったりとくっつき、囲い込むように腰に腕を回したオスカーが差し出して来た書類に目を通した凛は「えっ!?」と心底驚いた声を上げる。

「婚姻《こんいん》証明申請書!?」

「そうだ。あとはリンの名を書くだけにしてある。すぐに受理してもらえるように手配もすんでいる」

にこにこと嬉しそうにそう話すオスカーに凛は慌てた。

「え、でもそんないきなり結婚て」

凛が思わずそう言うとオスカーの眉がピクリと跳ねた。眉間に皺《しわ》を寄せ始めたオスカーの表情に（あ、ヤベ）

と凛が青ざめる。

「私と夫婦になるのは嫌なのか?」

「あー……いや、嫌とかそういうのではなく、お互いをもっと知ってからと言いますか……」

「……………そう言えばひとつ気にかかっていたことがあったのを思い出したんだが」

「な、なんでしょう？」

がっちりと腰を摑まれて逃げ出せない凜がオスカーからさりげなく視線を逸らしつつ訊ねる。

「昨夜私はリンを愛していると言ったな？」

「い、言われましたね」

「貴女は？　私のことをどう思っている？」

何を言い出したのか、と凜が思わずオスカーの顔を仰《あお》ぎ見ると、不穏な空気を漂わせ妖艶な笑みを浮かべたオスカーの翠玉《すいぎょくしょく》色の瞳に射竦《いすく》められる。

「す、すすすすす好きですよ？」

「……好き？」

「だ、だ、だだだだだ大好きです！」

すぅと目が細められ、オスカーを取り巻く不穏な空気がより濃くなったような気がする。どうやら凜の答えがお気に召さないらしい。

顔横を流れる黒髪に指を伸ばして耳にかけ、吐息が耳朶にかかるくらいに近付いてオスカーは低い声で囁く。

「もう一度聞くぞ？」

「……んっ……」

ぞわと背中が痺れ、下腹部がじゅわりと潤む。昨晩あれだけ致《いた》したにも拘《かか》わらずまた潤む自分に、信じられない思いだ。

「私のことをどう思っている？」

「あ……耳元っ……」

「早く」

ふ、と息を吹きかけられてゾクゾクと体を震わせて凜は身を捩らせる。たぶん、というか間違いなく答えはわかっている。ただそれを口にするのが気恥ずかしくて言えなかっただけ。

「あ……いしてます」

震える声で凜が小さく呟くと、オスカーが凜を抱く腕に力を込めて「もう一回、よく聞こえるように」と促《うなが》してくる。

「愛してます！」

やぶれかぶれになった凜がはっきりそう言うと、オスカーはにっこりと微笑んで凜の手に羽根ペンを握らせた。

「ではここに名を。私達は互いに愛し合っているのだから問題ないだろう？」

かなり強引な理屈を押し通すオスカーに気圧されて、凜は自分の名を婚姻証明申請書に書き記す。よくよく見ると、証人欄にバルトフェルドの署名を見つけて凜は思わず舌打ちをしかけた。

(バルトフェルドさんめ！　さっきのアレはこれのお詫《わ》びか!!)

差し入れられた最上級回復薬の意図を読み取り、ここにはいないバルトフェルドに恨《うら》み言を呟《つぶや》く。

凜の名が書かれた書類を見て不穏な空気を引っ込めたオスカーは、先ほどまでとは打って代わって上機嫌で凜に頬を擦り寄せて甘えている。

「さっそくこれを提出しなければならないな」

立ち上がったオスカーが、凜に微笑《ほほえ》みかける。

「本当は今すぐにでも貴女を抱きたいが、まず連れて行きたい場所がある」

不穏な発言をするオスカーにぶるりと身震いしつつ凜が「連れて行きたい場所？」と首を傾げるとオスカーは意味深な笑みを浮かべて凜を急かす。

追い立てられるようにして昨日着ていたワンピースに着替えると、寝台の下に無残な姿になっていた下着を見つけてすばやく回収する。

そのままでも問題ない、とオスカーに言われたがさすがにやらかした後の敷布をそのままにしておけない。チェストから新しい敷布を取り出してささっと整えて、汚れた敷布と黒色の外套を抱えて部屋を出る。

洗濯物置き場に敷布を置いて、凜はオスカーに願い出る。

「あの、一度自分の部屋に戻ってもいいですか？」

何も着けていない下半身はものすごく頼りない。しかも普段のパンツスタイルではなく、今は風に吹かれれば一発アウトのワンピースだ。

「大丈夫だ、そんなに遠い場所ではない」

「いや、近いとか近くないとかではなくですね。主に私の下着事情と言いますか……」

ごにょごにょと口籠《くちごも》る凜の言葉が聞こえていないのか無視をしたのか、オスカーに手を引かれながら凜はワンピースの裾を気にしながらついていく。

足元まで覆うワンピースはちょっとした風くらいならば問題はないだろうが、それでも不安で仕方がない。

なぜか建物の外に向かおうとしているオスカーに慌てて声をかける。

「外ですか？　あの、外出届けを出さないと」

「問題ない」

オスカーはにっこり笑って管理人室前を素通りしてとうとう敷地内から出てしまい、凜は戸惑う。

「どこまで行くんですか？」

「もうすぐそこだ」

先ほどから曖昧な答えしか返さないオスカーにやや苛立ちながらついていくと、ようやくピタリとオスカーの足が止まった。


「ここだ」

オスカーに言われて凜はキョロキョロと周りを見渡す。

大通りから少し外れたこの辺りは閑静な住宅街で特に目新しいものは見当たらず、凜は首を傾げた。

「誰かこの辺に住んでらっしゃるんですか？」

「正確には今日から住む、だな」

「へぇー。いい場所ですねぇ。大通りに近いのに静かですし、警備団も近いから安心ですしねぇ」

素直に感想を漏らす凜は「で、誰が住むんです？」とオスカーに訊《たず》ねる。あいかわらず裾が気になるのか、しっかりとお尻の辺りに手を添えるのを忘れていない。

「私とリンだ」

「あぁ、そうなんで…………………はい？」

うっかり流しそうになったが、今とんでもないことを聞いた気がする。私とリン、と言ったの？この人。

凜は隣でキラキラとした顔で反応を窺っているオスカーを見上げた。

「誰と誰が？」

「リンと私だ」

「いつから？」

「今日から」

「なぜ？」

「なぜ？　あいかわらずおかしなことを聞くな貴女は。夫婦になったのだから当然だろう」

（いや、なんで私がおかしなこと言ってるみたいになってんのよ）

大波に飲み込まれて問答無用で流れに乗ってしまった感が否めない凜は、こめかみを押さえて天を仰ぎ見る。

ここはひとつ、今後のためにも諸々《もろもろ》しっかりしなければなるまい。

婚姻証明申請書にサインしてしまっている以上すでに手遅れなのだが、その辺はひとまず置いておいて凜はキリッとした表情でオスカーを見上げた。

「……オスカーさん、ちょっとお話ししたいことがあるんですけども」

「……凜々《りり》しい貴女の表情もやはりいいな……」

うっとりと凜を見つめて独り言を呟くオスカーに、凜はもう一度声を掛けてこちらの世界に引き戻す。

「立ち話もなんですね、どこか落ち着いて話ができる場所があるといいんですけど」

わかった、と頷くオスカーに導かれて目の前の大きな一軒家にオスカーに続いて足を踏み入れる。

必要最低限の調度品のみが揃えられた室内は、一般市民が住むには充分すぎるほど広い。いったい部屋が幾《いく》つあるのか、と思っているとふわりとオスカーに横抱きにされて凜は慌てた。

「時間が足りなくてすべてを揃えきれてはいないんだが、これからリンの好きな物を揃えていける」

そう言って抱き上げた凜の額にちゅ、と口付けしてオスカーは凜を抱えたまま軽々と大股で二階へと上がっていく。

とんでもない大きさの寝台が設置された部屋に入り恭《うやうや》しく寝台の上に降ろされて、ここでようやく凜はしまった！　と自分の迂闊《うかつ》さに気付き頭を抱えた。

そのまま唇に口付けしようと身を屈めるオスカーに「ストぉぉぉップ!!」と顔の前で指を交差させて止め、すばやく後ろにずり下がって背筋を伸ばしてキッとオスカーを見上げる。

「座ってください」

ポンポンと寝台を叩いて言うと、オスカーはやや不満げな表情を浮かべつつも素直に座る。——距離はかなり近いが。

この際もういいか、と諦めてコホンと咳払いをしてから凜は口を開く。

「オスカーさん。オスカーさんの気持ちはとても嬉しいですし、私もいずれとは思ってます。だけど、これはさすがに時期尚早《しょうそう》すぎませんか？」

「なぜ？」

心底わからない、と言った様子できょとんと首を傾げるオスカーに凜はもう一度説得を試みる。

「お互いにまだ知らないところがたくさんあると思うんです。これから……嫌なところも出てくるかもしれません。そういう部分を知ってからのほうがいいと思うんです」

今はまだ恋愛ブーストがかかっている状態なのだ。勢いだけで決めてしまうと、いつかオスカーが後悔することになるかもしれない。

「それは夫婦になってからでも同じだろう。少なくとも私はリンに嫌な部分など見つかるとは思えないが」

さらりと言ってのけるオスカーに、凜はムキになって言う。

「いやいや、いっぱいありますから！　口調でごまかしてますけど口も実は悪いです！」

「それから？」

それから？　えーっと……。

「性格は……そこまで悪くはないと自分では思ってますけど、ものすごく良いわけでもないです。仕事ではそうでもないですけど基本的に悲観的で面倒な女ですし、ガサツですし」

自分でネガティブキャンペーン、話していて悲しくなってくるなと思いつつ凜は「あとは……」と考える。

「そうですね……家事は得意じゃないです。掃除や洗濯はまだマシですけど、料理は……」

「料理なら私ができるから問題ない。どのみち専属の使用人を雇《やと》うつもりだ。住み込みではなく通いにするが」

昼間はともかく、夜の時間を他人に邪魔されたくないからな、とオスカーは凜の頬に口付けする。

「し、仕事は続けたいです。子どもは欲しいですけど、すぐには考えられないかなって……」

「ああ、かまわない。働く貴女も魅力的だからな。子どものことは追い追い考えよう、もちろん貴女が望むならいくらでも注いで差し上げるが？」

欲を孕《はら》んだ瞳で妖艶に微笑むオスカーに凜の顔が一気に赤くなる。

「……私、嫉妬《しっと》深いですよ。こう見えてけっこう束縛《そくばく》しいですよ」

「私がリン以外の誰を見ると？　だがまぁ……貴女に縛られるのは悪くない。当然私も貴女を縛るが、もちろん異論はないだろう？」

冗談、と笑い飛ばそうとするが、オスカーの目を見た凜は声に出さず喉奥で悲鳴を上げる。

——本気だ、本気の目だ。

「互いが納得するまでちゃんと話をしていこう。互いに足りない部分は補い、支え合おう」

凜を抱きしめてオスカーは慈しむように何度も凜に口付けする。

「愛している、リン。私の言葉が信じられないと言うならば貴女が飽《あ》いたとしても囁《ささや》き続けよう。生涯をかけて貴女を幸せにすると誓う」

オスカーはそう言って凜の腰をぐいっと摑んで自分の膝上に凜を跨《また》がせるようにして乗せ、凜の唇の間に舌を差し入れて深く口付けた。

「んぅ……まだ、話……終わってな……」

クチュクチュと口内を掻き回されて凜の目はすぐにとろりと蕩けてしまう。

(なんか、キスがどんどんうまくなってないか……？)

腰を摑んでいたオスカーの手が下に移動していき、捲れ上がった裾をたくしあげるようにしながらするすると中に侵入して太腿を撫ぜ、凜の尻臀《しりたぶ》をやわやわと揉む。

下着をつけていない秘部にズボン越しでもわかる硬くなったオスカーの剛直をぐりぐりと押し付けられて、蜜が膣内から零れオスカーのズボンを濡らしてしまう。

昨日さんざん剝かれて嬲《なぶ》られた花芯《かしん》が当たり、更なる刺激を求めて凜の腰がゆらゆらと無意識に揺れるのに気付いたオスカーの手が尻臀の間に伸ばされ、後孔を掠《かす》めたときに思わずキュッと力がこもる。

ぱっくりと開かれ、次から次から愛液を滴らせる淫唇《いんしん》にくちゅりと指が当たって凜はたまらず背を震わせた。

指の腹でヒダを撫《な》ぜられてヒクヒクと疼く蜜口につぷりとオスカーの指が侵入して「ぁんっ」と凜が啼《な》く。

クチクチ、ヌプヌプと浅いところを指で弄《いじ》られ、ごりゅごりゅと花芯を擦るオスカーの淫棒《いんぼう》の感触がもどかしい。

「こんなに濡れているのに私の指を締め付ける力は強い……すごいな……腰もそんなに押し付けて……」

「ぁっ……恥ずか……あ、ぃ、ぁんっ……」

「あぁ……たまらない……リン、挿《い》れたい……どろどろに蕩けた膣内に入って擦りあげて、私の子種で満たしたい……」

「だめ……ま、だ」

下腹がじくりと疼くが、舌の根も乾かぬうちに撤回するわけにもいかない。いやいや、と小さく首を横に振る凜に、オスカーがくすりと笑う。

「わかってる。少し動く、ぞ……」

凜を膝の上に乗せたまま手を伸ばし、寝台脇のサイドチェストの引き出しを開けて塗布剤を取り出すとオスカーはそれを凜に差し出して「この姿勢だと自分ではできないから」とベルトを外して前を寛げ、ガチガチに張り詰めた雄を擦り付ける。

震える手で塗布剤を塗りつけ、凜は熱に浮かされたように頬を擦り寄せて甘えた声でねだる。

「これ、欲しい……。オスカー、さん、早く……」

耳元にちゅ、と口付ける音が聞こえた瞬間、オスカーの瞳がカッと見開かれ、尻臀を鷲摑《わしづか》まれて腰が浮き、一気に熱い剛直で膣内を貫かれる。

「あぁぁぁあっ！」

「はぁ、リンっ、キツっ……」

「ぁっ、いきなりっ、あ、んぁっ」

「すごい……っ、なんて気持ちがいいんだ……ッ」

「あぁっ、あ、あ、ゴリゴリ、するぅ、ぁ、やぁっ」

「リンの、好きなところは、ココか？」

「あ、だめ、そこすぐ、イッちゃう、からぁっ」

「何回でも達せば、いい……！　は、はぁっ」

「ぁ!?　やぁ、耳、あぁあああっ、あ、ぁん、や、ぐちゅぐちゅ、あぁぁんっ、んっん、ん、だめ、舐められ、ながら、おかし、おかしくなる……っ！」

耳孔を嬲られ、淫壁を硬い雁首《かりくび》で抉られ、下腹で花芯が擦られ、凜は頭が飛びそうなほどの快楽に涙を浮かべながらあられもない嬌声をあげる。

オスカーの指が凜のむっちりとした尻臀に食い込み、下から突き上げられるたびに愛液が飛び散りオスカーの下腹部を濡らす。

「あっああっ、も、イク、イッちゃう、イッちゃうぅっ…… ぁぁあああぁぁ――――……!!」

迫り来る絶頂に凜が一際大きく嬌声を上げて背をしならせると「私も……っ」とオスカーが突き上げる速度を上げて激しく腰を動かした。

「は、は、リン、このまま……膣内に……っ」

「ぁっ出して……、膣内に、いっぱい……っ」

「く……出るっ……!」

オスカーの剛直が一回り大きくなり、グッと腰を押し付けられて、凜の最奥に熱く濃い精液が勢いよく注がれる。

オスカーの背にしがみついたまま自分の中に注がれた皮膜越しの熱い体液を感じて、凜が肩で息をついていると、オスカーが繋がったままの状態で膝裏に腕を回して立ち上がり、更に奥まで剛直が突き刺さる。

ゆるゆると腰を動かしながらくるりと体勢を変え寝台に凜を降ろすと、オスカーは再び腰の振りを大きくして抽挿《ちゆうそう》を開始し、凜はおののいた。

「まだ!? ってかまた!?」

「大丈夫だ、まだ時間はある」

「そういう問題じゃ……ぁああんっ」

「愛している、リン。これから私の愛で貴女を目いっぱい満たそう」

わなわなと唇を震わせて凜は抗議しようと開いた口を塞がれ、声が喘ぎに変わる。

ギシギシと激しく軋む寝台の横、サイドチェストの一番上の棚にはぎっちりと避妊薬が詰め込まれていることを凜はまだ知らない。


――凜とオスカーの新婚生活は厳密にはまだ始まってもいない。

【No record】凛の受難と、オスカーの圧

洗濯物を片付けようと引き出しを開けた凛《りん》は、隅のほうに見慣れぬ物を見つけ「ん？」と片眉を上げた。

「……また増えてる……」

手に取り広げたそれを見て、小さく溜息を零《こぼ》す。これで何着目だろうか。

日に日に引き出しの中の領域を広げてくるこれらに、オスカーの並々ならぬ強い主張を感じる。

凛より早く家を出て、凛よりも遅く帰ってくるのに、一体全体凛の監視をどう掻《か》い潜《くぐ》ってこれを忍ばせているのか。最初こそきちんと包装された状態で真っ当に贈って寄越《よこ》してきたのだが、中身を確認された上でそっと引き出しの奥底に仕舞《しま》い込まれているのを知ってからというもの、オスカーはこうして少しずつ紛《まぎ》れ込《こ》ませながら着実に数を増やす戦法に切り替えてきている。

「きっかけを自分で作ってしまったとはいえ、まさかここまでオスカーさんの琴線《きんせん》に触《ふ》れるとは……」

ある意味自業自得なのだが、その後自分の身に降りかかるであろう災厄《さいやく》を思うと、迂闊《うかつ》に身に着けるわけにもいかない。

きっと今日も期待に胸をふくらませながら帰ってくるに違いない、愛する夫の無言の圧《あつ》。

さて、どうしてかわせばいいものか。

凜はそっとこめかみを押さえて溜息をついた。


――事の始まりはキースィリアから贈られた結婚祝いだった。

おそらくバルトフェルドかマクシミリアン経由で聞き知ったのだろう。凜とオスカーが法的に夫婦となった翌日に届けられた数々の祝いの品に、たいそう驚いたのを今でも思い出せる。

ひと撫《な》でると小さな花やら光やらを撒《ま》き散《ち》らしながら、祝いの歌を唄《うた》い踊《おど》る可愛《かわい》らしい魔法人形。

厄除《やくよ》けに始まって家内安全、無病息災《むびょうそくさい》、安産祈願に金運上昇――加えてなぜか学業成就《じょうじゅ》のおまけがついたキースィリア特製の護石《まもりいし》。

軽くひと巻き分はあろう手紙には、キースィリアの心からの祝福と喜びの言葉がちりばめられ、凜は顔を綻《ほころ》ばせて嬉しさから眦《まなじり》に浮かぶ涙を拭った。

だが、その手紙の最後に付け加えられた一文にはて？　と首を傾げた。

『同性の友人から新妻へ贈ると縁起が良いといわれている物も一緒に贈ります。ここ数年くらい前にマードレア国から流れてきた風習だけど、あのむっつり坊や相手にはちょうど良いかもしれないわぁ。これを着て誘惑しちゃいなさい』

手紙から顔を上げ、手付かずだった白い箱をそっと開け、凜は大きく目を見開いた。

「これは……なんというか……えぇー……？」

恐《おそ》る恐《おそ》る手に取ってひらりと広げたそれに、凜は激しく狼狽《ろうばい》する。

手触りの良い、白い薄絹の寝間着《ナイトウエア》。袖や裾には見事な刺繍《ししゅう》が施《ほどこ》され、質の高さが見てとれる。

――だが、問題なのはその尋常《じんじょう》ではない薄さ。この薄さはどう考えても――否、考えなくとも確実に肌が透《す》けてしまうだろう。

丈がくるぶし近くまであるにも拘《かかわ》らず、その質感のせいでかえって扇情的《せんじょうてき》な雰囲気《ふんいき》を醸《かも》し出し、揃いの下穿《したば》きもこれまた面積が小さく、とてもではないが下着としての機能を果たせるとは到底思えない。

「えぇ……これはセーフか……？　いやー……さすがに引かれると思うんだけどなぁ……」

眼下の寝間着をまじまじと見つめながら、かなりの時間悩みに悩み抜くことになった、その日の夜――。


毎度毎度、何かと理由をつけては一緒に風呂に入ろうとするオスカーの猛攻《もうこう》をいなし、全身を清めた凜は緊張した面持ちで寝室へと向かっていた。

外衣《ガウン》の前合わせをしっかりと握り締めながらそっと寝室の扉を開けると、先に入浴をすませていたオスカーが寛《くつろ》いだ様子で寝台の上で本を読んでいるのが見えた。

「リン。よく温まったか？」

部屋に入ってくる凜の姿に頬を緩《ゆる》ませ、手にしていた本を伏せたオスカーは待ちきれないとでも言いたげに大きく両腕を広げる。

いつもならば苦笑しながらも迷わずその腕の中に飛び込む凜だったが、今日に限っては戸惑うそぶりを見せてなかなかオスカーの元へと近付いてこない。

そわそわと落ち着きなく視線を彷徨《さまよ》わせ、前合わせをぎゅっと握り締めたまま動かない凜の様子に、オスカーは小さく首を傾げた。

「どうした？」

「あー……いや……」

常日頃から平滑流暢《へいかつりゅうちょう》な凜にしては珍しく、奥歯に物がはさまったようにもごもごとはっきりしない。

「湯あたりでもしたのか。やはり明日からは私も一緒に入って――」

「そうじゃないので大丈夫です」

言い終える前にキッパリと断りを入れられ、オスカーは唇を尖《とが》らせつつ「まぁそれは追々話し合うとして……」と寝台から降りて凜の側へと近付く。今後への布石を置いているところを鑑《かんが》みるに、〝一緒に入浴〟を諦《あきら》める気はなさそうだ。

「本当に大丈夫なのか？」

心配そうに柳眉《りゅうび》を下げ、オスカーはそっと凜の頬《ほお》を撫《な》ぜて顔を覗き込む。

本当に大丈夫だ、と答える凜だが、やはりどこか様子がおかしい。

「とにかくこのままでは湯冷めしてしまう。おいで」

労《いた》わるように凛の腰を抱き、寝台へと誘うオスカーに凛はキッと顔を上げて「オスカーさん」と口を開いた。

「ここ数年王都で流行《はや》っているらしいんですけど、同性の友人から新妻への贈り物だそうなんです。縁起物といいますか、その、キースィリアさんからのせっかくの好意を無下にするわけにもいきませんし。だからこれは私の趣味というよりか、仁義というか、筋というか……とにかくそういう感じのものでして」

突然言い訳がましくわけのわからないことを言い出した凛に面食《めんく》らったオスカーは、キョトンとした顔で大きく睫毛《まつげ》を瞬《またた》かせる。

「どうしたんだ、いきなり」

「似合ってないのは自分でも重々承知ですから。もし引いたとしてもそっと胸の内《うち》にしまっておいてくださいね！　絶対に、表情に出したり、うわ……とか言わないでくださいね！」

「……？　だからどうしたんだ。やはり体調でも悪いのか？」

「いいから！　約束してください！」

「わ、わかった。リンがそう言うなら約束しよう」

凛の気迫《きはく》に気圧《けお》されたオスカーが戸惑《とまど》いながらも頷《うなず》くのを見て、凛は意を決して勢いよく外衣をはだけた。

とさりと床に落ちた外衣の下、湯上がりの火照《ほて》った肌を覆う薄衣《うすごろも》に、オスカーは目を見張った。

不安げにぎゅっと目を閉じ、両手を握りしめている凛の肩から白い生地がなだらかに流れ、支えがなくとも張りのある、形の良い大きな二つの山が薄絹を大きく持ち上げている。

驚くべきはその生地の薄さ。アルフェリアの人間よりもややクリーム色がかった肌の中、魅力的なふくらみの中心の、ほんのりと色づく薄桃色の突起すらも透けて見えてしまっている。

細くくびれた腰の曲線に誘われるように視線を落とした先には、秘密の茂みをぎりぎり隠せる程の面積しか有していない下着が、腰の両脇に頼りない細い紐《ひも》で支えられているのを認めたオスカーはガクンと膝《ひざ》を崩してたたらを踏んだ。

「な…………」

大きく目を見開き言葉を失うオスカーを見て、凜は激しく後悔した。

ああ、やっぱり引いてる。引いてるどころではない、ドン引きしている。

(調子に乗るんじゃなかった……！)

予想していたとはいえ、オスカーの様子に打ちひしがれながらも震《ふる》える手で慌てて外衣を拾い上げようとした手をがしっと摑《つか》まれ、え？　と凜は反射的に顔を上げた。

外衣を拾いあげようとした手を押しとどめ、まっすぐ立たせた凜を上から下までゆっくりと見回した後。

オスカーは片膝《かたひざ》を折り――――祈った。

「……この奇跡を、神とリンに感謝する」

「は……？」

ポカンと大きく口を開け、呆気《あっけ》にとられた凜にかまわずオスカーは続ける。

「この感動と喜びを表現する言葉を持たない愚かな私を許してほしい。どんな言葉も貴女《あなた》の前ではなんの意味も成《な》さないだろう。……が、一言だけ言わせてほしい」

「はぁ……ど、どうぞ」

大きく深呼吸し、噛《か》みしめるように深く頷いたオスカーが呟《つぶや》く。

「────素晴《すば》らしい」

(おぉ……予想外にお気に召していただけた……)

しかも無駄に良い声で。

引かれるどころか最大級の賛辞《さんじ》を贈られたことに大きな戸惑いを感じつつも、ほっと凜が安堵《あんど》したのも束《つか》の間《ま》。

「では」

オスカーの大きな手につと太ももを撫ぜられ、ピクリと小さく身じろぎした凜の口から吐息が漏れた。

「あ……っ」

「あぁ……綺麗《きれい》だ。とても……美しい。……なんて魅力的なんだ」

うっとりと目を細めながら、オスカーは凜の太ももに口付ける。布を隔てているにも拘らず、柔らかな唇の感触は凜の肌を容易《ようい》に刺激した。

薄絹越しの質感を確かめるように、オスカーの手が太ももから尻、腰から背中へと伸びてくる。

「オ、スカーさん……そこに顔があるの、すごく恥ずかしいんですけど……」

「そうか。恥ずかしがるリンも可愛らしいな」

下から見上げながら微笑《ほほえ》むオスカーは、ちゅ、と凜の下腹に口付ける。

「ちょ……くすぐったい！」

皮膚の薄い箇所に口付けされ、くすぐったさに身を捩《よじ》る凜の体をオスカーのたくましい腕ががっちりと拘束する。

「いい香りだ。石鹸《せっけん》と、リンの甘い香りが混じり合って……頭が蕩《とろ》けてしまいそうだ……」

「あ、ちょっと！　どこに顔つけ……うわっ」

急に立ち上がったオスカーに驚いてよろめいた凜をすかさず抱きかかえ、オスカーは大股《おおまた》で寝台へと運んで横たわらせると、その上に覆《おお》いかぶさるようにして凜の唇を奪った。

熱い舌が絡み合い、混じり合う吐息の甘さに頭がクラクラする。

貪《むさぼ》るような口付けをするオスカーの手が胸のふくらみにあてがわれ、ぴんと尖った先を指が掠《かす》めた瞬間、思わず凜の背中が跳ねた。

その反応に気付いたオスカーは顔を上げ、小さく喉奥で笑い、両手で乳房を持ち上げる。

まるで主張するかのように、固く尖って布を押し上げる先端をさりと舐《な》め上げられ、たまらず凜は嬌声《きようせい》を上げた。

「あ……っ……んん……」

舌先で突かれ、転がされ、弾《はじ》かれる。

快感のひとつひとつが肌を粟立《あわだ》たせ、下半身を潤《うる》ませる。

オスカーの舌によって濡れた布地の上からやわやわと撫ぜられて、いつもとは異なる刺激に凜は喘《あえ》いだ。

ちゅくちゅくと凜の胸に顔を埋めていたオスカーが不意に顔を上げ、その体がずり下がるのに気付いた凜が慌てた声を上げた。

「だ、だめ！」

だが凜の制止も虚《むな》しく、オスカーはすばやく裾《すそ》をたくし上げ、かぱりと割り開いた脚の間に体を滑り込ませる。

「お、オスカーさん⁉　そこは、そんなふうに、至近距離で見ていい所ではありません‼」

泡を食って上半身を起こしオスカーの頭を押してみるが、ピクリとも動かない。動かないどころか、オスカーは頭でぐぐっと凜の手を押し返し、鼻先すれすれまで顔を近付けると――――。

「あぁ……っ⁉　な……？」

しとどに濡れそぼった秘所《ひしょ》を、オスカーの舌が這う。ぴたりと張り付いた薄い布越しに、まるでその形を確かめるように舌で陰裂《いんれつ》をなぞられ、凜の腰が跳ねる。

「や、やだ……！　そこは、汚い……！　あ、あぁっ」

溢《あふ》れた蜜をすすられ、舐《な》められ、ぷっくりとふくらんだ花芯《かしん》を転がされる。

「あ、あ、そこ、いや……だめ……！」

こんなところを舐められた記憶などない。恥ずかしくて、怖くて、死んでしまいそうだ。それなのに凜の秘所からは次から次へと蜜が溢れ、全身は震え、快感にひくつく。

「リン……本当に嫌か？　私の目にはそうは映っていないのだが……」

脚の間から顔を上げたオスカーが、わずかに眉を下げながら問うてくる。

「い、いやです！」

「本当に？」

「ほ、本当に！」

「なぜ？」

「なぜって……は、恥ずかしいからです！」

顔を真っ赤に染めた凜がそう答えると、オスカーは「なるほど」と小さく呟き、妖艶《ようえん》に微笑《ほほえ》んだ。

「では問題ないということだな」

「なんでそうなる……んあぁっ!?」

ツイ、と布地をずらされ、熱い舌が直接花芯に触れた瞬間、凜の背中が大きくしなった。

「あぁっ、や、だめ、あ、あ、あぁぁっ」

とろとろに蕩《とろ》けきった陰裂《いんれつ》に舌が割り入れられ、入り口近くを執拗《しつよう》に舐《ねぶ》られる。かと思えば尖らせた舌先で花芯を舐め転がされ、凜の腰はひとりでに揺れてしまう。

「あ、あぁ、や、もう、だめ、オスカー、さん、もう、イッちゃ……っ」

退《ど》けようとしていたはずが、いつの間にかもっともっととねだるようにオスカーの柔《やわ》らかな髪を指でかき混ぜ、凜は限界が近いことを訴える。

「あ、あ、も、イク、あ、イク、あ、あ……っ！」

今まさに絶頂を迎えようとしたその刹那《せつな》、オスカーの頭が秘所から離れ、凜は反射的に「え……」と非難がましい声を上げてしまった。

あと少し、もうあとほんの少しだったのに。そう言いかけた凜は、オスカーの顔を見た瞬間、羞恥《しゅうち》に顔を真っ赤に染め上げた。

ぺろりと唇を舐め、細めた瞳が凛を射抜く。はっきりと欲情しているのがわかるのに、その瞳にはどこか凛をからかうような色も浮かんで見える。

視線を凛に縫《ぬ》い止《と》めたまま、オスカーはむくりと身を起こし、シャツを脱ぎ捨てる。下穿きごとずり下げた下衣から、すでにはち切れんばかりにいきり立った陰茎《いんけい》がぶるりと飛び出した。

「リン……私で達して欲しい」

興奮から荒い呼吸をつきながら、オスカーは己の陰茎に避妊剤《ひにんざい》を塗《ぬ》りつけると、そのまま性急に腰を沈め――――ズン、と凛を穿《うが》った。

「っ…………――――!!」

膣壁《ちつへき》をこじ開けて挿入《そうにゅう》された圧倒的な質量に、声にならない嬌声が喉奥から漏れ、凛の膣内《なか》がきゅうきゅうとオスカーを締めつける。

「クッ……」

軽く眉根を寄せたオスカーの息が一瞬止まる。こみ上げる射精感を堪《こら》え、ゆっくりと息を吐き出した後、ゆるゆると律動を開始した。

「あ、……ん……っ」

まだ余韻が冷めやらぬ内にまたも迫りくる快感に、凛はたまらず敷布を握りしめるが、乱れる自分を見下ろす翠玉《すいぎょく》色の瞳と視線がぶつかり、無意識のうちに手が伸びた。

「……き」

掠《かす》れた凛の声に、オスカーが小さく首を傾げる。

「……好き、です。……オスカーさん、大好き……」

「……‼　リン……っ‼」

甘い声で己の名を呼ぶ凜の唇に、オスカーは噛みつくように口付ける。

熱くなった互いの熱を分け合うように肌を合わせ、寝台が軋《きし》むほどがむしゃらに腰を振り立てる。

「リン、あぁ、リン……っ！」

「や、あぁっ、強……っあぁっ」

膝裏をたくましい腕にかけ、腰をがっしりと掴まれ、激しく揺さぶられる凜の膣内がオスカーの猛《たけ》る陰茎を容赦なく締め上げる。

上擦《うわず》った声も、熱くなった肌から立ち上る甘い香りも、滑《なめ》らかで吸いつくような肌も、自分を掴んで放さない蜜壺《みつつぼ》も——凜の何もかもがオスカーを狂わせる。

卑猥《ひわい》な水音が、肌をぶつけ合う音の中に紛《まぎ》れ込《こ》む。奥底から溢れ出る凜への激情をぶつけるように腰を振り立てるオスカーの下で、凜の背が大きくしなった。

「あ、イク、あ、あぁ、イッちゃ、んんっ、あ、や、あ、あぁっ、あぁぁ——……っ！」

「クッ………ッ」

ガクガクと全身を震わせ絶頂を迎えた凜と時を同じくして、オスカーもぶるりと腰を震わせながら凜の中で果てた。

ハフハフと荒い呼吸をつきながら全身を弛緩《しかん》させる凜の膣内から、ずるりと陰茎が抜き取られ、オスカーの体が隣に横たわる。

(下着……ベッチャベチャだ……)

もうこのまま眠ってしまいたいが、起きたときのことを考えるとそうもいかない。気だるい体を起こそうと腕に力を入れた凜の、ベッチャベチャな下着の横紐にスッとオスカーの手が伸びる。

くい、と引っぱられ、しゅるしゅると蝶結《ちょうむす》びが解《ほど》かれる。――――まさか。

すばやく凜の下穿きを剝《は》ぎ取り、ぺいっと寝台の脇へ放《ほう》り投げたオスカーはそのまま後ろから凜の片膝を持ち上げ、再び硬度を取り戻した陰茎を蜜口へと充てがった。

「なんで毎回、一回で終わらないんですか……っ、あ……っ」

「これでも普段は控えめにしているつもりだ。だが今日はまだ眠らせてやれない……っ」

そんな姿で私を煽《あお》ったリンが悪い、と耳元で囁《ささや》き、オスカーの腰が抽送《ちゅうそう》を開始する。


――結局そのままの体勢で一回、後背位《こうはいい》で一回、寝間着を剝ぎ取られて二回とオスカーの迸《ほとばし》る愛を全身余すことなく受けた結果、スッキリ晴れやかなオスカーとは対照的に、翌日の凜の目の下には濃い隈《くま》があったとかなかったとか。


「……あれは迂闊《うかつ》だった。せめて次の日が休みの日に着るべきだった」

あの日の情事を思い出し、熱くなった頰をぱたぱたと扇《あお》ぎながら下着を引き出しの奥底へと仕舞い込む。恥ずかしい上にえらい目に遭わされるのがわかっていながら、どうして身につけられようか。

「それにしても……なんか急速に夜の技術が向上しているような気がするんだけど、どこで会得《えとく》してきてるのか……」

過去の苦い経験からちらりと嫌な想像をしかけるが、即座に頭を振って否定する。ないない。オスカーはあの馬鹿野郎とは違うのだから。

だが、そうなるとどこで技を磨《みが》いているのだろうか。というより、そもそもどこから知識を得ているのだろうか。

「その手の話題を外でするような感じには見えないんだけどな……って、……ん?」

本棚の中、ある背表紙に凜の目が留まる。……そういえば、ここ最近オスカーが熱心に読みふけっているのは確かこの本だったような。

なんとなく気になって、凜は棚に近づいて本を手に取り、表紙に印字された題名を読み上げる。

「『恋愛指南書~上級編(意中の人を摑んで放さない技巧集)~』………?」

パラパラと頁《ページ》を捲《めく》れば、各項目ごとに数々の女性を悦《よろこ》ばせる技が、図解付きで解説されている。

「『女性を満足させるにはまず前戯《ぜんぎ》から。寝室に入ったその瞬間からもう前戯は始まっています! まずはじっと相手の瞳を見つめながら指を絡めてみましょう』……」

ぺらり。

「『秘部への愛撫《あいぶ》は非常に有効です。恥ずかしがる女性も多いので、相手の反応を見ながら丁寧に行いましょう。注釈:すべてが当てはまるわけではありませんが、この際の女性の「いや」「だめ」は肯定の意を含む場合がほとんどです。言葉を鵜呑《うの》みにして引いてしまうと、却《かえ》って満足度を下げてしまう恐れがありますので十分注意しましょう』…………」

ふ――――……。

中身を軽く確認し終えた凜は本をそっと棚に戻し、こめかみに指をあてる。

「……愛されてる、ってことでいいんだろうけど……うーん……」

真面目《まじめ》というかなんというか……。

ハウツー本だけであそこまで技術が向上するとは。げに恐ろしきはオスカーの才であるが、はてさて。

「…………ちょっと本屋さんでも行ってこようかなー……」

そう誰にともなく呟き、あたふたと洗濯物を片付け、鞄《かばん》を手に立ち上がる。

オスカーだけに努力させるのはしのびない。というよりも、このままでは色々と立場が危うい。

——妙なところで真面目で、努力の方向性が斜《なな》め右な凛とオスカーは、なんだかんだで似た者夫婦なのかもしれないのだった。

あとがき

『異世界御奉仕記録』、お楽しみいただけましたでしょうか？

お初にお目にかかります。猫屋敷爺《ねこやしきじい》と申します。

まさかの書籍化。関係者の皆様には大変失礼ながら、わりとギリギリまで妄想かな？　と疑っておりました。それほどまでに夢のようなお話だったのです。ニヤニヤが止まりません。


ある日突然ふと思い立ち、勢いのままに書き続けたこのお話を書籍化していただくにあたって、担当様のご助言をいただきつつ、大幅に加筆・修正を行いました。

先にあとがきを読まれている方には少しネタバレになりますが、凜《りん》がオスカーの髪に触れる場面と、後日オスカーが頭を突き出して無言で凜にねだる場面は、加筆した中で一番お気に入りの場面だったりします。


裏話にもなりませんが、いくつか余談という名の設定を。

バルトフェルド団長は独身です。面倒見の良い、頼りがいのあるナイスガイな彼ですが、独身です。若い頃はそれなりに遊んでいましたが、今は立場もあるので落ち着いています。

そして魔法局長キースィリアも独身です。実は、以前より想っている相手がいるとかいないとか……。ちなみにキースィリアのほうがバルトフェルドよりも年下です。

オスカーのほうが緊急性が高いので優先させていましたが、国王のマクシミリアンはこの二人もなんとかしたいと思っています。なので、マクシミリアンの次の標的は彼らになるのでしょう。

綺麗なお姉さんに憧れたマーカス青年は、オスカーの画策によりその後めっきり凜と接触する機会を失い、気付いたときには凜はオスカーと結婚していました。きっと彼の運命のお姉さんは別のところにいるのでしょう。早く見つけられるといいですね。

ゴードンとローレンスですが、彼らとの付き合いは続いています。ゴードンは魔剣士団を退団し家業を継ぎ、不動産業を営《いとな》んでいます。ローレンスはオスカーの一件以来、医療の道に進むことを決意し、現在は衛生班で医療担当及び、団員のお悩み相談員も兼ねています。


異性に関するトラウマであったり、家族であったり、色々あった凜とオスカーですが、彼らを取り巻く人々に支えられながら、自分たちの『家族』を作っていくことを決めました。その先にはきっと明るい未来が待っているのだと思います。


そんな二人を描いてくださったさばるどろ先生、本当にありがとうございます。イメージしたままの二人に、大感動です。

今回書籍化にあたってご助力いただきました担当様を始め、関係者の皆様にも深く御礼申し上げます。

そして、インターネット版をお読みいただいた皆様、今回手にとっていただいた皆様にも最大の感謝を。

いつの日かまた、お目にかかれる日がくることを心より願っております。

eR
eロマンス ロイヤル

本書は「ムーンライトノベルズ」（https://mnlt.syosetu.com/top/top/）に
掲載していたものを加筆・改稿したものです。
この作品はフィクションです。実在の人物・団体・事件などにはいっさい関係ありません。

●ファンレターの宛先
〒102-8177　東京都千代田区富士見 2-13-3　eロマンスロイヤル編集部

異世界《いせかい》御奉仕《ごほうし》記録《きろく》

猫屋敷《ねこやしき》 爺《じい》

イラスト／さばるどろ

2019年 3 月30日　初刷発行
2022年12月15日　第2刷発行

発行者　山下直久
発行　株式会社KADOKAWA
〒102-8177　東京都千代田区富士見2-13-3
（ナビダイヤル）0570-002-301
デザイン　AFTERGLOW
印刷所　凸版印刷株式会社

ISBN978-4-04-735477-7　C0093　©nekoyashiki G 2019　Printed in Japan
定価はカバーに表示してあります。